DE WIND KENT MIJN NAAM

Van Isabel Allende zijn bij Wereldbibliotheek verschenen

Het huis met de geesten
Liefde en schaduw
Eva Luna
Het goud van Tomás Várgas
Het oneindige plan
Paula
Afrodite
Fortuna's dochter
Portret in sepia
De stad van de wilde goden
Herinnering aan mijn Chili
Het rijk van de gouden draak
Het woud van de pygmeeën
Zorro
Inés, vrouw van mijn hart
De som der dagen
Het eiland onder de zee
Het negende schrift van Maya
Ripper
De Japanse minnaar
De winter voorbij
Bloemblad van zee
Wat wij willen
Violeta
De wind kent mijn naam

Isabel Allende

De wind kent mijn naam

Vertaald uit het Spaans
door Marjan Meijer

WERELDBIBLIOTHEEK · AMSTERDAM

Eerste druk juni 2023
Vijfde druk juli 2023

Oorspronkelijke titel *El viento conoce mi nombre*

Omslagontwerp bij Barbara
Illustratie omslag © Pierre Mornet
Foto auteur © Lori Barra
NUR 302
ISBN 9789028453104
ISBN E-BOEK 9789028453111
ISBN AUDIOBOEK 9789028453128
www.wereldbibliotheek.nl

Voor Lori Barra en Sarah Hillesheim
voor hun meelevende hart

Hier is mijn geheim. Heel simpel: je kan alleen goed zien met je hart. Waar het echt om gaat, kan je niet zien met je ogen.

ANTOINE DE SAINT-EXUPÉRY, *De kleine prins*
(Vertaling Erik van Muiswinkel, Uitgeverij Donker)

Er is een ster waar alle mensen en dieren gelukkig zijn
en waar het beter is dan in de hemel, want je hoeft
niet dood te gaan om er te komen.

ANITA DÍAZ

De Adlers

Wenen, november-december 1938

Er hing onheil in de lucht. Sinds de vroege ochtend gierde een bedrieglijke wind door de straten, hij floot tussen de gebouwen door en drong door de kieren van vensters en deuren naar binnen. 'Het is al echt winter,' mompelde Rudolf Adler om zichzelf moed in te spreken, maar de beklemming die hij al maanden op zijn borst voelde, kon hij niet aan het klimaat of de kalender toeschrijven.

De angst was als een stank van roest en afval die in Adlers neus zat; de pijptabak noch de citrusgeur van zijn aftershave kon die lucht verdrijven. Die middag kon hij door de angstgeur die de valwind veroorzaakte geen adem krijgen, hij voelde zich duizelig en misselijk. Hij besloot zijn patiënten, die op hun beurt zaten te wachten, weg te sturen en zijn praktijk voortijdig te sluiten. Verbaasd vroeg zijn assistente of hij ziek was. Ze werkte al elf jaar met de arts samen en al die tijd had hij geen enkele keer zijn verplichtingen verzaakt; hij was systematisch en punctueel. 'Niets ernstigs, ik heb alleen kougevat, Frau Goldberg. Ik ga naar huis,' antwoordde hij. Ze ruimden de spreekkamer op, desinfecteerden de instrumenten en namen bij de deur afscheid van elkaar, als altijd, zonder te vermoeden dat ze elkaar nooit meer zouden zien. Frau Goldberg ging naar de tramhalte en Rudolf Adler liep snel langs de paar huizenblokken die hem van de apotheek scheidden. Hij liep met opgetrokken schouders; met de ene hand hield hij zijn hoed vast en met de andere zijn tas. Het wegdek was nat en de hemel bewolkt, hij veronderstelde dat het had gemotregend en dat later een van die herfstbuien zou volgen die hem altijd overvielen als hij geen paraplu bij zich had. Hij had duizenden keren door die straten gelopen, die hij maar al te goed kende. Hij hield nog altijd van zijn stad, het was een van de mooiste steden ter wereld, vanwege de harmonie tussen de barokke gebouwen en de huizen in art-nouveaustijl, de majestueuze bomen die al begonnen uit te lopen, het buurtplein, het ruiterstandbeeld, de etalage van de banketbakker waarin de gebakjes lagen uitgestald en van het antiquariaat, vol met curiosa; maar ditmaal sloeg hij zijn blik niet op. Hij droeg de last van de wereld op zijn schouders.

Die dag begonnen dreigende geruchten de ronde te doen in verband met het nieuws van een aanslag in Parijs: een Duitse diplomaat was met vijf kogels vermoord door een Pools-Joodse jongen. De luidsprekers van het Derde Rijk schreeuwden om wraak.

Sinds maart, toen Duitsland Oostenrijk had geannexeerd en de Wehrmacht met militaire trots onder het gejuich van een enthousiaste menigte door het centrum van Wenen paradeerde, leefde Rudolf Adler in angst. Zijn vrees was een paar jaar eerder begonnen en nam toe naarmate de macht van de nazi's sterker werd vanwege de financiering en de wapens van Hitler. Ze hanteerden het terrorisme als politiek wapen en maakten gebruik van de onvrede, vooral onder de jeugd, over de economische problemen die voortduurden sinds de grote depressie van 1929 en het gevoel van vernedering, veroorzaakt door de nederlaag van de Eerste Wereldoorlog. In 1934 werd Dollfuss, de bondskanselier, vermoord tijdens een mislukte staatsgreep en sindsdien waren er achthonderd mensen gedood bij verschillende aanslagen. De nazi's joegen hun tegenstanders angst aan, lokten relletjes uit en dreigden met een burgeroorlog. Begin 1938 was de gewelddadige situatie in het land onhoudbaar geworden, terwijl Duitsland aan de andere kant van de grens alles inzette om Oostenrijk tot een van zijn provincies te maken. Hoewel de Oostenrijkse regering toegaf aan de Duitse eisen, vaardigde Hitler het bevel uit tot de invasie. De Oostenrijkse nazipartij had voorbereidende maatregelen getroffen en de binnenvallende troepen ondervonden niet alleen geen enkele tegenstand, maar werden toegejuicht door het grootste deel van de bevolking. De regering zwichtte en twee dagen later reed Hitler zelf triomfantelijk Wenen binnen. De nazi's stelden absolute controle in over het gebied. Elke oppositie werd illegaal verklaard. De Duitse wetten, het repressieapparaat van de Gestapo en de ss, en het fanatieke antisemitisme werden onmiddellijk ingevoerd.

Rudolf wist dat ook Rachel, zijn vrouw, die voorheen altijd rationeel en praktisch was geweest, waarbij ze het onheil niet wilde zien, nu bijna verlamd was van angst en alleen met kalmerende middelen kon functioneren. Beiden probeerden ze Samuels onschuld te beschermen, maar hun zoontje, dat bijna zes jaar werd, gedroeg zich als een volwassene; hij observeerde, luisterde en begreep zonder vragen te stellen. Aanvankelijk gaf Rudolf zijn vrouw dezelfde kalmeringsmiddelen die hij sommigen van zijn patiënten voorschreef, maar omdat ze telkens minder effect sorteerden, voerde hij de medicatie op met een paar krachtige druppels die hij in donkere flesjes zonder etiket wist te bemachtigen. Hij had ze net zo hard nodig als zij, maar hij kon ze niet innemen omdat dat zijn professionele bekwaamheid zou beïnvloeden.

De druppels kreeg hij in het geheim van Peter Steiner, de

eigenaar van de apotheek, met wie hij al jaren bevriend was. Adler was de enige arts aan wie Steiner zijn gezondheid en die van zijn gezin toevertrouwde; geen enkele verordening van de autoriteiten die contacten tussen ariërs en Joden verbood, kon hun wederzijdse waardering verstoren. De laatste maanden moest Steiner hem echter in het openbaar mijden, want hij wilde geen problemen krijgen met het nazi-buurtcomité. In het verleden hadden ze duizenden spelletjes poker en schaak gespeeld, ze deelden boeken en kranten en gingen vaak wandelen in de bergen of vissen om even bij hun vrouwen weg te zijn, zoals ze lachend zeiden, en in het geval van Steiner, even weg te zijn bij zijn kudde kinderen. Adler deed de laatste tijd al niet meer mee met de pokerspelletjes in de ruimte achter Steiners apotheek. De apotheker ontving Adler bij de achterdeur en gaf hem de medicatie zonder het in zijn boekhouding te noteren.

Vóór de annexatie had Peter Steiner nooit vragen gesteld over de herkomst van de Adlers, hij vond hen net zo Oostenrijks als zichzelf. Hij wist dat ze Joods waren, zoals nog honderdnegentigduizend inwoners van het land, maar dat had geen betekenis voor hem. Hij was een agnost; het christendom, waarmee hij was opgegroeid, vond hij net zo irrationeel als alle andere geloven en hij wist dat Rudolf Adler er net zo over dacht, ook al deed hij mee aan sommige rituelen uit respect voor zijn vrouw. Rachel vond het belangrijk dat hun zoon Samuel kon steunen op de traditie van de joodse gemeenschap. Op vrijdagmiddag werden de Steiners gewoonlijk uitgenodigd voor de sabbat bij Adler thuis. Rachel en Leah, haar schoonzusje, besteedden alle zorg aan de details: het mooiste tafelkleed, nieuwe kaarsen, het visrecept dat Rachel nog van haar grootmoeder had, het boerenbrood en de wijn. Rachel en haar schoonzusje waren erg aan elkaar gehecht. Leah was al jong weduwe geworden en had geen kinderen, zodat ze nogal verknocht was geraakt aan het kleine gezin van haar broer Rudolf. Ze wilde per se alleen blijven wonen, ook al had Rachel haar gesmeekt bij hen in te trekken, maar ze kwam regelmatig op bezoek. Ze was heel sociaal en werkte mee aan verschillende activiteiten van de synagoge om de meer behoeftige leden van de gemeenschap te helpen. Rudolf was de enige overgebleven broer sinds de jongste naar een kibboets in Palestina was geëmigreerd, en Samuel was haar enige neefje. Rudolf leidde de sabbat, zoals van de pater familias werd verwacht. Met zijn handen op Samuels hoofd vroeg hij God hem te zegenen en te beschermen, hem genade en vrede te schenken. Meer dan eens betrapte Rachel haar man en Peter Steiner erop dat ze elkaar een knipoog gaven. Ze schonk er geen aandacht aan, omdat ze ervan uitging dat het niet spottend was bedoeld, maar gewoon een teken was van medeplichtigheid tussen die twee ongelovigen.

De Adlers hoorden tot de seculiere, ontwikkelde burgerij die kenmerkend was voor de Weense samenleving in het algemeen en voor de Joodse samenleving in het bijzonder. Rudolf had Peter uitgelegd dat zijn volk eeuwenlang was gediscrimineerd, vervolgd en overal verdreven, daarom hechtte hij veel meer waarde aan onderwijs dan aan materiële zaken. Ze konden van al hun bezittingen worden beroofd, zoals in de loop van de geschiedenis constant was gebeurd, maar niemand kon ze hun intellectuele competentie afnemen. Een dokterstitel stond hoger aangeschreven dan een fortuin op de bank. Rudolf Adler kwam uit een familie van ambachtslieden die er trots op waren dat een van hen arts was geworden. Het beroep verleende aanzien en gezag, maar in zijn geval werd dat niet in geld vertaald. Hij was niet een van de moderne chirurgen en evenmin professor aan de oude Universität Wien; hij was een wijkarts, leergierig en onbaatzuchtig, die de helft van zijn patiënten gratis behandelde.

De vriendschap tussen Adler en Steiner was gebaseerd op diepe affiniteit en gedeelde waarden, beiden hadden dezelfde gretige wetenschappelijke nieuwsgierigheid, waren liefhebbers van klassieke muziek, verstokte lezers en sympathiseerden clandestien met de communistische partij, die vanaf 1933 was verboden. Ook vonden ze elkaar in een diepgewortelde afkeer van het nationaalsocialisme. Sinds Adolf Hitler geen kanselier meer was, maar zichzelf had uitgeroepen tot dictator met absolute macht, kwamen ze samen in de ruimte achter de apotheek om zich te beklagen over de wereld en de eeuw waarin ze moesten leven en om troost te zoeken in een glas sterke cognac die de apotheker destilleerde in de kelder, een multifunctionele donkere ruimte, waar hij keurig de benodigdheden bewaarde om veel van de medicijnen die hij verkocht te maken en verpakken. Soms nam Adler zijn zoon Samuel mee naar die kelder om bij Steiner te 'werken'. De jongen vermaakte zich urenlang met het mengen en bottelen van gekleurde poeders en vloeistoffen die de apotheker hem gaf. Geen van zijn eigen kinderen genoot dit voorrecht.

Elke wet die bedoeld was de waardigheid van zijn vriend teniet te doen, sneed Steiner door zijn ziel. Hij had de praktijk van Adler en diens appartement op zijn eigen naam gekocht om te voorkomen dat ze geconfisqueerd zouden worden. De praktijk was gunstig gelegen op de begane grond van een statig gebouw en Adler woonde met zijn gezin op de eerste verdieping; de arts had zijn hele kapitaal in die eigendommen gestoken. Dat hij had besloten ze op naam te laten zetten van iemand anders, ook al was dat zijn vriend Peter, was een verregaande maatregel die hij buiten medeweten van zijn vrouw had genomen. Rachel zou het nooit hebben geaccepteerd.

Rudolf Adler probeerde zichzelf ervan te overtuigen dat de antisemitische hysterie snel over zou gaan, omdat ze zich nog niet voordeed in Wenen, de meest verfijnde stad van Europa, de bakermat van grote musici, filosofen en wetenschappers, van wie velen Joods waren. De ophitsende retoriek van Hitler, die de laatste jaren een steeds hogere toon aansloeg, was een zoveelste manifestatie van het racisme dat zijn voorouders hadden moeten verduren, maar dat hun niet belette om samen te leven en succes te hebben. Uit voorzorg had hij zijn naambordje bij de deur van zijn praktijk weggehaald. Dat leverde maar weinig problemen op, aangezien hij al jaren in dit gebouw was gevestigd en goed bekendstond. Zijn cliëntèle was afgenomen omdat de arische patiënten niet meer bij hem mochten komen. Maar hij ging ervan uit dat ze weer terugkwamen als de gemoederen in de stad gesust waren. Hij vertrouwde op zijn professionele bekwaamheid en zijn welverdiende reputatie. Maar toch begon Adler, naarmate de tijd verstreek en de spanningen groeiden, het idee te overwegen om te emigreren en zo aan de losgebarsten storm van de nazi's te ontsnappen.

Rachel Adler stak een pilletje in haar mond en slikte het zonder water door, terwijl ze bij de bakker op haar wisselgeld wachtte. Ze was modieus gekleed, in beige en bordeauxrood: een strak getailleerd jasje, de hoed schuin op het hoofd, zijden kousen en hoge hakken. Ze was mooi en nog geen dertig jaar, maar door haar strenge gezichtsuitdrukking leek ze een paar jaar ouder. Ze probeerde haar trillende handen in haar mouwen te verbergen en op luchtige toon te antwoorden op de opmerkingen van de bakker over de aanslag in Parijs.

'Wat dacht die idiote kerel die de diplomaat vermoordde? Het moet een Pool zijn!' riep de man uit.

Rachel kwam net terug van haar laatste les aan haar beste leerling, een jongen van vijftien die vanaf zijn zevende jaar pianoles van haar kreeg, een van de weinige leerlingen die muziek serieus namen. 'Neem me niet kwalijk, Frau Adler, u begrijpt wel...' had de moeder bij het afscheid gezegd. Ze betaalde drie keer zoveel als het normale lesgeld en stond op het punt haar te omhelzen, maar hield zich in uit angst haar te beledigen. Ja, Rachel begreep het. Ze was dankbaar, want deze vrouw had haar een paar maanden langer werk gegeven dan waartoe ze verplicht was. Ze deed haar best om haar tranen te bedwingen en vertrok met opgeheven hoofd; ze mocht die jongen graag en veroordeelde hem niet omdat hij trots de bruine korte broek en het overhemd droeg van het uniform van de Hitlerjugend, onder het motto 'bloed en eer'. Alle jongeren hoorden bij de beweging, het was nagenoeg verplicht.

'Kijk eens naar het gevaar waar die Pool ons allemaal in gestort heeft. Hebt u gehoord wat ze op de radio zeiden, Frau Adler?' ging de bakker zelfgenoegzaam verder.

'We hopen dat het bij dreigementen blijft,' zei ze.

'Gaat u maar snel naar huis, Frau Adler. Er lopen groepen verhitte jongeren door de straten. U zou niet alleen moeten zijn. Het wordt al bijna donker.'

'Goedemiddag en tot morgen,' prevelde Rachel terwijl ze het brood in haar tas deed en het wisselgeld in haar portemonnee stopte.

Eenmaal buiten vulde ze haar longen met de frisse lucht en probeerde ze de donkere voorgevoelens te verdrijven die ze had sinds de vroege ochtend, lang voordat ze naar de radio had geluisterd en naar de alarmerende geruchten die in de buurt de ronde deden. Ze dacht dat de donkere wolken een voorbode waren van de regen en concentreerde zich op wat ze nog moest doen. Ze moest nog wijn en kaarsen kopen voor vrijdag, haar schoonzus zou bij hen komen voor de sabbat, zoals elke week, en ook de Steiners met hun kinderen. Ze voelde dat ondanks de medicijnen die ze net had ingenomen haar zenuwen haar midden op straat in de steek konden laten. Ze had haar druppels nodig en besloot de boodschappen de volgende dag te doen. Twee huizenblokken verder zag ze het gebouw waar ze woonde, een van de eerste gebouwen in de pure art-nouveaustijl, opgetrokken aan het eind van de negentiende eeuw. Toen Rudolf Adler voor zijn praktijk een ruimte kocht op de begane grond en een appartement voor zijn gezin, hadden de organische lijnen, de gebogen vensters en balkons en de glas-in-loodramen met gestileerde bloemen een schandaal veroorzaakt bij de conservatieve Weense gemeenschap, die gewend was aan de barokke elegantie, maar de art nouveau hield stand en al snel werd het gebouw een referentiepunt in de stad.

Rachel kwam in de verleiding om even naar de praktijk te gaan om haar man gedag te zeggen, maar dat idee liet ze onmiddellijk los. Rudolf had zelf genoeg problemen en ze kon hem niet lastigvallen met haar zorgen. Bovendien zat Samuel al vanaf de ochtend op haar te wachten bij zijn tante thuis. Leah Adler was onderwijzeres en ze had aangeboden om een aantal kinderen les te geven. Samuel was een paar jaar jonger dan de anderen, maar hij bleef niet achter met de lesstof. Veel Joodse kinderen werden slecht behandeld op school en een paar moeders in de gemeenschap hadden zich georganiseerd om de jongsten privéles te geven, terwijl de grotere kinderen onderwijs kregen in de synagoge. Het was een noodmaatregel, dachten ze. Rachel liep snel door om haar zoontje op te halen en merkte niet dat de praktijk van haar man op dat ongebruikelijke uur gesloten was. Meestal stond Rudolf tot zes uur 's avonds klaar voor zijn patiënten, behalve op vrijdag, dan kwam hij voor zonsondergang al eten.

Het appartement van Leah, eenvoudig maar goed gelegen, bestond uit twee kamers met tweedehands meubels, ingelijste foto's van haar vroegtijdig overleden man en herinneringen aan de reizen die ze met hem had kunnen maken voordat ze weduwe werd. Op de dagen dat ze haar leerlingen ontving, rook het er naar versgebakken koekjes. Rachel Adler zag drie andere moeders die hun kinderen kwamen ophalen, maar nog even gebleven waren voor een kopje thee en om te luisteren naar Samuel die 'Ode aan de Vreugde' speelde. De jongen was aandoenlijk, klein en mager, met zijn knieën vol schrammen, zijn weerbarstige haar en zijn serieuze concentratie, meewiegend op de muziek van zijn viool en totaal onwetend van de sensatie die hij teweegbracht. Bij de laatste noten brak een koor los van loftuitingen en applaus. Samuel had een paar seconden nodig om uit zijn trance te ontwaken en terug te keren naar het groepje vrouwen en kinderen. Hij maakte een lichte kniebuiging en terwijl zijn tante zich naar hem toe haastte om hem een zoen te geven, onderdrukte zijn moeder een tevreden glimlach. Het was een relatief gemakkelijk stuk dat de jongen in minder dan een week had geleerd, maar Beethoven bleef altijd indrukwekkend. Rachel wist dat haar zoon een wonderkind was, maar ze gruwde van elke vorm van opschepperij, dus ze zei er nooit iets over, in de hoop dat anderen dat wel zouden doen. Ze hielp Samuel zijn jas aantrekken en de viool in de koffer te doen, nam haastig afscheid van haar schoonzus en de andere vrouwen en vertrok naar huis, in de veronderstelling dat ze genoeg tijd zou hebben om de vleesschotel voor het avondeten in de oven te zetten. Sinds een paar maanden had ze geen huishoudelijke hulp meer, omdat de Hongaarse hulp die ze jaren had gehad, was gedeporteerd en ze niet de energie had om iemand anders te zoeken.

Moeder en zoon liepen zonder te stoppen langs de deur van de praktijk en gingen de ruime hal van het gebouw in. De glazen lampen, beschilderd met waterlelies, brandden en verlichtten het vertrek met groene en blauwe tinten. Over de brede, dubbele trap liepen ze naar de eerste verdieping, ze groetten in het voorbijgaan de conciërge, die constant vanuit haar hokje de boel in de gaten hield. De vrouw reageerde niet. Dat deed ze zelden.

Het appartement van de Adlers was ruim, comfortabel, met zware mahoniehouten meubels die een leven lang mee moesten gaan en niet pasten in deze architectuur van lichte en simpele lijnen. Rachels grootvader was antiquair geweest en zijn nakomelingen hadden schilderijen, tapijten en snuisterijen geërfd van uitzonderlijke kwaliteit, maar wel ouderwets. Rachel, die een verfijnde opvoeding had gehad, probeerde een gedistingeerd leven te leiden, hoewel de inkomsten van haar man en van haar muzieklessen niet te vergelijken waren met die van haar grootouders. Haar elegantie was ingetogen, uiterlijk vertoon vond ze net zo walgelijk als opschepperij. Het risico jaloezie op te wekken bij anderen was haar in haar jeugd ingeprent.

In een hoek van de kamer, bij het raam dat op straat uitkeek, stond de vleugel, een Blüthner die al drie generaties in de familie was. Die was haar werkinstrument want ze gebruikte hem met de meeste leerlingen, en pianospelen was ook haar enige pleziertje in de uren dat ze alleen was. Als kind speelde ze al voortreffelijk, maar in de puberteit, toen ze zich realiseerde dat ze niet genoeg talent had om soliste te worden, legde ze zich toe op het lesgeven. Ze was een goede lerares. Haar zoon had daarentegen het muzikale talent dat maar zelden voorkomt. Vanaf zijn derde jaar zat Samuel aan de piano en hij kon op het gehoor elke melodie spelen nadat hij die één keer had gehoord. Maar zijn voorkeur ging uit naar zijn viool, die kon hij immers overal mee naartoe nemen, zoals hij zei. Rachel had niet meer kinderen kunnen krijgen en gaf al haar moederliefde aan Samuel. Ze aanbad hem en moest hem wel verwennen, want het kind gaf geen problemen, hij was vriendelijk, gehoorzaam en ijverig.

Een half uur later hoorde Rachel rumoer op straat en liep naar het raam. Het was al donker. Ze zag een zestal jongeren langslopen die dronken leken en leuzen van de nazipartij en beledigingen tegen de Joden schreeuwden – uitzuigers! klootzakken! moordenaars! – dezelfde scheldwoorden die ze eerder had gehoord en gelezen in de krant en op de Duitse pamfletten. Een van hen droeg een fakkel en anderen waren gewapend met stokken, hamers en stalen pijpen. Ze duwde Samuel weg bij het raam, sloot de gordijnen en wilde naar beneden gaan om haar man te roepen, maar de jongen klampte zich aan haar vast. Samuel was gewend om alleen te zijn, maar hij was zo geschrokken dat zijn moeder besloot te wachten. Buiten nam de herrie af en ze vermoedde dat de groep was verdwenen. Ze haalde de vleesschotel uit de oven en begon de tafel te dekken. Ze wilde de radio niet aanzetten. Er was altijd heel slecht nieuws.

Peter Steiner ontving zijn vriend in de ruimte achter de apotheek, waar het schaakspel waaraan ze de vorige avond waren begonnen, op hen wachtte en ook de fles cognac, die al voor de helft leeg was. Het pand van de beroemde Steinerapotheek was al sinds 1830 in de familie, sinds de tijd van zijn overgrootvader, en iedere generatie had het in perfecte staat gehouden. De bewerkte mahoniehouten planken en toonbanken waren er nog steeds, net als de bronzen accessoires die uit Frankrijk waren meegebracht en een dozijn antieke glazen stopflessen, die menig verzamelaar had willen kopen en die volgens de eigenaar een fortuin waard waren. De etalages aan de straatkant waren omlijst met geschilderde bloemenslingers, de vloer was van Portugese tegels, enigszins uitgesleten na meer dan een eeuw gebruik, en klanten werden aangekondigd door het geklingel van zilveren belletjes die aan de deur hingen. De Steiner-apotheek was zo schilderachtig dat ze door toeristen werd bezocht en als symbool van de stad in krantenartikelen en een fotoboek was verschenen.

Het viel Peter op dat Rudolf Adler erg vroeg was voor een werkdag.

'Is er iets?' vroeg hij.

'Ik weet het niet, ik krijg geen lucht. Ik geloof dat ik een hartaanval krijg.'

'Nee man, daar ben je te jong voor. Het zijn de zenuwen, je ben gestrest. Neem een borrel, dat is overal goed voor,' reageerde Steiner en schonk hem een dubbele in.

'Het is onmogelijk om nog in dit land te wonen, Peter. De nazi's hebben ons ingesloten. De repressie neemt toe in steeds kleinere en gerichtere kringen. We mogen al niet meer bepaalde restaurants en winkels in, ze bedreigen onze kinderen op scholen, ze nemen onze banen in openbare ambten af. Ze confisqueren onze bedrijven en eigendommen, verbieden ons ons werk te doen of van iemand met een andere etnische achtergrond te houden.'

'Deze situatie is onhoudbaar, het zal wel snel beter worden,' zei Peter zonder veel overtuiging.

'Je vergist je. De situatie zal steeds erger worden. Je moet selectief blind zijn om te denken dat wij Joden hier op een normale manier kunnen leven. Het geweld dat ons bedreigt is onmogelijk uit de weg te gaan. Iedere dag vaardigen ze nieuwe verordeningen uit.'

'Ik betreur dat heel erg, mijn vriend! Hoe kan ik je helpen?'

'Je hebt al veel voor me gedaan, maar je kunt me niet beschermen. Ze zien ons als een kwaadaardige tumor die uit de natie moet worden verwijderd. Mijn familie woont al zes generaties in Oostenrijk! De vernederingen stapelen zich op.

Wat kunnen ze ons nog meer afpakken? Ons leven, verder hebben we niets.'

'Niemand kan je je bevoegdheid tot arts afpakken of je bezittingen. Het was een goed idee om je praktijk en je appartement op mijn naam te zetten.'

'Dank je, Peter. Je bent de broer die ik nooit had. Ik ben heel ongerust. De laagste instincten komen bovendrijven. Hitler blijft nog wel even aan de macht en hij probeert Europa te bezetten. Ik denk dat hij ons in een oorlog stort. Kun je je voorstellen hoe dat zal zijn?'

'Weer een oorlog!' riep Steiner uit. 'Nee, dat zou collectieve zelfmoord zijn. We hebben onze les geleerd van de vorige oorlog. Denk aan de verschrikkingen... de nederlaag...'

'Wij Joden zijn de zondebokken. De helft van de mensen die ik ken, probeert te ontsnappen. Ik moet Rachel ervan overtuigen dat we weg moeten.'

'Weg? Waarnaartoe?' vroeg Steiner verschrikt.

'Het is bijna niet mogelijk om een visum te bemachtigen voor Engeland of de Verenigde Staten, dat zouden de beste opties zijn, maar ik ken verschillende mensen die naar Zuid-Amerika zijn gegaan...'

'Hoezo ga je weg? Wat moet ik zonder jou?'

'Ik neem aan dat het maar voor een tijdje is. Ik heb bovendien nog geen besluit genomen, ik moet eerst Rachel overtuigen. Ze zal moeilijk kunnen accepteren dat ze dit leven moet opgeven dat we door jaren werk hebben opgebouwd, dat ze zelfs haar ouders moet achterlaten en haar broer. Het zal ook niet gemakkelijk zijn om mijn zus Leah om te praten, maar die kan ik hier toch niet achterlaten.'

'Dat is een heel drastische maatregel, Rudy.'

'Ik moet aan Samuel denken. Mijn zoon mag niet als een paria opgroeien.'

'Ik hoop dat je niet weggaat, maar als je het doet, pas ik

op je spullen, Rudy. Als je terugkomt, is alles nog intact, wacht alles op je.'

Ze begonnen net aan hun tweede glas cognac toen ze buiten een luid kabaal hoorden. Ze liepen naar de deur en zagen een bende de straat binnenstormen, mannen, jongens en een paar vrouwen die bedreigingen en partijleuzen schreeuwden en met hamers, knuppels en andere slagwapens zwaaiden. 'Naar de synagoge! Naar de Jodenbuurt!' schreeuwden degenen die vooropliepen. Er vlogen een paar stenen door de lucht en er klonk het onmiskenbare geluid van brekend glas, dat met gejuich werd onthaald. De menigte was als een opgewonden dier en ging eenstemmig te werk met een moorddadige vrolijkheid.

'Help me de apotheek te sluiten!' riep Steiner uit, maar Adler was de straat al opgegaan en rende in de richting van zijn huis.

Die avond heerste er terreur. Rachel Adler had tien minuten nodig om de ernst in te schatten van wat er gebeurde, want door de gesloten gordijnen werden de geluiden van buiten gedempt. Ze dacht dat de groep jongens was teruggekomen die ze eerder had gezien. Om Samuel af te leiden, vroeg ze hem om iets te spelen, maar de jongen leek verlamd, alsof hij de tragedie voorvoelde die zij nog steeds niet wilde aanvaarden. Plotseling knalde er iets tegen het raam en het glas viel in duizend stukjes op de grond. Haar eerste impuls was te berekenen wat het zou kosten om die gebogen ruit met het geslepen glas te vervangen. Meteen brak een tweede steen een andere ruit. Het gordijn liet los van de rails en bleef in een hoek hangen. Door het kapotte raam zag ze een stuk van de oranjeachtige hemel en de stank van branderige rooklucht kwam de kamer in. Toen een wilde schreeuw als een wervelwind het appartement binnendrong begreep ze dat er sprake was van iets wat veel gevaarlijker was dan een groep dronken jongens. Ze hoorde woedend gebrul en paniekkreten te midden van het aanhoudende lawaai van ruiten die aan diggelen werden geslagen. 'Rudolf!' riep ze doodsbang. Ze pakte Samuel bij zijn arm en trok hem mee naar de deur. Het jongetje kon nog net zijn vioolkoffer meepakken.

Slechts de brede marmeren trap met de houten en koperen leuning scheidde het appartement van de praktijk, maar het lukte Rachel niet die te bereiken. Theobald Volker, haar buurman die in het appartement op de tweede verdieping woonde, een gepensioneerde militair met wie ze zelden meer dan twee woorden sprak, stond al in de gang en ging voor haar staan. Hij pakte haar stevig vast. Rachel botste tegen de brede borst van die oude knorrige man die iets onbegrijpelijks tegen haar zei, terwijl ze zich verweerde en haar man riep. Het duurde wel een minuut voordat ze doorhad dat Volker haar probeerde te beletten naar beneden te gaan omdat een bende de bewerkte houten deur en de glas-in-loodramen van het gebouw had ingeslagen en al in de hal stond.

'Kom met mij mee, Frau Adler!' zei de buurman met de luide stem van iemand die gewend was te bevelen.

'Mijn man!'

'U kunt niet naar beneden! Denk aan uw zoon!' Hij duwde haar de trap op naar zijn eigen appartement, waar ze nog nooit een voet had gezet.

Volkers woning was identiek aan die van de Adlers, maar had niets van de lichtheid en de elegantie; het was er somber, koud en schaars gemeubileerd, de enige decoratie bestond uit een paar foto's op een plank. Hij duwde haar met geweld de keuken in, terwijl Samuel, die zijn viool stevig vasthield, zwijgend volgde. Volker opende een smal deurtje van een keukenkast en wees hun dat ze zich daar zonder een kik te geven moesten verstoppen tot hij ze weer kwam halen. Nadat hij de kast had gesloten, bleven Rachel en Samuel met hun armen om elkaar heen in de piepkleine ruimte staan, in totale duisternis. Ze hoorden dat Volker een zwaar meubelstuk versleepte.

'Wat gebeurt er, mama?'

'Ik weet het niet, schatje, blijf rustig en wees stil...' fluisterde zijn moeder.

'Hier kan papa ons niet vinden als hij thuiskomt,' zei Samuel op dezelfde fluistertoon.

'Het is maar voor even. Er zijn een paar agressieve mannen in het gebouw, maar ze zullen wel snel weggaan.'

'Het zijn nazi's, toch, mama?'

'Ja.'

'Zijn alle nazi's slecht, mama?'

'Dat weet ik niet, jongetje. Er zullen goede en slechte zijn.'

'Maar er zijn meer slechte, denk ik,' zei de jongen.

Theobald Volker was al beroepsmilitair toen hij in 1914 het Oostenrijks-Hongaarse Rijk moest verdedigen. Hij kwam uit een boerenfamilie zonder militaire traditie, maar hij blonk uit in het leger. Hij was bijna een meter negentig lang en had de fysieke kracht en de discipline van iemand die voor het beroep van militair in de wieg was gelegd. Maar in het geheim schreef hij gedichten en diep in zijn hart miste hij het vreedzame bestaan op het platteland, het werk op de akkers en het verzorgen van de dieren, samen met de vrouw van wie hij al sinds zijn tienerjaren hield. Tijdens de vier oorlogsjaren verloor hij alles wat zijn leven zin had gegeven: zijn enige zoon, die op negentienjarige leeftijd op het slagveld sneuvelde, zijn geliefde vrouw, die van verdriet zelfmoord pleegde, en zijn geloof in zijn vaderland, dat uiteindelijk niet meer was dan een idee en een vlag.

Toen de oorlog voorbij was, was hij tweeënvijftig jaar, een

kolonel met een gebroken hart. Hij herinnerde zich niet meer waarvoor hij had gevochten. Hij trotseerde de nederlaag, gekweld door de spookbeelden van twintig miljoen doden. Er was voor hem geen plaats meer in dat geruïneerde Europa, waar de stoffelijke overschotten van soldaten, vrouwen, kinderen, muilezels en paarden door elkaar in massagraven lagen weg te rotten. Een aantal jaren onderhield hij zichzelf met verschillende nederige baantjes, droeg hij de last van de overwonnenen, tot hij vanwege zijn leeftijd en ouderdomskwaaltjes wel met pensioen moest gaan. Sindsdien woonde hij alleen, en hield hij zich bezig met lezen, naar de radio luisteren en gedichten schrijven. Hij ging maar één keer per dag de deur uit; om de krant te kopen en boodschappen te doen. De medailles voor zijn heldendaden zaten nog op zijn oude uniform, dat hij elk jaar aantrok bij de herdenking van de wapenstilstand die de ontbinding had bekrachtigd van het rijk waarvoor hij vier verschrikkelijke jaren had gevochten. Die dag klopte hij zijn uniform uit, streek het, poetste de medailles op en maakte de wapens schoon. Daarna opende hij een fles aquavit en bedronk zich systematisch, zijn eenzaamheid vervloekend. Hij was een van de weinige Weners die op de dag van de annexatie niet naar buiten waren gegaan om de Duitse troepen toe te juichen; hij kon zich niet identificeren met die mannen die in ganzenpas marcheerden. Uit ervaring wantrouwde hij patriottische hartstocht.

In het gebouw ontweken de volwassenen de kolonel die nooit een groet beantwoordde, en de kinderen waren bang voor hem. Samuel was de uitzondering. Rachel en Rudolf waren het grootste deel van de dag bezig met hun eigen werk en de vrouw die voorheen elke dag voor hun huishouden zorgde, ging om drie uur naar huis. Als de jongen niet bij zijn tante Leah was, was hij een paar uur alleen thuis, dan maakte hij zijn huiswerk en musiceerde hij. Al snel had hij door dat wanneer hij viool of piano speelde, de buurman zachtjes met een stoel naar beneden kwam en op de gang van de eerste verdieping naar hem ging zitten luisteren. Zonder dat het hem gevraagd was, begon Samuel de deur open te laten. Hij deed zijn best om zo mooi mogelijk te spelen voor dat eenkoppige publiek dat in eerbiedige stilte luisterde. Ze spraken nooit met elkaar, maar als ze elkaar in het gebouw of op straat tegenkwamen, knikten ze zo licht naar elkaar dat Rachel niets merkte van de delicate relatie tussen haar zoon en Volker.

Nadat hij zijn buurvrouw en haar zoontje had opgesloten en de keukentafel voor het kastdeurtje had geschoven, trok de kolonel haastig zijn grijze uniform aan met de gouden epauletten en zijn verzameling medailles, gespte zijn patroongordel om met zijn Luger, ouderwets, maar nog in goede staat, en ging bij de deur van zijn appartement staan wachten.

Peter Steiner had een paar minuten nodig om de etalage van zijn apotheek af te schermen met de houten jaloezieën en het ijzeren rolluik voor de deur te laten zakken. Hij deed zijn jas aan en vertrok haastig door de achterdeur om zijn vriend Rudolf achterna te gaan, maar zelfs in die nauwe zijstraat liepen oproerkraaiers die bedreigingen schreeuwden. Hij verstopte zich in het portaal van een huis voor een groep belagers en wachtte tot ze om de hoek verdwenen waren voor hij weer tevoorschijn kwam. Steiner was stevig gebouwd, had blozende wangen, blond stekelhaar en ogen die zo licht waren dat ze troebel leken. Hij had de armen van een zwaargewicht waarmee hij van iedereen kon winnen in een krachtmeting. Behalve zijn vrouw kon niemand hem intimideren, maar hij besloot die ongecontroleerde bende barbaren uit de weg te gaan en maakte een grote omweg, biddend dat Rudolf

Adler hetzelfde had gedaan. Na een paar minuten begreep hij dat de hele buurt was belaagd en dat het onmogelijk was het tumult te omzeilen als hij de praktijk van zijn vriend wilde bereiken. Hij bedacht zich geen twee keer. Hij mengde zich tussen de menigte. Met een ruk pakte hij een partijvaandel af van een jongen die niet durfde te protesteren en liet zich meevoeren met de menselijke vloedgolf, terwijl hij de vlag omhooghield.

Lopend langs die paar huizenblokken kreeg Steiner een volledig beeld van de chaos die was uitgebroken in die rustige wijk waar van oudsher een deel van de talrijke Joodse bevolking van de stad woonde en werkte. Er was geen winkelruit meer heel; overal brandden vuren, waarop de oproerkraaiers alles gooiden wat ze uit de huizen en kantoren hadden gehaald, van boeken tot meubels; de synagoge brandde aan alle kanten voor de ogen van ongeïnteresseerde brandweermannen die alleen wilden ingrijpen als de vlammen dreigden uit te slaan naar andere gebouwen. Hij zag hoe ze een rabbijn aan zijn voeten wegsleepten, zijn bebloede hoofd stuiterde op de straatstenen; hij zag hoe ze de mannen sloegen, de vrouwen de kleren van het lijf scheurden en plukken van hun haar uittrokken, hoe ze de kinderen in het gezicht sloegen en de bejaarden vertrapten en over hen heen urineerden. Vanaf een paar balkons stookten nieuwsgierigen de agressors op en vanachter een raam groette iemand met een opgestoken rechterarm en een fles champagne in zijn linkerhand, maar het merendeel van de huizen en flatgebouwen was gesloten en de gordijnen bleven dicht.

De apotheker besefte dat de beestachtige energie van de menigte aanstekelijk en bevrijdend werkte, dat ook hij de neiging voelde om te vernielen en verbranden en te schreeuwen tot hij stikte, dat hij in een monster was veranderd. Hij was geschokt door zijn eigen reactie. Buiten adem, badend in het zweet, met een droge mond en een huid die tintelde van de adrenaline, verstopte hij zich ineengedoken achter een boom in een poging weer op adem en bij zinnen te komen. 'Rudy... Rudy...' mompelde hij en bleef dat hardop herhalen tot hij door de naam van zijn vriend weer zijn verstand terugkreeg. Hij moest hem vinden voor hij in handen viel van de bende. Steiner stond op en liep verder, beschermd door het vaandel en door zijn zuiver arische uiterlijk.

Zoals hij al vreesde was de gevel van Adlers praktijk vernield, de muren waren beklad met scheldwoorden en partijsymbolen, de buitendeur was volledig losgerukt en alle ruiten waren gebroken. Meubels, kasten, lampen, medische instrumenten, stopflessen, de hele inhoud van de praktijk lag over de straat verspreid. Hij zag geen spoor van zijn vriend.

Met zijn armen over elkaar wachtte kolonel Theobald Volker op de drempel van zijn appartement de eerste aanvallers op. Er was nog geen kwartier voorbijgegaan sinds ze de voordeur hadden ingeslagen en zich als ratten over de verdiepingen hadden verspreid. Volker vermoedde dat de conciërge of een van de huurders de Joden had aangegeven, misschien zelfs de appartementen had aangewezen, want toen hij later door het gebouw liep, merkte hij dat de aanvallers sommige deuren hadden ingetrapt en andere heel hadden gelaten. De deur van de Adlers was niet vernield omdat die op een kier had gestaan. Een stuk of zes mannen en jongens, dronken van het geweld en met mouwbanden van de partij, verschenen in het trapportaal en riepen scheldwoorden en leuzen. Een van hen, die de anderen leek aan te sturen, kwam in de gang oog in oog te staan met de kolonel. Hij had een stalen pijp bij zich die hij al omhooghield, klaar om te slaan, maar hij bleef plotseling als verlamd staan voor die oude reus in een ouderwets uniform, die hem vanuit de hoogte autoritair aankeek.

‘Jood?’ blafte hij.

‘Nee,’ antwoordde Volker zonder zijn stem te verheffen.

Daarna hoorden ze het geschreeuw van de anderen, gefrustreerd omdat ze niemand hadden gevonden in het appartement van de Adlers. Twee wat oudere mannen kwamen de trap op en gingen voor Volker staan.

‘Hoeveel Joden wonen hier?’ vroeg een van hen.

‘Dat zou ik u niet kunnen zeggen.’

‘Ga opzij, we gaan uw appartement doorzoeken!’

‘Met welk recht?’ vroeg de kolonel, terwijl hij een hand naar de holster met zijn Luger bracht.

De mannen overlegden kort met elkaar en besloten dat het niet de moeite waard was zich met die oude man bezig te houden. Hij was net zo arisch als zij en hij was gewapend. Ze gingen terug naar het appartement van de Adlers en hielpen de anderen te vernielen wat ze konden, van het serviesgoed tot de meubels, alles wat hun voor de voeten kwam gooiden ze uit het raam. Een paar wilden de piano naar het balkon slepen met de bedoeling die op straat te gooien, maar hij bleek zwaarder dan ze dachten en ze kozen ervoor hem volledig te slopen.

Het vandalisme duurde maar enkele ogenblikken en het effect was alsof er een granaat was ontploft. Voordat ze zich terugtrokken, leegden de raddraaiers de vuilnisbak op de bedden, sneden ze de bekleding van de meubels open, stalen alle zilveren voorwerpen die Rachel Adler bezat, sprenkelden benzine over het vloerkleed en staken het in brand. Haastig gingen ze naar beneden en mengden zich bij de gewelddadige menigte op straat.

De kolonel wachtte precies lang genoeg om er zeker van te zijn dat ze weg waren en ging naar de leeggeplunderde woning van de Adlers. Hij zag dat alleen nog maar het vloerkleed brandde en met de precisie en kalmte die zo kenmerkend voor hem waren, pakte hij dat bij een punt op en vouwde het dubbel om de vlammen te doven. Toen haalde hij de dekens uit een slaapkamer en drukte ze plat op het tapijt zodat dat niet bleef branden. Hij zette een omgetrapte leunstoel rechtop en ging zitten, snakkend naar adem. 'Ik ben niet meer de oude,' mompelde hij en betreurde het verstrijken van de tijd.

Zo bleef hij zitten, wachtend tot de denderende slagen in zijn borst kalmeerden, en nam de ernst van de situatie op. Het was veel erger dan hij zich een paar uur eerder had kunnen voorstellen, toen hij op de radio hoorde dat de mensen werden opgeroepen tegen de Joodse samenzwering te demonstreren. De Duitse minister van Propaganda, die uit Hitlers naam sprak, had aangekondigd dat de demonstraties als vergelding voor de moord op de diplomaat in Parijs niet door de Partij georganiseerd zouden worden, maar dat ze wel werden toegestaan. De verontwaardiging van het Duitse en Oostenrijkse volk was volkomen gerechtvaardigd, zei hij. Het was een uitnodiging tot plundering, vernieling en slachting. De kolonel concludeerde dat de gek geworden menigte, die op het eerste gezicht een bende leek die alleen maar op geweld uit was, niet handelde uit een plotselinge impuls, maar dat er een grondige voorbereiding aan vooraf was gegaan – het doelwit was geïdentificeerd en ze konden straffeloos te werk gaan. De aanvallers moesten instructies hebben gehad om niet aan de eigendommen te komen van de niet-Joden, dat verklaarde dat in het gebouw alleen de appartementen van de Adlers, de Epsteins en de Rosenbergs waren geplunderd. Volker liet zich niet misleiden door de burgerkleding van het gespuis. Hij wist dat er groepen waren van jonge nazimilities, dezelfde die in de afgelopen jaren het geweld als politieke strategie hadden aangenomen en terreur als regeringsvorm sinds de annexatie.

Hij zat nog bij te komen toen hij voetstappen op de gang hoorde. Meteen daarna zag hij een bezetene die gewapend was met een nazivaandel, waarmee hij zwaaide alsof het een lans was. 'Adler! Adler!' riep hij luidkeels. De kolonel stond met enige moeite op en haalde zijn Luger tevoorschijn.

'Wie bent u? Wat doet u hier? Dit is het appartement van Rudolf Adler!' snauwde de onbekende.

Volker gaf geen antwoord. Hij verroerde zich ook niet toen de ander hem met de vaandelstok vlak voor zijn neus bedreigde.

'Waar is hij? Waar is Adler?' herhaalde de man.

'Mag ik weten wie hem zoekt?' vroeg Volker, terwijl hij met de achterkant van zijn hand de stok wegduwde alsof het een vlieg was.

Pas toen werd Peter Steiner zich bewust van de leeftijd van de kolonel en het uniform van de Eerste Wereldoorlog en hij begreep dat het hier niet een naziofficier betrof. Op zijn beurt zag Volker dat de ander het vaandel losliet en beide handen naar zijn hoofd bracht in een gebaar van wanhoop.

'Ik ben op zoek naar mijn vriend, mijn vriend Rudolf. Hebt u hem gezien?' vroeg Steiner met een stem die hees was van al het geschreeuw.

'Hij was hier niet toen ze zijn appartement binnenvielen. Ik neem aan dat hij ook niet in zijn praktijk was,' antwoordde Volker.

'En Rachel? Samuel? Weet u iets van zijn gezin?'

'Die zijn veilig. Als u dokter Adler vindt, waarschuw me dan. Ik woon op nummer 20 op de tweede verdieping. Ik ben de gepensioneerde kolonel Theobald Volker.'

'Peter Steiner. Als Adler komt, zeg hem dan dat ik hem zoek, dat hij hier op me moet wachten. Ik kom terug. Onthoud mijn naam, Peter Steiner.'

De violist

Wenen, november-december 1938

Rudolf Adler kwam nooit meer thuis en zag Rachel en zijn zoon Samuel nooit meer terug. In de nacht van 9 op 10 november 1938, de Nacht van het gebroken glas, werd het niet donker. De vuren en brandende huizen verlichtten de hemel tot het ochtendgloren.

Peter Steiner wist een mouwband met het hakenkruis te pakken te krijgen en gewapend met het vaandel, dat al gescheurd was en vuil van het stof en de as, liep hij de hele buurt door en nam hij de vernielingen en de slachtoffers in zich op. Uiteindelijk ontdekte hij rond drie uur in de ochtend dat een paar ambulances de ernstigste gewonden hadden opgehaald. Daarop ging hij naar het ziekenhuis, waar hij zich voordeed als een leider van een paramilitaire brigade om binnen te komen. De slachtoffers lagen in de gangen, terwijl het medisch en verplegend personeel handen tekortkwam in hun pogingen zo veel mogelijk te helpen, want ze hadden geen bevel gekregen om Joden te weigeren of aan te geven. In die verwarring legde een verpleger hem uit dat er nog geen officiële registratie was van degenen die onlangs waren opgenomen, maar hij stelde hem voor een kijkje te nemen op de spoedeisende hulp en in de gangen, waar de brancards in een rij stonden opgesteld.

Uitgeput liep Steiner van de ene zaal naar de andere. Hij

wilde al weggaan, op het punt het op te geven, toen hij de stem van zijn vriend zachtjes zijn naam hoorde roepen. Hij was vlak langs diens bed gelopen zonder hem te herkennen. Rudolf Adler lag op zijn rug met een bloederig verband om zijn hoofd. Zijn gezicht was zo opgezwollen dat zijn gelaatstrekken verloren gingen in de zwelling, de snijwonden en de blauwe plekken. Hij kon nauwelijks praten en miste een paar tanden. Steiner moest zijn oor dicht bij de mond van de gewonde houden om te ontcijferen wat hij lispelde.

'Rachel...'

'Sst, Rudy, praat maar niet. Het gaat goed met je gezin. Rust uit, je bent in het ziekenhuis, hier ben je veilig,' antwoordde Steiner, overmand door vermoeidheid en emoties.

In de daaropvolgende uren bleef hij bij zijn vriend, knikkebollend onderuitgezakt op de grond aan het voeteneind van de brancard. Hij hoorde Adler kreunen en ijlen. Af en toe kwam een verpleegster langs om te controleren of de patiënt nog ademde, maar ze probeerde niet te achterhalen wat zijn identiteit was of wat die andere man daar deed. De mouwband met het hakenkruis zei haar genoeg en ze stelde geen vragen. Bij zonsopgang stond Peter Steiner moeizaam op. Al zijn spieren deden pijn en hij had verschrikkelijke dorst.

'Ik ga Rachel vertellen dat ik je gevonden heb. Ik kom terug en blijf bij je tot ze je ontslaan,' zei hij tegen zijn vriend, maar hij kreeg geen enkele reactie.

Thuis wachtte zijn vrouw op hem. Zij was die nacht ook niet naar bed gegaan en had aan de radio gekluisterd gezeten, waar ze vertelden dat het de Joden waren die de rellen hadden veroorzaakt. Tussen slokken sterke koffie met cognac door vertelde Peter haar de waarheid. Nadat hij zich had gewassen en een schoon overhemd had aangetrokken, ging hij naar het gebouw van de Adlers. Bij aankomst zag hij een paar van die gevreesde bruinhemden die toezicht hielden op vrouwen die op hun knieën verf- en bloedvlekken van de straatstenen boenden, terwijl een groepje nieuwsgierigen hen spottend stond te bekijken. Hij herkende mevrouw Rosenberg, die een vaste klant was in zijn apotheek. Even voelde hij de neiging om in te grijpen, maar de urgentie om Rachel te spreken woog zwaarder en hij glipte weg om niet de aandacht te trekken.

De ruiten van de ingang van het gebouw waren vernield en op de muren waren lukraak zwarte hakenkruisen geklad, maar er werd al geveegd en een man nam de maten op om het glas te vervangen. Bovengekomen zag hij dat de deur van het appartement op de eerste verdieping tegenover dat van de Adlers was ingetrapt en aan een scharnier hing. Toen hij dichterbij kwam zag hij dat het ook was geplunderd. Op nummer 20 op de volgende verdieping deed Volker open, fris geschoren en met nat haar, gekleed in zijn uniform met zijn medailles.

'Ik moet mevrouw Adler spreken,' zei Steiner.

'Ik vrees dat dat niet kan,' antwoordde de kolonel, niet bereid die informatie aan iemand te geven en al helemaal niet aan een man die de avond daarvoor met een nazivaandel had lopen zwaaien.

'Weet u waar ze is?' hield Steiner vol.

'Dat kan ik u niet zeggen.'

'Kijk, meneer... ik bedoel kolonel, u kunt mij vertrouwen. Ik ken Rudolf Adler al zo'n twintig jaar, ik ben de beste vriend van de familie, Samuel is als een zoon voor me. Ik moet Rachel spreken. Haar man ligt zwaargewond in het ziekenhuis.'

'Ik zal de boodschap doorgeven, maar ik weet niet wat zij kan doen in deze omstandigheden,' antwoordde de militair.

'Zeg haar dat ze zich moet klaarmaken om zo snel mogelijk te emigreren. Zodra we Rudolf uit het ziekenhuis kunnen krijgen, moeten ze naar het buitenland. Duizenden Joden zijn ze al voorgegaan, Rudolf maakte ook al plannen. Na wat gisternacht is gebeurd, is niemand meer veilig hier. Ze moeten weg, daar hangt Samuels toekomst van af. Begrijpt u dat?'

'Ik begrijp het.'

'U moet haar overtuigen, kolonel. Rachel is erg gehecht aan haar vader en aan haar huis, maar het is nu een kwestie van leven of dood. Ik overdrijf niet, dat verzeker ik u.'

'Dat hoeft u me niet te zeggen, meneer Steiner.'

'Zeg haar ook dat ze het appartement en de praktijk niet kwijt zullen raken. Zij weet het niet, maar die staan op mijn naam en kunnen niet worden gevorderd.'

Steiner ging terug naar het ziekenhuis. Bij daglicht was de vernieling in haar totale omvang duidelijk zichtbaar. De straten lagen bezaaid met afval, glas en puin, de vuren en brandhaarden waren nog niet gedoofd, met hamers waren enorme gaten in de gevels van winkels en huizen geslagen. Agenten van de Veiligheidsdienst onderzochten huis voor huis en laadden hun auto's vol met documenten en archieven die ze bij de kantoren en synagogen hadden geconfisqueerd voor ze in brand waren gestoken. Er was een bevel om Joodse mannen te deporteren. Lange rijen gevangenen liepen naar de vrachtwagens die hen naar een concentratiekamp zouden brengen, terwijl huilende familieleden vanaf de stoep afscheid van hen namen.

De meeste mensen waren binnengebleven, maar wie er wel waren, bespuugden en beledigden de rij gedetineerden uit rassenhaat of om bij de nazi's in de gunst te komen.

Toen hij bij het ziekenhuis kwam, zag Steiner dat de situatie was veranderd. De chaos van de afgelopen nacht had plaatsgemaakt voor een militaire discipline, niemand kon ongecontroleerd naar binnen of naar buiten. De autoriteiten maakten een lijst van de patiënten en selecteerden de Joden die konden staan om ze samen met de anderen te deporteren. Hij kon niet vaststellen of Rudolf Adler zich daartussen bevond, maar hij vermoedde dat hij wegens zijn verwondingen niet vervoerd mocht worden.

De volgende dagen werd de situatie weer enigszins normaal. Bij de Weense bevolking had die orgie van vuur en bloed een schaamtegevoel achtergelaten. De Joodse gemeenschap werd gedwongen een fortuin te betalen vanwege de 'schade aan de Duitse natie'. Zoals Rudolf Adler al had gevreesd, werden eigendommen en andere goederen van Joden door de autoriteiten in beslag genomen of door ariërs afgepakt. Joodse winkels, kantoren en scholen werden gesloten; Joodse kinderen mochten niet naar een andere school. Toen bekend werd dat de gevangenen in de concentratiekampen vrijgelaten werden als ze onmiddellijk zouden emigreren, vormden zich dag en nacht ellenlange rijen bij de civiele kantoren en consulaten om een paspoort of een visum te bemachtigen. Duizenden en duizenden families vertrokken nadat ze alles waren kwijtgeraakt, met alleen de inhoud van een koffer.

Rachel Adler was aangeraden niet naar het ziekenhuis te gaan om naar haar man te vragen, want dan zou ze kunnen worden opgepakt. Ze moest dat overlaten aan Peter Steiner en zijn vrouw, die elkaar afwisselden en er twee keer per dag heen gingen en steeds weer hetzelfde formulier invulden om de patiënt te bezoeken, zonder succes. Ze was niet van plan de chaos in haar appartement op te ruimen; ze haalde er het hoognodige vandaan, sloot het af en installeerde zich voorlopig met haar zoon bij Volker, want ze wilde in de buurt zijn als haar man zou opduiken. De Steiners hadden haar ook onderdak aangeboden, maar die woonden met hun zes kinderen en een grootmoeder in een klein huis. Ze had Leah kunnen overhalen naar een door de synagoge geregeld onderduikadres op het platteland te gaan, totdat ze allemaal samen het land konden verlaten. Op dat adres was ze tenminste een tijdje veilig, maar eigenlijk was geen enkele Jood dat.

Terwijl Rachel iedere dag van kantoor naar kantoor ging, van rij naar rij, in een poging de papieren voor de emigratie te krijgen, zorgde Volker voor Samuel. De oude kolonel, die jarenlang in een isolement had geleefd met zijn verdriet en teleurstellingen, zag dit vroegrijpe vijfjarige kind als de kleinzoon die hij had kunnen hebben als zijn zoon de oorlog had overleefd. Hij nam zijn rol van grootvader zo serieus dat hij het kind geen moment alleen liet, en daarvoor moest hij zijn gewoontes als weduwnaar aanpassen. In zijn ijver om Samuel bezig te houden om het trauma dat hij de laatste tijd had opgelopen en de onzekerheid over zijn vader te compenseren, nam hij hem mee naar het park, naar musea. Ook gingen ze samen naar muziek luisteren, ze gingen zelfs naar de bioscoop om *La Kermesse héroïque* te zien, een romantische komedie waar ze geen van tweeën iets van snapten. Samuel op zijn beurt deed zijn uiterste best om iets terug te doen voor al die aandacht met zijn vioolspel waar de kolonel met verwondering naar luisterde. Volker wist dat deze waardevolle dagen met het kind geteld waren.

Een aantal dagen na de pogrom, toen het overduidelijk was dat de ijzeren greep die de Joden wurgde dodelijk aan het worden was, kwam Rachel met het bericht dat ze de volgende dag een afspraak had met de consul van Chili.

'Chili? Dat ligt heel ver weg, mevrouw Adler!' riep Volker.

'Wat moeten we dan, Herr Oberst, dat is het enige wat ik kon bereiken. Er is me verteld dat die ambtenaar de visa verkoopt, maar dat hij geen geld accepteert, alleen goud en juwelen. Gelukkig heb ik de diamanten ring en parelketting nog die ik van mijn moeder heb geërfd. Ik hoop dat dat voldoende is...'

'Die man is gewetenloos, mevrouw. Hij kan u misleiden.'

'Daarom heb ik u nodig. Kunt u met me meegaan? Trek uw uniform aan, bij u durft hij geen vuile spelletjes te spelen. Dan krijg ik de visa en zodra Rudolf komt, vertrekken we.'

Zo spraken ze het af, maar diezelfde avond kwam Peter Steiner met het slechte nieuws dat Rudolf Adler was gedeporteerd naar een concentratiekamp in Dachau.

'Ze hebben hem een paar dagen geleden meegenomen, maar daar kwamen we nu pas achter. In zijn conditie zal hij daar niet overleven,' zei de apotheker.

'We moeten hem zo snel mogelijk bevrijden!' riep Rachel angstig.

'Als jullie kunnen bewijzen dat jullie onmiddellijk zullen emigreren, zal dat gemakkelijker zijn, Rachel. De nazi's willen hier geen Joden.'

'Ik hoop visa voor Chili te kunnen krijgen.'

'Voor welk land?' vroeg Steiner verbaasd.

'Chili, in Zuid-Amerika.'

'Dat kan nog wel even duren,' kwam Volker tussenbeide.

'Misschien moet jij met Samuel gaan en dan sturen we Rudolf later...' stelde Steiner voor.

'Nee! Ik ga nergens heen zonder mijn man.'

Naarmate de dagen verstreken en de mogelijkheid om haar man te redden kleiner werd, groeide Rachels wanhoop. De situatie van de Joden in Oostenrijk werd met het uur slechter en ze wilde niet denken aan de omstandigheden waarin Rudolf zich bevond. Ze was zo zenuwachtig geweest bij de eerste afspraak met de Chileense consul, dat Volker de vragen had moeten beantwoorden.

Het consulaat was een naargeestig kantoor, tussen veel van

diezelfde kantoren, in een van de weinige lelijke gebouwen in het centrum van de stad. Bij de receptie, waar maar een paar stoelen stonden, wachtten verschillende mensen op hun beurt voor het bureau van de secretaris, een stug mannetje dat zichzelf nogal belangrijk vond. Ze hadden zeker een paar uur moeten wachten als Volker niet discreet een paar biljetten aan die man had gegeven. Zo konden ze de rij overslaan.

Vanaf het begin koesterde de consul argwaan tegen hen en was hij op zijn hoede. Toen ze de betaling durfde voor te stellen voor de visa voor haar, haar man, haar zoon en haar schoonzus, antwoordde hij nors dat hij haar verzoek zou noteren, de normale procedure zou volgen, die één of twee maanden zou duren, en dat hij haar te zijner tijd op de hoogte zou stellen. Ze begreep dat het een vergissing was geweest om met Volker te gaan. Die imposante militair intimideerde de Chileen die heel voorzichtig met zijn illegale transacties te werk moest gaan. 'We gaan naar andere consulaten,' zei Volker toen ze naar buiten liepen, maar Rachel had gezien hoe de man haar van top tot teen had opgenomen en besloot het nog een keer te proberen.

Een paar dagen later, zonder iemand iets te vertellen, kreeg ze het voor elkaar dat de consul haar weer ontving. Ze droeg een dunne, schuin afgesneden jurk waarin haar lichaamsvormen goed uitkwamen, hoge hakken, een vossenbontje, de parelketting en de diamanten ring waarmee ze hem dacht om te kopen. Ze ging alleen.

De diplomaat was een ijdel mannetje, met een zwierige snor en strak met brillantine achterovergekamd haar. Hij was klein en om dat te compenseren droeg hij plateauzolen. Hij ontving haar in hetzelfde kantoor waar ze hem bij de vorige afspraak had gezien, met de hoge plafonds, donkere, versleten leren meubels, een portret van de president van zijn land en schilderijen van veldslagen. De gordijnen waren gesloten, hoewel het midden op de dag was. Het enige licht kwam van een lamp boven het zware bureau. Bij de begroeting hield hij haar hand een paar seconden vast, die haar eindeloos leken. Hij sprak zo slecht Duits dat Rachel dacht dat ze hem verkeerd begreep toen hij zei dat de juwelen eigenlijk maar een fooi waren voor de kosten van het consulaat, maar dat een zo mooie vrouw als zij kon krijgen wat ze wilde. Hij was een romanticus, voegde hij eraan toe, terwijl hij haar met zijn arm om haar middel naar een bultige chocoladekleurige bank leidde. Rachel Adler was bereid de prijs te betalen die de man eiste.

De vernederende ervaring duurde nog geen tien minuten en Rachel nam zich voor die onmiddellijk te vergeten. De gebeurtenis viel in het niet vergeleken met de dramatische situatie waar ze al een paar maanden in leefde. Vervolgens ordende de consul zijn kleren, haalde een kam door zijn haar, stopte de ring en de parels in een bureaula en maakte met haar een afspraak voor de volgende week in een hotel, waar hij haar beslist de visa zou overhandigen. Rachel was niet in een positie om te onderhandelen. Het enige wat telde, was haar familie redden.

Begin december 1938 was Rachel drie keer op een afspraak geweest bij de Chileense consul en wachtte ze nog steeds tot hij haar de visa voor zijn land zou geven. Ze vreesde dat de man zijn deel van de afspraak niet zou nakomen voor hij genoeg van haar kreeg. Ze wilde niet denken aan de mogelijkheid dat hij, nadat hij zich aan haar had vergrepen en haar juwelen had afgenomen, niet de documenten zou geven die hij haar had beloofd. Ze kon nauwelijks functioneren met de druppels en pilletjes die Steiner haar gaf; ze had voortdurend een knoop in haar maag, ze had het gevoel alsof ze stikte en kon het trillen van haar handen niet meer verbergen. Ze had aan niemand opgebiecht wat er in de hotelkamer gebeurde waar ze de Chileen ontmoette, maar kolonel Volker begon iets te vermoeden.

'Hebt u al nieuws van uw man, mevrouw Adler?' vroeg hij.

'Peter heeft achterhaald dat hij erg zwak is, hij is nog niet hersteld van de klappen, maar tot nu toe heeft hij het volgehouden in de conditie waarin hij verkeert. Peter heeft me verzekerd dat Rudolf mijn brieven krijgt, ook al kan hij ze niet beantwoorden.'

'Luister, mevrouw, deze zaak met Chili duurt te lang, ik vertrouw die vent niet. Hij kan u belazeren. Ik denk dat u Samuel in veiligheid moet brengen.'

'Ik doe wat ik kan, Herr Oberst.'

'Daar twijfel ik niet aan, maar we kunnen niet blijven wachten. Zoals u weet heeft Groot-Brittannië aangeboden tienduizend Joodse kinderen van onder de zestien op te vangen. Veel Engelse gezinnen hebben zich ingeschreven om voor de kinderen te zorgen. Samuel zou een tijdje naar dat land kunnen, tot u en uw man zich in Chili of ergens anders kunnen vestigen en dan kunt u weer samenkomen.'

'Gescheiden van Samuel? Hoe komt u erbij!'

Het laatste wat de oude militair wilde, was die jongen kwijtraken, voor wie hij ontzettend veel genegenheid had opgevat. Hij kon het gevaar echter beter inschatten dan Rachel Adler en wist dat deze ontsnappingskans er niet lang meer zou zijn, ze moest ervan profiteren voor de nazi's het zouden verbieden. Het was nu wel zeker dat Hitlers nationalistische praatjes naar een nieuwe oorlog leidden en dan zou het veel moeilijker worden, zo niet onmogelijk, om Samuel in veiligheid te brengen.

'Vanuit Berlijn is net de eerste groep aangekomen van ongeveer tweehonderd kinderen,' zei Volker. 'Het is een korte reis, ze worden begeleid en opgewacht in Engeland. Een bijzondere Nederlandse vrouw, een zekere mevrouw Geertruida Wijsmuller-Meijer, heeft toestemming kunnen krijgen om zeshonderd kinderen uit Oostenrijk weg te halen. Ik begrijp dat ze voor het transport voorrang geven aan wezen, kinderen uit heel arme gezinnen en kinderen die ouders in het concentratiekamp hebben. Samuel valt in die categorie. Ik smeek u, mevrouw Adler, denkt u aan de veiligheid van uw zoon.'

'U vraagt me mijn zoon alleen naar een ander land te sturen!'

'Het is een tijdelijke oplossing. Het is de enige manier om Samuel te beschermen. U moet snel beslissen, het transport vertrekt over een paar dagen.'

Peter Steiner was het eens met Volker. Door de censuur en de propaganda was het moeilijk de waarheid te achterhalen van wat er in het land gebeurde, maar hij wist dat de situatie in Duitsland hetzelfde was als in Oostenrijk. En hij was goed geïnformeerd door bepaalde klanten in zijn apotheek en door zijn pokervrienden.

Rachel was wanhopig. Ze raadpleegde haar ouders en haar broer. Ze vertrouwde erop dat zij met een alternatief zouden komen, maar allemaal deelden ze de mening dat ze een plaats moest zien te bemachtigen voor de jongen in de groep van de Nederlandse vrouw. Engeland was dichtbij, zeiden ze, ze zou hem kunnen bezoeken. Zelf probeerden ze tijdelijk naar Portugal te gaan en vandaar naar elke willekeurige plaats waar ze maar welkom waren; de uittocht van Duitse en Oostenrijkse Joden breidde zich uit en het werd steeds moeilijker om een visum te krijgen.

'De familie valt uiteen,' zei Rachel snikkend.

'Voorlopig is het het meest urgent om Samuel in veiligheid te brengen,' zei haar vader met nadruk.

'In deze verschrikkelijke onzekerheid waarin we leven

moeten we proberen bij elkaar te blijven. Als we uit elkaar gaan, zien we elkaar misschien nooit meer terug,' hield ze vol.

'Zodra de reis met Rudolf naar Chili of welk ander land dan gelukt is, wachten we tot jullie je hebben geïnstalleerd en dan proberen we jullie daar weer bij elkaar te brengen.'

'Ik kan Samuel niet bij me weg laten gaan!'

'Het is voor zijn bestwil. Je moet dat offer brengen, Rachel. Ook andere families van de gemeente denken na over het Kindertransport,' zei haar vader.

Rachel probeerde haar zorgen en angst zorgvuldig te verbergen voor Samuel, maar die had wel in de gaten wat er gebeurde en vroeg vaak naar zijn vader. Hij wachtte tot zijn moeder weg was en vroeg de kolonel toen waarom ze hem zo ver weg wilden sturen. Volker ging met hem aan de eettafel zitten, vouwde een landkaart open en wees hem waar Engeland lag ten opzichte van Wenen en hoe je er kon komen. Hij verzekerde hem dat de scheiding van zijn ouders nodig was, maar dat die kort zou duren, hij moest het als een avontuur zien.

'Ik moet op mijn papa wachten. Wanneer komt hij terug? Waar is hij?'

'Ik weet het niet, Samuel. Je bent al een hele man. Je moet je moeder helpen, ze heeft het er erg moeilijk mee dat je vader er niet is. Laat haar zien dat je blij bent dat je met de andere kinderen op reis gaat.'

'Maar ik ben niet blij, Herr Oberst. Ik ben bang...'

'We zijn allemaal heel vaak bang, Samuel. Ook dappere mannen zijn bang, maar ze verzetten zich daartegen en doen hun plicht.'

'Bent u bang geweest?'

'Heel vaak, Samuel.'

'Ik blijf liever hier, bij mama en bij u, tot papa terug is.'

'Ik zou ook willen dat je bij me blijft, maar dat kan niet. Ooit zul je dat begrijpen.'

Nadat Rachel Adler eindelijk, met een gebroken hart, het idee had geaccepteerd, ging het snel. Een vertegenwoordiger van de Joodse gemeenschap kwam de dag daarop naar Volkers appartement om de situatie op te nemen. Het feit dat Samuels vader in een concentratiekamp zat en dat de nazi's dreigden ook de vrouwen van de gevangenen te deporteren, zorgde ervoor dat de jongen op de lijst werd gezet. De vertegenwoordiger legde hun uit dat het Kindertransport met veel zorg door de Joodse comités werd georganiseerd, dat ze ook kinderen uit Polen, Hongarije en Tsjechoslowakije redden. Andere landen hadden ook aangeboden kinderen op te vangen, maar nergens was zo veel capaciteit als in Groot-Brittannië. Samuel zou per trein naar Nederland reizen en in de buurt van Rotterdam op de veerboot stappen die via Het Kanaal naar de Engelse havenplaats Harwich ging.

Op 10 december brachten Rachel en de kolonel Samuel in alle vroegte naar het treinstation. Rachel liep als een slaapwandelaar, versuft door een overmatige dosis medicijnen van Steiner. De vorige dag had ze zo'n verontrustende paniekaanval gehad, dat Volker Steiner erbij had geroepen. De apotheker sloot zich met haar op in de kamer en zei haar met klem dat ze moest kalmeren, dat ze haar gemoedstoestand niet op haar zoon mocht overbrengen. De kleine jongen deed een prijzenswaardige poging om rustig te blijven en zij moest hem helpen, ze had niet het recht om in zijn bijzijn te breken, zei hij. Daarna diende hij haar een krachtig slaapmiddel toe, waardoor ze negen uur onder zeil was. Ondertussen pakte de kolonel het koffertje van Samuel in met de kleren die hij voor hem op de groei had gekocht, zodat hij er zo lang mogelijk wat aan had. Hij stopte tien mark in de zak van Samuels nieuwe jas en speldde een van zijn oorlogsonderscheidingen op de revers.

'Het is een medaille voor moed, Samuel. Die kreeg ik een paar jaar geleden in de oorlog.'

'Is die voor mij?'

'Ik leen hem je, om je eraan te herinneren dat je dapper moet zijn. Als je bang bent, sluit je je ogen, wrijf je de medaille tussen je handen en dan voel je een enorme kracht in je opkomen. Ik wil dat je hem draagt tot we elkaar weer zien, dan moet je hem aan me teruggeven. Pas er goed op,' zei de kolonel met een van verdriet verstikte stem.

Die dag verzamelde een grote menigte ouders zich met hun kinderen op het station. Er waren kinderen van alle leeftijden, zelfs een paar die nauwelijks zelfstandig konden lopen en aan de hand liepen van wat oudere kinderen. Veel van de kleinsten klampten zich huilend vast aan hun ouders, maar over het algemeen was de stemming kalm en de orde onberispelijk. Vele vrijwilligers – bijna allemaal vrouwen – hoorden iedereen aan, terwijl bewakers in naziuniform aan de kant stonden toe te kijken, zonder in te grijpen.

Rachel en Volker brachten Samuel tot aan de controlepost, waar een jonge vrouw, die niet Joods maar Engels bleek te zijn, naging of hij op de lijst stond en een identiteitskaartje om zijn nek hing. Ze streelde zijn wang en zei vriendelijk dat hij zijn viool niet kon meenemen, iedere reiziger mocht alleen zijn koffer meenemen, voor meer was geen plaats.

'Samuel is nooit zonder zijn viool, juffrouw,' legde Volker uit.

'Dat begrijp ik, bijna alle kinderen willen iets extra's meenemen, maar we kunnen geen uitzondering maken.'

'Die laten jullie wel door,' Volker wees naar een meisje van een jaar of drie dat een pluchen teddybeer vasthield.

Opgelaten probeerde de vrouw het aan de kolonel uit te

leggen, zij moest ook maar de instructies opvolgen. De tijd begon te dringen, er stond een rij kinderen te wachten en er was al een kringetje om hen heen komen staan. Verschillende mensen werden ongeduldig door het oponthoud en anderen voerden aan dat het niet zo moeilijk moest zijn om het kind zijn viool mee te laten nemen, terwijl de vrouw erop bleef hameren dat ze zich aan de regels moest houden.

Plotseling zette Samuel, die nog geen woord had gesproken sinds ze van huis waren gegaan, de gehavende vioolkoffer op de grond en haalde het instrument eruit, legde het op zijn schouder en begon te spelen. Binnen een minuut werd het helemaal stil rond dat wonderkind, en vulde de lucht zich met de klanken van een serenade van Schubert. De tijd stond stil en een paar schitterende minuten lang voelde die menigte, bedroefd door het naderende afscheid en de onzekerheid over hun levens, zich getroost. Samuel was klein voor zijn leeftijd en in zijn te grote jas zag hij er aandoenlijk tenger uit. Met gesloten ogen, wiegend op het ritme van de muziek, zorgde hij voor een betoverend schouwspel.

Na afloop nam hij met zijn gebruikelijke ernst het applaus in ontvangst en borg de viool zorgvuldig op in de koffer. Op dat moment weken de mensen uiteen om een stevige vrouw door te laten, helemaal in het zwart gekleed, die dichterbij kwam, terwijl haar naam in het rond zong: het was de Nederlandse die het transport had geregeld. Aangedaan boog de vrouw zich naar Samuel, schudde hem de hand en wenste hem een goede reis. 'Je mag je viool meenemen. Ik breng je naar je plaats,' zei ze.

Rachel knielde op de straat en omhelsde haar zoon stevig. Ze kon haar tranen niet inhouden en fluisterde instructies en beloftes die ze niet kon nakomen: 'Tot gauw, mijn schat, vergeet niet je melk te drinken en je tanden te poetsen voor je gaat slapen. Eet niet te veel zoetigheid. Je moet beleefd zijn tegen de mensen die je in huis nemen, denk eraan hen te bedanken. Ik zie je gauw weer, zodra papa vrij is, komen we weer samen, we nemen tante Leah mee en misschien ook je grootouders, Engeland is een heel mooi land, je gaat het er goed hebben, ik houd veel van je, heel veel…'

Het hardnekkigste beeld uit zijn verleden, dat tot op hoge leeftijd onaangetast in Samuel Adlers herinnering zou blijven, was die laatste, wanhopige omhelzing van zijn moeder, die in tranen op het station met een zakdoek zwaaide, steunend op de stevige arm van de oude kolonel, terwijl de trein wegreed. Die dag eindigde zijn jeugd.

Samuel

Londen, 1938-1958

De reis van Oostenrijk naar Engeland duurde drie dagen, die een eeuwigheid leken voor de kleine Samuel. In het begin zongen de kinderen, aangemoedigd door de vrijwilligers, maar naarmate de tijd verstreek werden ze overmand door vermoeidheid en angst. De allerkleinsten huilden en riepen om hun ouders. Op de tweede dag sliepen de meesten op de harde houten banken of op de grond, maar Samuel bleef zitten, onbeweeglijk, met de viool stevig tegen zich aan, en deed stilletjes het kedeng kedeng na van de ijzeren wielen op de rails. De trein stond geregeld stil en dan stapten soldaten in om met een dreigende houding de boel te inspecteren, maar ze kregen te maken met de kille autoriteit van mevrouw Wijsmuller-Meijer. Eindelijk, op een regenachtige middag, kwamen ze bij de naargeestige, ijskoude Nederlandse haven, waar ze in een rij de trein verlieten en met gebogen hoofden en uitgeput op een veerboot stapten. Het petroleumkleurige water was onstuimig en veel kinderen, die nog nooit de zee hadden gezien, huilden geschrokken. Samuel werd misselijk en hing met zijn halve lichaam over de reling om over te geven, terwijl het zoute water tegen hem opspatte.

Bij aankomst in Engeland werden ze opgewacht door de families die hadden aangeboden de kleine vluchtelingen op te vangen. Elk kind had een identiteitsbewijs op de borst.

Samuel werd begroet door twee vrouwen, moeder en dochter, die om een meisje hadden gevraagd dat oud genoeg was om in het huishouden te kunnen helpen. Ze maakten een tijdje ruzie met de organisatoren, terwijl hij tegen de muur stond te wachten, met zijn koffertje, zijn viool en zijn jas met braakselvlekken. Hij bleef uiteindelijk niet zo lang bij hen. Ze werkten allebei in een fabriek waar militaire uniformen werden gemaakt en ondanks het leeftijdsverschil van zo'n twintig jaar leken ze net een tweeling met hun geaffecteerde manier van praten, hun strakke krullen, hun mannenschoenen en hun slechte adem. Ze woonden in een hoog, smal huis, volgestouwd met porseleinen beeldjes, koekoeksklokken, kunstbloemen, gehaakte kleedjes en andere voorwerpen van twijfelachtige smaak en twijfelachtig nut, alles secuur uitgestald in een onveranderlijke volgorde. Samuel mocht nergens aankomen. Ze waren heel streng en altijd slecht gehumeurd. Ze hadden een eindeloos aantal regels voor het huishouden, van het tellen van de suikerklontjes tot het vaststellen waar iedereen moest zitten en hoe laat. Ze begrepen geen woord Duits en de jongen sprak geen Engels, waardoor hun ergernis alleen maar toenam. Samuel bracht bovendien uren in stilte door, ineengedoken in een hoekje, en hij plaste in bed. Toen zijn haar met plukken tegelijk begon uit te vallen, millimeterden ze het.

Het werd al snel duidelijk dat dit niet het geschikte gezin was voor Samuel Adler. Hij werd bij een andere familie ondergebracht en daarna bij nog een andere, en nog een andere; hij hield het nergens lang uit doordat hij gauw ziek en depressief werd. Na verloop van een jaar plaatsten ze hem in een weeshuis in een Londense voorstad in een prachtig buitengebied met weilanden en een bos. In dat natuurrijke landschap zag het afschuwelijke stenen gebouw, dat in de Eerste Wereldoorlog een ziekenhuis was geweest, er agressief uit.

Het weeshuis was voor jongens ouder dan Samuel en werd bestuurd met de tucht en discipline van een militair kamp. De jongens woonden in een barak van houten planken en sliepen ieder op een dun matras; ze aten rijst met groenten, zoals bijna iedereen in die oorlogstijd. Ze kregen les in lokalen die in de winter ijskoud en in de zomer benauwd waren. Ook deden ze veel aan sport, want het idee was om lichamelijk en geestelijk sterke jongens van hen te maken. De kinderlijke ruzies werden met bokshandschoenen uitgevochten in een ring, fouten werden bestraft met slagen van een rietje op het achterwerk, lafheid was de grootste tekortkoming. In het begin werd Samuel vrijgesteld van sommige activiteiten en straffen omdat hij astmatisch was en veel jonger dan de andere interne leerlingen, maar aan die privileges kwam snel een eind.

In al die tijd liet de jongen zijn viool niet in de steek, maar omdat hij niet mocht spelen, componeerde hij stiekem melodieën, die hij in de stilte van de nacht in zijn hoofd afspeelde. Ook deed hij nooit afstand van de oorlogsmedaille die kolonel Volker op zijn jas had gespeld toen hij en zijn moeder hem naar de trein brachten. Om hem niet te verliezen, plakte hij hem in de binnenkant van de vioolkist. Hij constateerde dat de medaille inderdaad magisch was, zoals de kolonel had gezegd: hij hoefde er maar over te wrijven om zijn angst te overwinnen. Hij paste er goed op, zich terdege bewust dat hij hem te leen had en hem ooit moest teruggeven.

In Engeland was het het parool om optimistisch te blijven, de overwinning was gegarandeerd, zeiden ze, ook al kostte de oorlogsinspanning onmetelijk veel bloed en middelen. De Duitse bombardementen, waarbij meer dan veertigduizend burgerslachtoffers vielen en hele wijken in de as werden gelegd, waren gestopt zonder dat het eigenlijke doel was bereikt: de bevolking angst aanjagen zodat deze zich zou overgeven. Minuten nadat de vijandelijke vliegtuigen waren vertrokken en de sirenes het einde van de bombardementen aankondigden, kwamen de mensen uit hun schuilplaatsen, streken hun kleren glad en simuleerden een rust die niemand voelde. Ze begonnen met het blussen van de branden en het zoeken naar overlevenden tussen het puin. Alles was op rantsoen, voedsel was schaars, er was geen brandstof voor transport of voor verwarming in de winter, de ziekenhuizen lagen vol en op straat zag je soldaten met geamputeerde ledematen en hongerige kinderen. De mensen probeerden waardig en zonder overbodige luxe te leven. De zo gevierde Britse onverstoorbaarheid hielp om het gevaar en de ontelbare ongemakken met een zekere ironie te dragen, alsof alles in een andere dimensie plaatsvond. *Keep calm and carry on* was het motto dat overal viel te lezen.

In 1942 kreeg Samuel longontsteking. Met twaalf patiënten op een rij vocht hij in zijn ijzeren ziekenhuisbed om adem te krijgen, heen en weer geslingerd tussen een gloeiende koorts en ijskoude vlagen die hem deden rillen. Op een gegeven moment had hij het gevoel dat hij zou sterven en besloot hij dat hij zijn ouders moest waarschuwen. Hij had hun al een paar keer geschreven zonder antwoord te krijgen; in het eerste jaar van zijn ballingschap waren er alleen twee korte berichten van zijn moeder gekomen. In de heldere momenten schreef hij met veel moeite een brief aan zijn ouders op een velletje uit een schrift. Niemand kon hem helpen, want hij schreef in het Duits.

> *Lieve mama en papa, Ik ben ziek. Ik waarschuw jullie voor het geval jullie me van school komen halen en me niet vinden. Het ziekenhuis is heel groot en iedereen kent het hier. Soms zweef ik en kan ik mezelf*

vanuit de hoogte in bed zien liggen. Niemand weet of ik doodga, maar voor het geval dat, laat ik jullie mijn viool na als herinnering. Ik wil jullie ook vragen de medaille terug te geven aan de meneer die op de tweede verdieping woont. De medaille zit in mijn vioolkoffer. Kijk alstublieft niet naar mijn fouten, ik weet bijna niet meer hoe ik in het Duits moet schrijven. Jullie zoon, Samuel.

Hij adresseerde de envelop aan 'Herr Rudolf Adler und Frau Rachel Adler, Wenen, Oostenrijk', en vroeg aan een verpleegster of ze hem op de post kon doen. Omdat ze wel wist dat die brief nooit bij de geadresseerden zou aankomen, gaf de goede vrouw hem aan Luke Evans, want hij en zijn vrouw waren de enigen die de jongen bezochten.

Luke en Lidia Evans waren quakers die al jarenlang kinderen uit oorlogsgebieden redden. Ze hadden dat gedaan tijdens de Burgeroorlog in Spanje en daarna in Europa, waar ze met Joodse organisaties samenwerkten. Samuel dacht dat ze erg oud waren, maar ze waren pas ergens in de veertig. Door hun innige relatie waren ze steeds meer op elkaar gaan lijken, als een kleine, magere tweeling met geel strohaar en ronde brillen. Lidia leed aan parkinson, waardoor ze na verloop van tijd zo goed als immobiel zou worden, maar toen Luke haar leerde kennen was daar nog niets van te zien. Door Lidia's ziekte hadden de Evans het werk aan het oorlogsfront moeten opgeven en keerden ze terug naar Engeland, waar ze kinderen als Samuel hielpen. Ze hadden zelf geen kinderen en ze raakten gefascineerd door die jongen die zo veel intelligentie bezat en een schrijnende gevoeligheid. Vanuit het ziekenhuis, waar hij een aantal weken had gelegen, namen ze hem mee naar hun huis. Samuel ging niet terug naar het weeshuis; hij had het thuis gevonden dat hij zo nodig had.

De Evans werden zijn familie. Ze stuurden hem naar een quakerinternaat, maar in de weekenden en de vakanties was hij bij hen. Zijn afkomst kennende, probeerden ze hem een religieuze opvoeding te geven en stuurden hem een tijdje naar de lessen in een synagoge, maar dat duurde maar een paar maanden. Samuel voelde zich geen deel van die gemeenschap en het geloof interesseerde hem niet, hoe de rabbijn ook zijn best deed. Hij voelde zich ook niet aangetrokken tot het christendom, maar de school was in dat opzicht liberaal en ze eisten niet dat hij zich zou bekeren. Hij deelde wel de waarden van de quakers: eenvoud, vrede, waarheid, tolerantie en de kracht van de stilte. Ze pasten perfect bij zijn karakter.

De Evans en de school gaven hem stabiliteit. De astma-aanvallen en de angstdromen werden minder en de haaruitval, waar hij jaren last van had gehad, ging vanzelf over. De kale plekken verdwenen en hij kreeg een bos krullen die vanaf dat moment zijn meest opvallende kenmerk was. Hij studeerde graag en speelde rugby, dat hielp hem bij de integratie, ook al maakte hij geen vrienden. Dit was de enige teamsport die hij in zijn leven zou doen, enerzijds omdat het verplicht was maar ook omdat hij in het spel zijn frustraties kwijt kon door te duwen, te tackelen en door het stof te rollen. In zijn puberteit onderscheidde hij zich omdat hij eindelijk weer viool kon spelen en deel uitmaakte van het schoolorkest. Hij had lang niet geoefend en hoewel zijn liefde voor de muziek intact was gebleven, was hij niet meer het wonderkind van vroeger.

Samuel was twaalf jaar toen de oorlog eindigde in mei 1945. Hij zou zich altijd de feestklokken herinneren, het gejuich op straat, in de huizen, op school, overal, de omhelzingen, de kreten, het gelach. Toen de gemoederen bedaarden, kon Europa de rekening opmaken van de bloedige overwinning: de vernietigde steden, het verwoeste land, de concentratiekampen, waar de nazi's twaalf miljoen mensen hadden uitgeroeid – van wie de helft Joden waren –, de bloedbaden, de ontelbare slachtoffers, de massa's vluchtelingen op zoek naar een plaats waar ze rustig konden leven. Samuel dacht dat zijn ouders daar misschien wel tussen zaten, misschien waren ze naar hem op zoek, misschien zouden ze binnenkort naar de school komen om naar hem te vragen en zouden ze hem niet herkennen als ze hem zagen. Maar hij zou hen wel herkennen, want hij had hun foto aan de binnenkant van zijn vioolkist geplakt, naast de medaille van kolonel Volker. De viool uit zijn kindertijd was vervangen, maar die aandenkens bleven overal bij hem. Hij dacht dat zijn ouders niet erg veranderd konden zijn in die zes jaar dat ze gescheiden waren geweest. Op de foto had zijn vader een bril, een snor en keek hij serieus, in tegenstelling tot de open lach van zijn moeder, een mooie vrouw met donkere ogen en golvend haar. Zijn vader droeg een donker pak met een vest, een beetje ouderwets, en een vlinderdasje; zijn moeder droeg een witte bloes, een donker jasje met een broche op de revers en een sierlijke hoed.

Er zouden echter nog wel wat jaren verstrijken voor hij iets over zijn familie te weten kwam. In 1942 hadden de nazileiders ingestemd met de 'definitieve oplossing', zoals ze de uitroeiing van de Joden noemden, maar de details van de Holocaust werden pas veel later bekend. De Evans sloten zich aan bij een van de organisaties die zich inzetten om de miljoenen mensen te helpen die door de oorlog ontheemd waren geraakt, maar hun pogingen om achter de verblijfplaats van de Adlers te komen, leverden niets op. Ze probeerden te voorkomen dat Samuel de documentaires zag over de concentratiekampen, maar op een zaterdag glipte de jongen weg naar de bioscoop en voorafgaand aan de film werd een filmjournaal vertoond met horrorscènes: stapels lijken, botten, geraamtes van overlevenden. Geschokt weigerde hij te geloven dat zijn ouders daartussen zouden kunnen zijn.

Na zijn schooltijd kreeg hij een oproep voor de dienstplicht, maar hij werd vrijgesteld vanwege zijn astma en een rugletsel dat hij bij rugby had opgelopen. Zodoende kon hij zich dankzij een beurs gratis inschrijven bij de Royal Academy of Music, Engelands oudste conservatorium, opgericht in 1822, waar strenge toelatingseisen golden.

Door een van die mysterieuze toevalligheden werd de stralende eerste lesdag waarop Samuel begon aan de systematische bestudering van de muziek ook een van de donkerste dagen uit zijn leven.

Hij liep terug naar het huis van de Evans om zijn hoofd leeg te maken, want hij was zo euforisch dat hij wel dronken leek. Rond zeven uur kwam hij thuis en hij was nog niet de drempel over of hij werd overvallen door een somber voorgevoel, alsof hij een stomp in zijn maag had gekregen. Lidia kwam hem tegemoet om hem voor te bereiden. 'Wacht, Sam...' bracht ze met moeite uit, terwijl ze hem bij zijn vest pakte, maar de jongen gaf haar niet de kans om nog iets te zeggen. In de kamer zat een stevige jonge vrouw die zo wit was dat ze wel een albino leek.

'Samuel...? Ik ben Heidi Steiner. Ken je me nog?' vroeg ze in het Duits. 'Nee, hoe zou je me nog kennen, je was heel klein toen we elkaar voor het laatst zagen. Ik ben de dochter van Peter Steiner.'

Ook die naam klonk Samuel niet bekend in de oren. Hij had al jaren geen Duits meer gesproken, maar hij kon haar wel begrijpen. Hij wachtte tot ze verder zou gaan, terwijl de druk op zijn maag sterker werd. Vanwege de taal vermoedde hij dat het om zijn ouders ging.

'Ik heb je kunnen vinden omdat ik wist dat ze je naar Engeland hadden gestuurd met het Kindertransport en de organisatoren hadden van elk kind een register bijgehouden. In jouw gegevens stonden de huizen en het weeshuis waar je woonde voor de Evans je opvingen, ook de quakerschool.'

Ze voegde eraan toe dat ze hem niet eerder had kunnen opzoeken, want het had jaren geduurd voor de overwonnenen een nieuw bestaan konden opbouwen. Duitsland lag in puin, was vernederd en verarmd en Oostenrijk was hetzelfde lot beschoren.

'In het begin zochten we de vuilnisbakken af naar eten,' zei ze. 'De honger was zo erg, dat er geen honden en katten in leven bleven, we aten zelfs muizen.'

Peter Steiner, Heidi's vader, vermoedde dat zijn vrijheid in gevaar was onder het naziregime. Hij had vrienden op hoge posten die hem waarschuwden dat hij door de Gestapo in de gaten werd gehouden, hij werd beschuldigd van communistische sympathieën. Hij had geld verborgen om zijn familie te beschermen in het geval er iets met hem zou gebeuren, maar hij had zich nooit kunnen voorstellen dat die papieren biljetten door de nederlaag waardeloos zouden worden. Bij zijn spaargeld bewaarde hij het aankoopdocument van de praktijk en het appartement van Rudolf Adler, met een brief waarin stond dat het een fictieve aankoop was en dat Adler de wettige eigenaar was.

'Het spijt me, Samuel. Het gebouw is bij een bombardement verwoest,' vertelde Heidi.

Hij begreep dat de vrouw tijd probeerde te winnen met die omhaal van woorden. Wat kon hem een woning in Wenen schelen? Ze kon niet van zo ver gekomen zijn om hem dit te zeggen.

Heidi vertelde dat twee van haar broers, die in hun tienerjaren waren gerekruteerd, niet van het slagveld waren teruggekeerd. Een van haar zussen stierf aan tyfus en de andere verdween toen de Russen Oostenrijk bezetten. Van de zes Steiner-kinderen hadden alleen zij en de jongste het overleefd en ook de moeder, maar die woonde in een verpleeghuis.

'Mijn vader is in 1943 opgepakt, hij werd ervan beschuldigd communist te zijn, ze legden beslag op de apotheek en ons huis. Hij stierf in Auschwitz,' zei ze.

'Ik vind je familietragedie heel erg. Het is verschrikkelijk... Vertel eens, weet je wat er met mijn ouders is gebeurd?'

'Het is heel droevig wat ik je moet vertellen, Samuel, maar daarvoor ben ik gekomen. Je mag niet met de twijfel leven, dat is erger dan rouw... Je vader werd opgepakt toen hij nog in het ziekenhuis lag, zwaargewond, twee of drie dagen na de Kristallnacht, de beruchte Nacht van het gebroken glas...' Heidi aarzelde, ze wist niet hoe ze verder moest gaan.

'Alsjeblieft, ik moet het weten. Wat gebeurde er met hem?'

'Het laatste wat we hoorden, via getuigenissen van andere gevangenen, is dat hij stierf aan hersenletsel vlak nadat hij in Dachau was aangekomen.'

'Dus toen mijn moeder me naar Engeland stuurde, wist ze niet dat ze al weduwe was,' zei Samuel met een snik in zijn stem.

'Dat klopt.'

'En mijn moeder, wat is er met haar gebeurd?'

'Zij had niet meer geluk. Omdat ze op je vader wachtte, verspeelde ze de kans om te emigreren. Haar buurman, een gepensioneerde militair, genaamd Theobald Volker, en mijn familie hielden haar verborgen. Eerst woonde ze bij de militair, die haar zo veel mogelijk beschermde. Toen hij ernstig ziek werd, maakte mijn vader een schuilplaats in de achterkamer van de apotheek. Eigenlijk was het een kelder, waar ze een hele tijd moest wonen. Toen de SS mijn vader oppakte en de apotheek binnendrong, ontdekten ze haar, want er was geen tijd geweest om haar te waarschuwen.'

'En wat is er met haar gebeurd?'

'Het spijt me dat ik je zulk slecht nieuws breng, Samuel... Ze brachten haar naar Ravensbrück.'

'Het concentratiekamp voor vrouwen?'

'Ja. Daar stierven meer dan dertigduizend gevangenen, Samuel. Je moeder en je tante Leah zaten daarbij.'

'Maak plezier, Samuel, probeer van het leven te genieten. Je moet het leven leiden dat niet voor je ouders was weggelegd,' had Lidia Evans op een keer gezegd, maar hij was altijd veel te serieus en het tragische lot van zijn ouders maakte hem zwaarmoedig. Hij kon geen plezier hebben, zoals Lidia wilde. Zijn eerste baan was bij het Londens Filharmonisch Orkest, dat zeer hoog in aanzien stond – ook al bestond het nog maar zo'n twintig jaar, wat kort was voor een instelling van dat niveau. Hij wist dat een orkest op het eerste gezicht het ultieme voorbeeld is van teamwork, maar eigenlijk is iedere muzikant een eiland. Dat paste buitengewoon goed bij zijn solitaire karakter.

Het orkest was zijn troost en de muziek was het enige wat hem werkelijk genot schonk. De ervaring om zich erin onder te dompelen als in een oceaan, moeiteloos te zeilen op de golven en de stromingen, om zich met zijn viool te voegen bij dat formidabele koor van instrumenten, elk met zijn kenmerkende klank, daar kon niets tegenop. Op die momenten bestond het verleden even niet en voelde hij zich uiteenvallen, zijn lichaam verdween en zijn geest, vrij en opgetogen, verhief zich bij elke noot. Na afloop werd hij altijd verrast door het plotseling aanzwellende applaus, dat hem met een schok in het theater terugbracht. En terwijl de andere orkestleden daarna aan de bar gingen zitten om bij te komen met een drankje, liep hij naar het appartement dat hij huurde in een wijk waar veel migranten uit het Caraïbisch gebied woonden. Hij had een plastic hoes om zijn vioolkist tegen de mist en de regen en neuriede de stukken die hij zojuist had gespeeld. Die wandeling van anderhalf uur in de donkere straten kwam voor Samuel nog het dichtst in de buurt van plezier.

Op de dagen dat er geen concert was, maakte hij een uitstapje of ging hij roeien op de Theems. Meer dan eens verdwaalde hij in de heuvels of werd hij op de rivier door zo'n dikke mist overvallen dat het uren duurde voor hij weer terug was op de plek vanwaar hij was vertrokken. De eenzame lichaamsbeweging in de openlucht had hetzelfde effect op hem als de muziek: ze gaf hem rust. Hij ging vaak bij de Evans op bezoek. Hij had geen vrienden van zijn leeftijd en hij moest lachen om Lidia's pogingen om een vriendin voor hem te zoeken. Luke lachte er ook om: 'Laat hem, Lidia, hij is nog te jong om te trouwen,' zei hij, maar Samuel vermoedde dat hij nooit een vrouw zou vinden die van hem zou houden.

Alles veranderde toen hij vijfentwintig was en besloot voor een vakantie naar de Verenigde Staten te gaan met het plan om de jazzcultuur te bestuderen, die hij beschouwde als het origineelste wat er sinds de negentiende eeuw was gebeurd op het gebied van de westerse muziek. Hij was gefascineerd door de vrijheid en de energie van jazz, de branie waarmee verschillende stijlen werden ingelijfd en de manier waarop jazzmuziek zichzelf bij iedere uitvoering opnieuw uitvond; de losse creativiteit van de musici, die speelden in een verhoogde staat van bewustzijn, in extase; de genialiteit van sterren als Miles Davis, Louis Armstrong, Ella Fitzgerald, Billie Holiday, Ray Charles en vele anderen. Obsessief beluisterde hij keer op keer hun platen. Hij moest de jazzmuziek live horen, zich kunnen verliezen in het syncopische ritme, de melancholie van de blues, de onweerstaanbare kracht van de instrumenten die met elkaar het gesprek aangingen, die hem riepen. En daarom moest hij naar de plaats van oorsprong, New Orleans.

Leticia

El Mozote, Berkeley, 1981-2000

Leticia Cordero had het staatsburgerschap en een paspoort van de Verenigde Staten, maar wie haar zag, vermoedde meteen dat ze ergens anders vandaan kwam. Ze had een karamelkleurige huid, zwart haar in een korte paardenstaart en inheemse trekken. Soms vroeg iemand haar of ze van een Noord-Amerikaanse stam afstamde, want ze sprak accentloos Engels. Ze had geen roots meer in een ander land, de wortels die ze had, waren in Californië geplant. Haar vader had haar verteld dat ze verre familie had in El Salvador, maar daar kende Leticia niemand van. Van hun eigen gezin waren alleen zij en haar vader nog over.

Ze was Amerika binnengekomen, vastgeklampt aan haar vader, Edgar Cordero, die zwemmend de Rio Grande overstak. Dat was begin januari 1982, vierentwintig dagen na het bloedbad in El Mozote. Daar had ze het maar zelden over. Ook met haar vader niet toen hij nog leefde, want de man bewaarde zijn verdriet in een gesloten laatje in zijn herinnering; hij dacht dat alleen het zwijgen dit verdriet intact zou kunnen houden. Woorden verdunnen en vervormen de herinneringen en hij wilde niets vergeten. Leticia had het er ook niet over met de Amerikanen, want in haar nieuwe land wist niemand van El Mozote en als ze erover verteld zou hebben, hadden ze haar niet geloofd. Eigenlijk konden maar weinig mensen El Salvador op een landkaart aanwijzen, en de tragedies van dat zo nabijgelegen land waren als een oude geschiedenis van verre plaatsen. De immigranten uit Centraal-Amerika leken allemaal op elkaar, donkere, arme mensen, mensen van een andere planeet die spontaan bij de grens opdoken met een lading problemen.

Ze herinnerde zich wel iets van haar jeugd, de rokerige lucht van de houtkachel, de dichte begroeiing, de smaak van de sappige mais, het koor van de vogels, de tortilla's bij het ontbijt, de gebeden van haar grootmoeder, het gehuil en gelach van haar broertjes en zusjes. Haar moeder vergat ze nooit, ook al had ze alleen maar een foto van haar die genomen was op het dorpsplein toen ze zwanger was van haar eerste kind. Die foto bewaarde ze als een relikwie in een doos, haar draagbare altaar, waarin ze ook een paar foto's had van haar vader, haar derde trouwakte – de enige die voor haar van belang was geweest –, het eerste tandje van haar dochter en andere kostbare voorwerpen. Wat ze zich heel helder herinnerde uit die tijd, was het bloedbad, ook al was ze er niet bij toen het plaatsvond. Die beelden had ze in de loop van haar leven verzameld, steeds zoekend in een poging het te begrijpen. En door al dat zoeken was het alsof ze het had meegemaakt.

Haar familie woonde al enkele generaties lang in het Salvadoraanse dorpje El Mozote met zo'n stuk of twintig woningen, een kerkje, het parochiehuis en een school. Hun hut was, net als bijna alle andere, van planken met een aangestampte aarden vloer en bestond uit twee kamers die gedeeld werden door de ouders, de kinderen en de grootmoeder. De radio stond altijd aan op een zender die nieuws en populaire muziek uitzond; er was een handgeschilderd portret van haar moeder en vader op hun trouwdag, vormelijk en plechtig, en een gipsen beeldje van de Maagd van de Vrede, de beschermheilige van El Salvador. De Cordero's waren net als de andere dorpsbewoners protestants, in tegenstelling tot de mensen uit de omgeving, die bijna allemaal katholiek waren. Maar dat weerhield hen er niet van om de Maagd van de Vrede te vereren. Leticia sliep met twee broertjes op een slaapmat op de grond, de grootmoeder deelde haar bed met een van haar kleinkinderen die niet kon lopen vanwege een aangeboren botziekte. Haar ouders sliepen met de twee jongste kinderen in het andere bed. Ze hadden kippen, honden, katten en een varken. De dieren liepen los rond, net als de kinderen. Niemand hield hen in de gaten, ze speelden in de berggrotten, tussen het struikgewas en in de meertjes. Ook hielpen ze van kleins af aan mee in het huishouden en op het land. Leticia ging met haar moeder kleren wassen in de rivier, ze boende ze met zeep en sloeg ze tegen de stenen, nadat ze een hele nacht in grauw water hadden staan weken. Het meisje liep naar school met haar enige paar sandalen in haar hand, om ze niet te verslijten. Op school gekomen trok ze ze aan. Er waren veel leerlingen op die kleine school, omdat ze ook uit de omliggende dorpen kwamen. De enige onderwijzeres gaf les uit boeken die in de loop der jaren vergeeld waren en dwong respect af door de kinderen te belonen met snoepjes en te straffen door ze met een liniaal op de handpalm te slaan. Haar vader werkte in de landbouw, net als de andere mannen in die streek; hij had een stukje land waarop hij samen met de buren mais, cassave en avocado verbouwde. Volgens hem waren hij en zijn vrouw en kinderen wel arm, maar niet zo arm als de andere mensen, omdat ze hun ruggen niet hoefden te verslijten op de koffieplantages van de landeigenaren, en bovendien hadden ze geen honger. De zondagsdienst was de gebeurtenis van de week, de enige rustdag waarop ze hun goede kleren aantrokken, lofliederen zongen en baden dat ze dichter bij Jezus zouden komen, dat de oogst gevrijwaard zou blijven van plagen, dat de dieren zouden jongen en dat de guerrillastrijders en de soldaten hen met rust zouden laten. De Cordero's baden ook voor Leticia, die al maanden buikpijn had terwijl de thee van anijs, munt en peterselie geen verlichting bracht. Het belangrijkste feest vond plaats wanneer de kinderen op hun achtste jaar gedoopt werden. Dat werd gevierd met een processie in de ochtend, de ceremoniële onderdompeling in de rivier en 's avonds muziek, dans en eten. De grootmoeder was Leticia's witte jurk voor volgend jaar al aan het naaien.

De pijnen van het meisje werden met de week heftiger. Ze was opgezwollen, wilde niet eten, viel elk ogenblik in slaap en liep als een slaapwandelaar. Ze zag er zo zwak uit, dat ze niet meer met haar moeder de kleren hoefde te wassen of haar grootmoeder hoefde te helpen in de keuken, maar ze mocht niet wegblijven van school. Op een dag gaf ze over op de speelplaats. Die middag bracht de onderwijzeres haar naar huis om met haar vader te praten.

'Luister, don Edgar, uw dochter spuugt bloed, dat is heel ernstig.'

'Soms geeft ze over. De regeringsarts heeft al naar haar gekeken, hij was hier vier of vijf weken geleden, als ik het me goed herinner.'

'Wat zei hij?'

'Dat ze een indigestie had en bloedarmoede. Hij heeft druppeltjes gegeven en gezegd dat ze veel vlees en bonen moet eten, maar dat valt allemaal niet goed bij haar. Het blijft hetzelfde. Ik zou zelfs zeggen dat het erger wordt, juffrouw.'

'U moet met haar naar het ziekenhuis.'

'Dat kost zo veel, juffrouw.'

'We zien wel wat er gebeurt,' antwoordde ze.

Tijdens de zondagsdienst bracht de rondreizende dominee zijn parochianen op de hoogte van de situatie en zoals altijd bij een noodgeval gaven ze wat ze konden missen bij de collecte, die volledig bestemd was voor twee busreizen en de overige kosten voor de reizigers. De grootmoeder maakte een tas klaar met de beste kleren van het meisje, zodat ze er netjes zou uitzien in de hoofdstad, en een mand met brood, kaas en een halve gebraden kip. De moeder kon niet echt helpen bij de voorbereidingen omdat ze net een lange, moeilijke bevalling achter de rug had waar ze nog erg moe van was. Ze ging wel met haar man en dochter mee naar de bushalte. Een paar dorpsgenoten, de dominee en de onderwijzeres kwamen ook op tijd om ze gedag te zeggen. Nadat hij kort voor hen gebeden had, gaf de dominee een plastic kruisje aan Leticia en vertelde haar dat het 's nachts licht gaf, net als het licht van Jezus' liefde in donkere tijden.

De reis in de bus, die vol zat met mensen die kinderen, levende kippen en allerlei soorten tassen bij zich hadden, ging over bochtige wegen vol kuilen. Hij zou zwaar geweest kunnen zijn voor Leticia als de onderwijzeres haar niet een flesje met valeriaandruppels had gegeven, die ze tegen slapeloosheid slikte. Door die druppels sliep het meisje lange tijd, tegen haar vader aangeleund, en door een andere dosis kon ze later in de stad ook nog slapen, toen ze de nacht op een bank op het plein moesten doorbrengen.

In het ziekenhuis zeiden ze dat ze zich moesten inschrijven om een afspraak te maken voor over twee maanden, maar net toen Edgar het formulier invulde, riep het schommelen van de bus een vertraagde reactie op. Zijn dochter viel op haar knieën en gaf bloed op aan de voeten van de receptioniste. Ze legden haar vliegensvlug op een brancard en hij zag haar door een deur verdwijnen. Vele uren later kreeg hij te horen dat Leticia een opengebarsten maagzweer had en dat ze haar met spoed hadden geopereerd. Ze vertelden hem dat zijn dochter veel bloed had verloren en een bloedtransfusie nodig had. Ze moest in het ziekenhuis blijven tot haar toestand weer stabiel was. Het had geen zin om op haar te wachten, zeiden ze hem, hij kon beter over een paar dagen bellen om te informeren wanneer hij haar kon komen halen. Hij mocht even naar haar toe, maar het meisje was nog versuft van de verdoving en hij kon alleen maar een kus op haar voorhoofd drukken en Jezus vragen haar te beschermen.

Edgar Cordero ging liftend in vrachtwagens terug naar zijn dorp omdat hij de busreis niet kon betalen, hij had het geld nodig voor de terugreis met Leticia.

Twee dagen na de operatie had Leticia een verband om haar buik en armen vol blauwe plekken van de injecties en de sondes, maar ze begon weer pap te eten. Leunend op een looprek liep ze een paar keer per dag door de gangen om weer kracht in haar benen te krijgen, zoals ze haar hadden aangeraden. In het begin was ze duizelig en had ze knieën van gelatine, maar ze gaf haar pogingen niet op. Ze wilde zo snel mogelijk beter worden om naar haar familie terug te gaan; ze kon nauwelijks wachten om haar pasgeboren broertje in haar armen te houden.

Dat openbare ziekenhuis stond ten dienste van een uitgestrekt gebied met arme bewoners, er waren te veel patiënten en te weinig middelen, de artsen hadden altijd haast en de verpleegsters, moe en onderbetaald, kwamen handen tekort. Door het vocht bladderde de verf van de muren, roest tastte de toiletten aan, afvalbakken waren overvol en de lakens, als die er waren, waren zo versleten dat je erdoorheen kon kijken. Op sommige bedden lag alleen een zeiltje over het matras. Patiënten moesten maanden op een behandeling wachten en als Leticia niet onder het bloed had gezeten, was dat ook haar lot geweest. Toch was de medische zorg goed en dat compenseerde de armoede van het ziekenhuis.

Leticia was het enige meisje op een gemeenschappelijke zaal voor volwassenen. Het was er nooit stil en het personeel liep constant heen en weer, als op een markt, maar ze voelde zich net zo alleen als in de grotten, waar ze verstoppertje speelde met de andere kinderen. Ze was gewend om met haar broertjes en zusjes te slapen, met haar familie om zich heen, binnen de grenzen van haar hut en haar dorp. Ze miste haar moeder en ze was bang dat er iets met haar vader zou gebeuren waardoor hij haar niet kon ophalen. Ze wilde zien of het kruis echt licht gaf in het donker, maar het werd daar nooit donker, de lichten bleven altijd aan. Ze huilde stilletjes, om niemand te storen.

Op de vijfde dag werd ze uit het ziekenhuis ontslagen. Ze wachtte op haar vader met haar kleren in de tas, pas gewassen en met de gebruikelijke vlechten in haar haar. In plaats van het opzichtige verband had ze alleen een pleister op haar buik. Ze had afscheid genomen van het personeel en de patiënten op haar zaal en kon niet wachten om weg te gaan. Toen haar vader kwam, herkende ze hem bijna niet. Hij zag eruit als een vieze, verwarde bedelaar met een stoppelbaard en de doodsbange uitdrukking van iemand die de hel heeft gezien. De verpleegster die de leiding had over de afdeling kwam langs om Edgar Cordero de nodige instructies te geven. Ze vertelde hem dat het herstel heel goed was gegaan en dat Leticia over een paar weken weer de oude zou zijn, als ze maar goed op haar eten zou letten en rust zou nemen. Ze mocht geen kracht zetten om te voorkomen dat de hechtingen zouden openspringen.

'Ik heb geen pijn meer, papa. Ik kan eten zonder over te geven,' voegde het meisje daaraan toe.

Edgar nam haar bij de hand, hing de tas aan zijn schouder en ging naar buiten, het gloeiende daglicht in.

'Gaan we met dezelfde bus terug, papa?'

‘We gaan nooit meer terug, Lety,’ zei haar vader met een diepe snik in zijn stem.

Vele jaren later wilde Leticia zo veel mogelijk te weten komen over die verschrikkelijke december in 1981, die haar leven had bepaald. Er zou meer dan een decennium voorbijgaan voor de waarheid langzaam aan de oppervlakte kon komen, omdat het de regering van El Salvador, evenals die van de Verenigde Staten, niet uitkwam dat de details van het gebeuren in El Mozote en andere dorpjes in de buurt bekend werden. Ze ontkenden de massamoord, verhinderden het onderzoek en zorgden ervoor dat de moordenaars ongestraft bleven. Het bloedbad was gepleegd door een legereenheid die getraind was door de CIA in de beruchte School of the Americas in Panama, om de rebellen van het Front Farabundo Martí te verslaan. De tussenkomst van de Amerikanen, die opkwamen voor hun politieke en economische belangen, maakte jarenlang de bloedige onderdrukking mogelijk waar het land onder gebukt ging. In werkelijkheid was het een oorlog tegen de armen, net als die in andere landen plaatsvonden ten tijde van de Koude Oorlog. De onderdrukkers probeerden de linkse bewegingen, en vooral de guerrilla’s, met wortel en tak uit te roeien.

In El Mozote waren geen guerrillastrijders, alleen de boeren van het dorp en vele anderen die daar hun toevlucht hadden gezocht, omdat ze wisten dat de soldaten eraan kwamen en ze gehoord hadden dat ze daar veilig zouden zijn. Dat was niet zo. Op 10 december arriveerden de oorlogszuchtige soldaten van het bataljon Atlacatl in helikopters en bezetten binnen een paar minuten verschillende dorpen in de omgeving. Het was hun opdracht om de plattelandsbevolking angst aan te jagen zodat die de rebellen niet zou steunen. De volgende dag werden de mensen gescheiden, mannen aan de ene kant, vrouwen aan de andere kant, de kinderen in het parochiehuis, dat ze het klooster noemden. Op zoek naar informatie werden ze gemarteld, zelfs de kinderen. Ze verkrachtten de meisjes en daarna executeerden ze iedereen, sommigen met de kogel, anderen met een mes of een machete en een paar werden levend verbrand. De kinderen doorboorden ze met bajonetten, ze beschoten ze en daarna staken ze het klooster in brand. De geblakerde lichaampjes waren onherkenbaar. Met het bloed van een jongetje schreven ze op de muur van de school 'een dood kind is een guerrillastrijder minder'. Ze doodden ook de dieren en staken de woningen en de akkers in brand. Ze lieten de lijken en het half verkoolde, smeulende hout liggen. Hun opdracht was grondig voltooid, ze hadden meer dan achthonderd mensen vernietigd van wie de helft kinderen waren van gemiddeld zes jaar oud. Ze hadden een einde gemaakt aan hun levens.

Er waren veel van zulke operaties in de jaren tachtig, tijdens de burgeroorlog die twaalf jaar duurde en vijfenzeventigduizend doden eiste. De meesten werden door militairen vermoord.

Edgar Cordero was twee dagen na het bloedbad aangekomen in zijn dorp. Tijdens dat bloedbad was hij met zijn dochter in de hoofdstad. Toen hij terugkwam, hadden de soldaten zich al teruggetrokken en was er niets meer over dan lijken die onder de vliegen in de zon lagen te rotten. Zo ontdekte hij wat er was gebeurd, zonder dat iemand het hem vertelde. Leticia heeft nooit geweten of hij haar moeder, haar broertjes en zusjes en haar grootmoeder heeft kunnen begraven, omdat hij haar nooit vertelde wat hij daar had gezien. 'Het is beter dat je het niet weet,' antwoordde hij als ze ernaar vroeg.

Toen ze het ziekenhuis verlieten, was de enige verklaring die Leticia van haar vader kreeg dat de militairen waren gekomen en dat haar familie er niet meer was. Ze moesten ver weg gaan om een ander leven te beginnen. Het meisje besefte de volle omvang van de tragedie niet, maar ze voelde een enorme leegte in haar borst. Ze was niet in de conditie om aan de door haar vader geplande reis te beginnen. Ze moesten langer dan twee weken zonder geld in de stad blijven waar ze niemand kenden. Ze zochten hun toevlucht in een evangelische kerk, die hun voor 's nachts een schuilplaats aanbood en een ontbijt met koffie en brood, maar overdag konden ze daar niet blijven. Edgar liet zijn dochter achter in een park, in de schaduw van de bomen, en ging op zoek naar willekeurig werk waarmee hij maar net genoeg verdiende om te kunnen eten. Tussen de bomen, hongerig en alleen, bouwde Leticia genoeg energie op om aan de reis naar het noorden te beginnen.

Een groot deel van de reis liepen ze, ze vroegen vrachtwagenbestuurders om een lift of ze klommen op de daken van goederentreinen, want voor vervoer hadden ze geen geld. Ze kregen eten uit liefdadigheid van vriendelijke mensen en kerken en opvangcentra die migranten hielpen. Soms konden ze één of twee dagen op de patio van een van die schuilplaatsen blijven, waar ze een bord warm eten kregen en zich met een tuinslang mochten wassen. Andere keren brachten ze ineengedoken op een of ander open veld de nacht door met andere reizigers als zij, om zich samen te beschermen tegen overvallers, bendes en de intimidatie van de politie. Omdat ze geen gids hadden – een mensenhandelaar – die hun de weg wees, volgden ze de stroom migranten, mannen, vrouwen en kinderen in de hoop in het noorden te komen. Ze kwamen langzamer vooruit dan de anderen, omdat Leticia nog niet voldoende kracht had; op sommige gedeeltes van de tocht nam haar vader haar op zijn schouders en liep hij verder, voortgedreven door pijn en woede. Een van de verschrikkelijkste herinneringen van Leticia was de nachtelijke oversteek van de Río Grande, met een touw vastgebonden aan haar vader, die zich met beide handen vasthield aan een autoband. Op dat traject verloor ze het kruis dat licht gaf in het donker. Later werd ze soms schreeuwend wakker met de intense herinnering aan de angst, de kou, de duisternis, de stilte, de gebeden en de sterke stroming van het water.

De eerste tijd in de Verenigde Staten was moeilijk. Edgar Cordero kon hier en daar aan het werk, in de fruitoogst, in steenfabrieken, als zakkensjouwer; het duurde nooit lang, ze verkasten vaak. Ze woonden samen met migrantenfamilies of in armzalige huurkamers, klaar om opnieuw te vertrekken, maar het meisje ging altijd naar school. De enige keren dat haar vader boos op haar werd, was als ze slechte cijfers haalde en de enige keer dat hij haar sloeg was toen ze lipgloss had gestolen in de supermarkt.

De evangelische kerken van de Latijns-Amerikaanse gemeenschap hielpen hen. Het waren kerken in beweging, net als de gelovige migranten, velen zonder documenten, die van hot naar her trokken op zoek naar werk. Leticia's vader vond troost bij zijn geloofsgenoten, hij woonde een paar keer per week de dienst bij en las moeizaam de Bijbel in het Spaans. De kerkdiensten waren de enige sociale activiteiten die ze hadden, daar voelden ze zich onderdeel van een gemeenschap, waren ze niet alleen. De parochianen hielpen elkaar, organiseerden sporten voor de kinderen, naaiateliers, bingo voor de ouderen, zondagse ontbijten met ronde broodjes en warme chocolademelk, samenkomsten van de Anonieme Alcoholisten en veel meer. De dominee wachtte hen op bij de kerkdeur, de mensen groetten elkaar, sommigen kenden elkaar bij naam en vroegen elkaar of ze iets nodig hadden. Leticia herinnerde zich de gezangen die vol overgave werden gezongen. De dominee zei dat God van iedereen hield, ongeacht huidskleur, maar dat hij zondaars verwierp. Aan het eind van de dienst nodigde hij de gelovigen die vergiffenis moesten vragen of anderen moesten vergeven uit om naar voren te komen. De helft van de gemeente deed dat. De mensen omhelsden elkaar en sommigen raakten in trance, overweldigd door emoties. Edgar huilde, omdat hij de moordenaars van zijn familie niet kon vergeven.

Leticia's vader kon alleen slechtbetaalde baantjes krijgen, hij had geen papieren en sprak geen Engels; zij tolkte voor hem. Hij had maar een paar jaar op de lagere school gezeten, maar hij hoopte dat zijn dochter een beroep zou leren, hij geloofde dat ze met de hulp van Jezus een beurs zou kunnen krijgen.

In hun armste periode leerden ze Cruz Torres kennen, een Mexicaan die al jaren in Amerika woonde, een groep Latijns-Amerikanen in dienst had en in de bouw werkte. Cruz wist hoe hij cement, bakstenen, hout en steen moest gebruiken, hij wist alles van sanitair en elektriciteit, kon een dak vervangen en een zwembad aanleggen. Hij had medelijden met Edgar, die zwijgende, droevige man die alles verloren had en zich aan zijn dochter vastklampte als aan een reddingsboei. Hij vermoedde dat Leticia de enige reden was waarom haar vader nog leefde. Onder zijn bescherming verbeterde de situatie van Cordero. Omdat hij zijn bedrijfje in het noorden van Californië had, overtuigde hij Edgar ervan dat hij daarnaartoe moest gaan en hij beloofde hem dat hij altijd werk zou hebben. Voor een spotprijs vond hij voor hem een tweekamerwoning in Berkeley. In die stad waren een paar middelmatige woningen met een vaste huur, die niet verhoogd kon worden. Het huis was een totaal uitgeleefde zwijnenstal, maar voor Edgar en Leticia was het een paleisje.

In plaats van dat ze ging studeren, liep Leticia weg met haar eerste liefde voor ze de middelbare school had afgemaakt. Ondanks haar trauma, haar ontworteling en haar armoe was ze een innemend meisje dat op straat gesprekken aanging met onbekenden en altijd in was voor een feestje. Het ritme zat in haar bloed. Ze werd met de stellige hartstocht van een zestienjarige verliefd op een blonde, atletische Amerikaanse jongen die net zo graag aan de boemel ging als zij. In feite leerden ze elkaar kennen in een bar waar ze niet had mogen komen, ten eerste omdat ze minderjarig was en ten tweede omdat haar vader een beroerte zou krijgen als hij het te weten kwam. Hij was erg streng en hield strikt vast aan de morele voorschriften van zijn geloof, dat alcohol, popmuziek, elke vorm van dans, provocerende kleding en openbare zwembaden afkeurde.

'Een meisje dat nog maagd is, kan zwanger worden door met mannen te zwemmen,' waarschuwde hij haar.

'Ach, papa! Er zit zo veel chloor in de zwembaden dat nog geen insect in het water kan overleven,' antwoordde Leticia, maar ze wist niet zeker of dat wel zo was.

Haar vriendje, een loodgieter en een verstokte alcoholist, wist een geboortecertificaat voor Leticia te bemachtigen waarop stond dat ze twee jaar ouder was, zodat ze konden trouwen. Dit bedrog kwam heel goed van pas, want daardoor hadden ze later niet een hele papierwinkel nodig voor de scheiding. Het huwelijk was nooit rechtsgeldig geweest, maar daar kwam Leticia pas na een hele tijd achter, toen haar geduld al op was.

Het meisje stelde haar vader teleur door van school te gaan en weg te lopen, en ook doordat ze het geloof opgaf. 'Je kunt Jezus wel verlaten, maar Hij zal jou nooit verlaten,' zei hij steeds weer en hij bad op zijn knieën voor de redding van zijn dochter. Maar religie was een kwestie van vertrouwen en dat had ze niet, ze stelde te veel vragen. Ze geloofde echter wel in de kracht van de heilige Judas voor verloren zaken en van de heilige Christoffel, de beschermheilige voor de reizigers; ze droeg zijn prentje in haar portemonnee om zichzelf te beschermen tegen ongelukken. Ze verliet de kerkgemeenschap omdat ze er niet tegen kon dat de dienstdoende dominee haar vertelde wat ze moest denken, hoe ze moest leven en ook op wie ze moest stemmen. Hij wilde haar zelfs dwingen de loodgieter, die haar sloeg, te tolereren. Volgens hem duldde God geen wispelturige, arrogante vrouwen die denken dat ze gelijk zijn aan de man, terwijl de Bijbel daar heel duidelijk in is: Eva is geschapen uit een rib van Adam en daarom hoort ze zich aan hem te onderwerpen. Voor mannen was de dominee toleranter.

De vurige hartstocht van het stel sloeg al snel om in agressie, ze vochten uit afgunst, om geld, vanwege zijn dronkenschap, want Leticia was het zat om hamburgers te keren bij McDonald's, om met schulden te leven, terwijl hij zijn salaris erdoorheen joeg. Uiteindelijk was het minste of geringste aanleiding voor scheldpartijen, schreeuwen en klappen. De loodgieter had korte tijd aan vrij worstelen gedaan, wat hem een gebroken neus en verschillende lugubere tatoeages van duivels en draken had opgeleverd en een onweerstaanbare neiging tot geweld. De relatie duurde heel kort omdat Leticia al snel begreep dat ze met twee verschillende mannen samenwoonde. De man die iedereen kende was de branieschopper, behulpzaam en genereus, die goed geld verdiende maar niet spaarde, omdat hij altijd overbodige dingen wilde kopen, wilde gokken of geld aan zijn vrienden wilde uitlenen. Op die man was ze verliefd geworden, de gangmaker op het feest, maar ze ontdekte dat daarbinnen een monster verborgen zat dat door de alcohol naar buiten kwam. Het viel nauwelijks op hoeveel hij dronk; soms kwam hij een paar dagen zijn verplichtingen na, ook al was hij onder invloed, maar als hij de bodem van de fles bereikte, werd ze bang voor hem.

De drank maakte in de man een oncontroleerbare woede los, die vroeger goed van pas kwam in de ring bij het worstelen, maar die hij in het normale leven niet kwijt kon – waardoor zijn psychische spanning toenam. Leticia hield hem constant nauwlettend in de gaten om tijdig de tekenen van een gevaarlijke dronkenschap te kunnen zien, want als ze zich dan niet in veiligheid bracht, zou ze klappen krijgen. Ze hield het een paar jaar vol in de hoop dat hij zou veranderen, zoals hij bij elke verzoening beloofde, tot ze op een nacht dat hij haar dreigde te slaan met de heftigheid van een vechtstier op hem afstormde en hem een verbazingwekkende kopstoot tegen zijn borst gaf. Ze overdonderde hem, hij verloor zijn evenwicht en viel achterover tegen het granieten aanrecht. Hij kwam er met zijn nek tegenaan en bleef voor dood in een plas bloed liggen, terwijl zij met grote stappen tweeëntwintig huizenblokken verder liep naar haar vader. Het kwam niet bij haar op om hulp in te roepen. Haar vader zag haar heel rustig komen aanlopen, met haar schoenen onder het bloed, zeggend dat ze haar man had vermoord. Maar hij bleek niet dood te zijn, hij was alleen buiten westen geraakt. Vanaf die dag had haar man respect voor haar. Toen ze hem vertelde dat ze bij hem wegging, durfde hij daar niet tegen in te gaan. Leticia zag hem nooit meer en ze heeft zich nooit meer door iemand laten bedreigen.

De plaats van de loodgieter werd ingenomen door een andere man met wie ze zonder valse papieren kon trouwen en die ook snel weer uit haar leven verdween. Ze leerden elkaar kennen in het restaurant waar ze beiden in de bediening werkten. Het was een goede kerel. Maar een paar maanden nadat ze getrouwd waren, kreeg hij een verhouding met een andere vrouw, een ordinaire prostituee, zoals Leticia haar noemde op de zeldzame keren dat ze ter sprake kwam. Eigenlijk liet die man zo weinig herinneringen na dat ze in de daaropvolgende jaren zelfs zijn naam vergat.

Leticia wist heel weinig van El Salvador, niet meer dan wat de onderwijzeres haar op de plattelandsschool in El Mozote had verteld, maar ze leerde het kennen in de openbare bibliotheek. Daar, op het internet, in boeken en tijdschriften, zag ze honderden beelden, de tropische vegetatie, overal water, vruchten en bloemen in duizend kleuren, bergen en vulkanen, het blauwe water van de Stille Oceaan. Ze had een boek bestudeerd over vogels met op het omslag een torogoz, de nationale vogel van El Salvador met zijn schitterende verenkleed en lange staart. Niets verbond haar meer met dat land, maar ze had genoeg vrienden in de Salvadoraanse migrantengemeenschap uit het gebied van Salvador da Bahía; zo behield ze haar accent, een paar tradities, de muziek en het eten, maar ze deelde niet de heimwee. Velen van hen gingen jaarlijks op bezoek bij hun familie, maar zij ging er slechts één keer naartoe. 'Wat moet ik daar?' zei ze als ze haar ernaar vroegen. Ze had er geen familie of bekenden en ze had gehoord dat het er gevaarlijk was. Nadat de regering en de guerrillagroepering in 1992 het Vredesakkoord hadden getekend, kwam er officieel een einde aan de burgeroorlog, maar het geweld stopte niet. De van top tot teen getatoeeerde criminelen en drugsdealers die de gevangenissen bevolkten, hoorden bij de beruchte bendes die geen enkele regering had kunnen oprollen.

Toen ze tweeëntwintig jaar was, tussen haar relaties met de alcoholische loodgieter en de kelner die er met de prostituee vandoor was gegaan, maakte Leticia een reis naar El Salvador. Haar vader weigerde mee te gaan, hij had gezworen nooit meer een voet te zetten op die grond die met het bloed van zijn familie was besmeurd. Leticia wilde een paar familieleden lokaliseren, omdat ze wist dat er nog een paar verre nichten en neven waren, maar ze had niet genoeg tijd om ze op te zoeken. Ze ging rechtstreeks naar El Mozote om haar herinneringen en nachtmerries te trotseren.

Ze kreeg een gids zover dat hij haar naar de negorij van haar familie bracht. Hij waarschuwde haar dat er helemaal niets meer was te zien. De regering had meer dan tien jaar lang de massaslachting ontkend, al het bewijsmateriaal vernietigd en de overlevenden die schuchter een aanklacht wilden indienen het zwijgen opgelegd. Maar tijdens het einde van de burgeroorlog kwam alles aan het licht. In de regio wist iedereen nog wat er was gebeurd. Leticia en de gids kwamen met een bus aan in het gebied en moesten daarna te voet verder. Ze herkende het landschap, hoewel de begroeiing veel weelderiger was en het weer warmer dan ze zich herinnerde. Ze liepen lange tijd en op sommige stukken moesten ze zich een weg banen omdat het pad van tijd tot tijd verdween, maar de gids kende de route op zijn duimpje. Hij vertelde haar dat hij in de tijd van het bloedbad tien jaar was en had overleefd omdat hij zich in de heuvels had verstopt, waar de boeren zich ook verborgen tijdens de burgeroorlog. De soldaten kwamen om de twee of drie maanden tijdens hun rampzalige operatie en dan renden de mensen naar de grotten. Zo ging dat jarenlang, vertelde hij. Hij was opgegroeid met het idee altijd te moeten vluchten en kon daardoor geen rust meer vinden. Ook zijn hele familie was uitgemoord in die decembermaand in 1981. De soldaten volgden de orders op en omdat niemand hen ter verantwoording riep, konden ze zo wreed tekeergaan.

'Waarom vermoordden ze de kinderen? Geen enkel onmens is in staat om zulke wreedheden te begaan. Dat werd gedaan door mannen die net als de slachtoffers dorpelingen waren, arme mensen,' vertelde hij haar.

Leticia vond niets terug van haar verleden, geen spoor van haar moeder, haar broers en zussen of haar grootmoeder. Op de plek waar ooit een klein dorp was, lagen alleen nog botten onder de grond of op een hoop in het struikgewas, en de overblijfselen van een paar hutten. Er was niemand te zien. In de lucht hing een gezoem van insecten en een gefluister van dwalende zielen. Ze hoorde de kinderen huilen, maar misschien was dat ook wel het ruisende riet.

Edgar Cordero stierf toen Leticia met Bill Hahn was, haar derde man. Hij heeft zijn kleindochter, waar hij zo verlangend naar uitkeek, nooit gekend. Leticia had hem verteld dat ze haar Alicia zou noemen, naar haar moeder. Ze vonden haar vader zittend in zijn stoel, zijn hoofd rustte op de Bijbel die opengeslagen op tafel lag. Hij was niet ziek of oud, hij had gewoon het leven gelaten, een vriendelijke overgang. De dominee zei dat hij in de armen van Jezus, Onze Heer, naar de hemel was gevlogen. Cruz Torres regelde de begrafenis en betaalde alles, van de kist tot de bloemen, en daarna nam hij de nabestaanden mee uit eten in een Mexicaans restaurant. Aan de hand van haar man, met een buik van zeven maanden en een van het huilen opgezwollen gezicht, kwam Leticia mee om Cruz niet te kwetsen.

'Nu don Edgar er niet meer is, moet je weten dat ik als een peetvader voor je ben, Leticia. Je kunt altijd bij me terecht als je iets nodig hebt.'

'Dank u wel, don Cruz, maar ze is mijn vrouw en ik zal voor haar zorgen,' kwam Bill Hahn respectvol tussenbeide.

'Dat is zo, maar je weet nooit wat er kan gebeuren. Ik hoop dat we altijd contact blijven houden, Leticia.'

Bill Hahn kwam uit een familie van pioniers die in 1849 te voet het Noord-Amerikaanse continent hadden doorkruist tijdens de goudkoorts met de ambitie om zich te verrijken.

Zijn betovergrootouders leidden een armoedig bestaan op jacht naar ongrijpbare rijkdom, die ze nooit hebben gekend. Sommigen van hun nakomelingen leefden korte tijd in welvaart, maar het karma van die familie bestond uit veel inspanning en weinig beloning. Bill, die trots was op zijn afkomst, had zich toegelegd op het bestuderen van de goudkoorts in San Francisco, hij had zelfs brieven en documenten van zijn voorouders verzameld. Die nieuwsgierigheid naar de geschiedenis leverde hem een baan op in het museum van Oakland, waar hij een salaris verdiende dat bescheiden was, maar voldoende om zijn vrouw fatsoenlijk te onderhouden. Hij wilde niet dat ze tijdens de zwangerschap werkte en ook daarna niet, als ze de baby moest verzorgen die nog geboren moest worden. Hij was een introverte man met intense gevoelens, die in de hal van het museum op het eerste gezicht verliefd was geworden op Leticia. Haar persoonlijkheid, haar zelfverzekerdheid en de glimlach waarmee ze hem bedankte omdat hij haar de cafetaria wees, maakten hem weerloos. Hij was zo van haar onder de indruk dat hij zijn post verliet om haar achterna te gaan en nadat hij zijn aangeboren verlegenheid had overwonnen, vroeg hij of hij bij haar aan tafel mocht komen zitten. Vanaf dat ogenblik volgde hij met succes een stapsgewijze tactiek om haar te veroveren. Ze waren iets langer dan twee jaar een paar en Leticia was in haar leven nooit gelukkiger geweest. Die man, met zijn onopvallende uiterlijk, beschikte over een onuitputtelijke hoeveelheid tederheid en een verrassend gevoel voor humor.

Toch kon je nooit weten wat er zou gebeuren, zoals Cruz Torres die dag op de begrafenis al had gezegd. Bill liep al een paar weken rond met een verschrikkelijke hoofdpijn die hij met een handvol pijnstillers onder controle hield, zijn zicht vertroebelde en hij had een stijve nek. Maar een bezoek aan de arts stelde hij uit in de hoop dat de symptomen zouden verdwijnen als hij ze maar de tijd gaf, zoals het ging met bijna alle ongemakken. Die middag, toen hij bij sluitingstijd van het museum controleerde of alles in orde was om de dienst over te dragen aan de nachtwakers, knapte een verraderlijk aneurysma in zijn hersenen. Een stekende pijn verblindde hem en hij viel op de grond, waar hij twee uur later werd gevonden.

Leticia kreeg het te horen van een politieagent, die haar kwam vragen of ze met hem mee wilde gaan om het lichaam te identificeren. Het was alsof zich een afgrond opende aan haar voeten. Ze meldde zich in tranen, met haar dochtertje in haar armen, in de ijskoude zaal waar ze haar man hadden neergelegd. Terwijl ze hem langdurig op zijn lippen kuste, herhaalde ze de belofte die ze elkaar al zo vaak hadden gedaan: we blijven altijd bij elkaar.

In het begin sloot de jonge weduwe zich op in het kleine appartement waar ze met haar man had gewoond, vastgeklampt aan haar dochter en zonder de energie om naar buiten te gaan, wanhopig. Ze wilde niemand zien, maar de mensen klopten bij haar aan met eten en troost. Bill was behulpzaam geweest en zij vriendschappelijk, vrolijk en altijd bereid om te geven; nu was het moment om te ontvangen. Maar in de loop van de daaropvolgende weken keerden de vrienden en de buren terug naar hun eigen levens en voelde Leticia de vreselijke zwaarte van de eenzaamheid. Ze was gewend aan haar afhankelijkheid van Bill, aan zijn voortdurende aandacht. Ze was eraan gewend om samen te slapen met hun dochter tussen hen in. Ze had twee jaar niet gewerkt, er stond nog maar weinig geld op de bank en ze moest voor de kleine Alicia zorgen. Ze kon zich niet de luxe veroorloven om te blijven huilen.

Dat jaar, in 2000, was ze zevenentwintig, had ze een dochtertje van achttien maanden en lag haar leven in duigen. Toen verscheen Cruz Torres weer, als door de hemel gezonden. Toen hij haar zo hulpeloos zag, zo verdrietig en arm, gaf hij haar een maandgeld en huurde hij een fatsoenlijke kamer voor haar waar ze een jaar kon wonen, tot ze zichzelf weer kon redden. Hij was een oud huis aan het renoveren in de heuvels bij Berkeley, een langdurig contract omdat het nogal een grote klus was. Hij stelde Leticia voor aan de vrouw des huizes, die iemand nodig had om haar te helpen bij het schoonmaken en andere huishoudelijke taken. De vrouw nam haar ongezien in dienst en stelde geen vragen. De aanbeveling van Cruz was voldoende.

Selena

San Francisco, Nogales, 2019

Op 23 december meldde Selena Durán zich bij het advocatenkantoor Larson, Montaigne & Lambert, in een wolkenkrabber aan Montgomery Street, midden in het financiële centrum van San Francisco. Het kantoor was gevestigd op de bovenste drie verdiepingen en bood een spectaculair uitzicht over de stad. Staal, cement, grote ramen, meubels van leer en aluminium, echte planten, neutrale kleuren, foto's van duinen en wolken. Achter de dubbele glazen deur, met daarop de namen van de senior partners in goud gegraveerd, hing een sfeer van autoriteit, efficiëntie, haast en hiërarchie. De receptioniste beduidde Selena te wachten zonder haar een stoel aan te bieden en belde via de interne telefoon. De jonge vrouw glimlachte geamuseerd, want ze besefte dat deze kille hoffelijkheid, grenzend aan vijandigheid, bedoeld was om indruk te maken op de bezoekers. Maar ze liet zich niet gemakkelijk intimideren.

Ze stond een kwartier te wachten, bekeek de duinen en wolken aan de muren en zag ondertussen verschillende mensen met afgedekte dienbladen door de gang aankomen en weer verdwijnen. Eindelijk kwam een vrouw van middelbare leeftijd, ongemakkelijk op haar hoge hakken en in een te strak mantelpak, haar ophalen.

'Selena Durán? Goedemorgen. Ik ben de assistente van meneer Lambert.'

‘Ik heb een afspraak met hem,’ zei Selena.

‘Ja, natuurlijk. Volgt u mij, alstublieft. Excuses voor de rommel. Het is vandaag de laatste werkdag voor de kerstvakantie. Vanmiddag hebben we de eindejaarsborrel.’

Selena dacht aan de dienbladen die ze langs had zien komen en stelde zich voor dat daarop gebakken garnalen, varkenskoteletten en steakspiesjes lagen. Die ochtend had ze om vijf uur ontbeten met een kop koffie en een paar geroosterde boterhammen, voor ze om kwart over zeven de eerste vlucht had genomen van Tucson naar San Francisco. Het was bijna twaalf uur en ze had honger.

De assistente leidde haar door een brede gang naar de dubbele deur aan het eind en klopte zachtjes aan. Even later opende Ralph Lambert de deur. Selena kende hem van foto’s uit de krant en vanwege zijn reputatie: hij was het gezicht van dit advocatenkantoor, dat zich onderscheidde doordat het beroemde zaken won van cliënten die zich het exorbitante honorarium konden veroorloven. Hij was een zestiger, ze vond hem kleiner en slanker dan op de foto’s.

‘Welkom, we wachten op u,’ zei hij.

Selena ging een grote vergaderzaal binnen met een volledig glazen wand en een lange tafel waaraan twaalf mensen zaten. Er stonden ook nog zo’n twaalf mensen. Ze bedacht dat dat de junior medewerkers moesten zijn.

‘Mejuffrouw Selena Durán, van het Magnolia Project,’ kondigde Lambert aan, terwijl hij Selena een stoel wees.

Ze zette haar enorme tas uit Guatemala op de grond naast de deur, stopte een haarlok achter haar oor, negeerde de stoel en ging aan het hoofd van de tafel voor de groep staan.

Selena wist dat ze in een dergelijke situatie op haar uiterlijk moest letten. Haar grootmoeder had het haar zo vaak gezegd, maar in haar dagelijkse werk telde gemak meer dan een representatief voorkomen. Daarom droeg ze gewoonlijk een spijkerbroek, T-shirt en sportschoenen. Op die vroege ochtend had ze haar best gedaan om zich te kleden zoals haar grootmoeder het graag zag. Ze had haar haren in een staart gedaan, haar lippen gestift en haar zwarte jurk aangetrokken, die ze haar 'bedeljurk' noemde, omdat ze hem alleen droeg als ze donaties los moest zien te krijgen. Ze dacht dat ze daardoor serieuzer overkwam.

Aan de tafel, niet ver van haar vandaan, zat Frank Angileri, de jonge steradvocaat van het kantoor, die achter zijn rug door de anderen De Favoriet werd genoemd. Jaloers zeiden ze over hem dat hij het lievelingetje was van Ralph Lambert, omdat die voor hem de meest in het oog springende cliënten reserveerde. Hij had hem net de zaak-Alperstein toegewezen. Frank bekeek de nieuw aangekomene, maar kon haar niet goed plaatsen. Hij beschouwde zichzelf als een expert die als hij een onbekende zag op het eerste gezicht kon inschatten wie en wat hij of zij was. Die vaardigheid kwam hem bij zijn werk goed van pas. Vanwege haar naam was deze vrouw vast een Latijns-Amerikaanse, maar ze voldeed niet aan het stereotype; ze was lang en blank. Hij vond haar heel aantrekkelijk, ook al was ze wat zwaarder dan hij representatief achtte. Wat was dat in hemelsnaam voor project?

'Goedemorgen. Ik werk bij het Magnolia Project voor Vluchtelingen en Migranten,' zo stelde de jonge vrouw zich voor. 'Zoals u allen weet, doet zich een ernstige humanitaire crisis voor bij de grens met Mexico. De regering heeft het zerotolerancebeleid ingevoerd en een decreet uitgevaardigd om families die asiel komen vragen uit elkaar te halen. Dat gebeurde al voor het officiële bevel. Duizenden kinderen zijn van hun familie gescheiden, zuigelingen werden zelfs uit de armen van hun moeder gerukt. Ik moest een jongetje van een jaar begeleiden voor de rechter, zonder zijn ouders. Hij lag te slapen in een kinderwagen.'

Dat was publiekelijk bekend sinds mei vorig jaar de eerste reportage op televisie was uitgezonden. De verontwaardiging in de Verenigde Staten was groot, en ook in de rest van de wereld; niemand bleef onaangedaan bij het zien van in kooien opeengepakte kinderen, liggend op de grond, vervuild en huilend. Uiteindelijk zwichtte de regering voor de druk en moest het decreet worden ingetrokken, maar toen waren al duizenden kinderen hun ouders kwijtgeraakt. Selena legde uit dat gezinsleden nog steeds onder verschillende voorwendselen van elkaar werden gescheiden en dat er honderden kinderen in detentiecentra zaten van wie de ouders niet konden worden gelokaliseerd, doordat er geen adequate registratie werd bijgehouden. Niemand dacht na over hereniging. Bovendien waren er duizenden en duizenden minderjarigen opgepakt die in hun eentje waren gekomen en er arriveerden er voortdurend meer.

'Het Magnolia Project probeert hen te helpen,' vervolgde Selena. 'We zijn niet de enigen, er bestaan soortgelijke organisaties. Er zijn bijna veertigduizend advocaten en rechtenstudenten die hier ook pro deo mee bezig zijn. Een seriemoordenaar heeft recht op een advocaat, maar dat geldt niet voor migranten en vluchtelingen. Bijna zonder uitzondering wordt elk kind uitgewezen dat zonder de juiste wettelijke vertegenwoordiging voor de rechtbank verschijnt. Als het iemand heeft die hem of haar verdedigt, kan het kind vaak asiel krijgen.'

'Juffrouw Durán heeft ons kantoor om hulp gevraagd en natuurlijk zullen wij haar die geven,' stelde Ralph Lambert.

Frank vermoedde dat dit deel uitmaakte van de campagne om het imago van het kantoor op te vijzelen. Het kantoor had de naam dat het met succes criminelen verdedigde die overduidelijk schuldig waren, maar een fortuin konden betalen. Datgene waar het kantoor vroeger mee pronkte, probeerde het nu te verhullen, omdat de sociale wind uit een andere hoek waaide. De straffeloosheid van de superrijken werd minder getolereerd. Dat verklaarde de plotselinge uitingen van liefdadigheid, het plaatsen van vrouwen op belangrijke posten en het aannemen van gekleurde medewerkers. Je zag niet meer alleen blanke mannen in die smetteloze kantoren.

Immigratie was een uiterst politieke kwestie en kon meer problemen veroorzaken dan winst opleveren, maar Frank vermoedde dat Lambert dat risico had afgewogen. Hij was onder de indruk van de rustige welsprekendheid van die jonge vrouw en schaamde zich dat hij nooit aandacht had besteed aan die tragedie aan de grens.

Selena vroeg Lambert of ze haar powerpoint mocht gebruiken, het was maar voor even. Hij gaf een teken, zijn assistente drukte op een knop aan de muur en de gordijnen sloten zich geruisloos. Iemand anders zette een projector op tafel, richtte die op een scherm aan de wand en binnen een minuut had Selena die op haar laptop aangesloten. Ze had veel geoefend, ze wist dat het belangrijk was om de aandacht van haar gehoor vast te houden. De beelden op de muur volgden elkaar snel op: families uit Midden-Amerika op de gevaarlijke pelgrimstocht van hun dorpen naar de grens; honderden mensen op daken van goederentreinen, anderen lopend in de woestijn of zwemmend in de rivier; de grenspatrouilles en de gewapende politieagenten die plichtsgetrouw de wet bewaakten en daarbij dreigden te schieten; de detentiekamers die 'koelboxen' werden genoemd en waar ze bij heel lage temperaturen mensen in stopten die uit warme gebieden kwamen; de hartverscheurende momenten waarop de agenten schreeuwende kinderen meenamen, terwijl de moeders en vaders wanhopig smeekten ze bij hen te laten. Selena legde uit dat die praktijk nog steeds werd toegepast, maar op een gluiperige manier: nu gebeurde het 's nachts.

Niemand verroerde zich. Er heerste een intense stilte in de zaal. Velen waren duidelijk ontroerd: twee vrouwen droogden hun tranen.

'Hoe kunnen we helpen?' vroeg een van hen.

'We hebben advocaten nodig die op vrijwillige basis de minderjarigen verdedigen en deze martelpraktijken voor altijd stoppen. Verder niets, verder niets,' zei Selena.

'Ik weet niets van de migratiewet...'

'Het is heel eenvoudig. We geven u de noodzakelijke opleiding.'

'Rekent u dan maar op mij.'

'Hoe heet u?'

'Rose Simmons. Ik weet niet of ik erg nuttig kan zijn, ik spreek geen Spaans.'

'We hebben tolken. Hartelijk bedankt, Rose.'

'Het kantoor geeft u de faciliteiten wat betreft uren en behoud van salaris, mevrouw Simmons, maar u kunt niet uw verplichtingen hier verwaarlozen en het extra werk is voor uw rekening,' verduidelijkte Lambert.

'Dat begrijp ik, meneer.'

'U zult er geen spijt van hebben, Rose, dat garandeer ik u,' voegde Selena daaraan toe.

Frank bloosde. Het leek hem of Selena Durán haar blik op hem vestigde, hem selecteerde uit de anderen, hem uitkoos, hem beoordeelde.

'Hier valt geen geld of roem te behalen, daarom zijn het bijna allemaal vrouwen die hieraan werken. Ook de zorg voor de kinderen in de opvangcentra en de sociale en psychologische hulpverlening is in vrouwenhanden,' zei Selena.

In een onbedwingbare impuls stak Frank zijn hand op en kondigde aan dat hij ook beschikbaar was. Zijn gebaar werd met een collectieve kreet ontvangen. Niemand verwachtte dat van De Favoriet, het meest ambitieuze lid van het team. Lambert gaf te kennen dat hij hem naar de gang moest volgen en sloot de deur achter zich.

'Hoe denkt u dat te doen, Angileri? U moet zich volledig op Alperstein richten.'

'Ik ga dat in mijn vrije tijd doen.'

'U hebt geen vrije tijd. U hebt ook geen vakantie.'

'Ik ben met kerst bij mijn ouders in Brooklyn, daar blijf ik maar twee dagen en ik neem het Alperstein-dossier mee. Maar ik herinner u eraan dat we geen wonderen kunnen verrichten, elke jury zal hem afmaken. Een van zijn slachtoffers, gedrogeerd en misbruikt, is veertien jaar.'

'Stap hoe dan ook niet naar de rechter, Angileri. Als u een fout maakt, kunt u uw carrière vaarwel zeggen.'

'Maakt u zich geen zorgen.'

Na de bijeenkomst borg Selena haar laptop op, stopte haar aantekeningen weg, noteerde de gegevens van Rose Simmons en Frank Angileri en legde hun uit wat de afspraak inhield die ze met het Magnolia Project zouden aangaan. Allereerst kregen ze een korte introductiecursus online over de juridische aspecten en daarna kregen ze als onderdeel van de opleiding één of twee zaken toegewezen. Ze zouden de kinderen leren kennen, die zich in verschillende opvangcentra bevonden, ze moesten de verdediging voorbereiden en de kinderen begeleiden als ze voor een rechter moesten verschijnen. Dat kon een redelijke vertraging oplopen, zei ze, omdat de rechtbanken overbelast waren met vele duizenden achterstallige zaken.

'Ik waarschuw u dat als u eenmaal deze wereld binnenstapt, u die niet meer kunt verlaten,' voegde ze er met een knipoog van medeplichtigheid aan toe.

‘Aangezien u ons gestrikt hebt, juffrouw Durán…’ zei Frank.

‘Noem me Selena.’

‘Selena. Kun je op zijn minst de uitnodiging aannemen om met ons te eten,’ stelde Frank haar voor.

‘Ik kan niet,’ verontschuldigde Rose zich. ‘Vandaag komen mijn schoonouders uit Missouri om kerst bij ons te vieren.’

‘En ik ga vanmiddag naar Los Angeles,’ zei Selena.

‘Woon je daar?’

‘Ik woon in Arizona, maar mijn familie woont in Los Angeles. Ik ben op kerstavond bij hen en de dag daarna ga ik weer aan het werk.’

Frank bedankte stilletjes de hemel dat Rose hen alleen liet, hij overtuigde Selena ervan dat ze genoeg tijd had om die middag haar vlucht te halen en nam haar mee naar Boulevard, een van de dure restaurants waar zijn meerderen met Dom Pérignon-champagne lunchten. Selena, met haar versleten laarzen, een jas die uit een tweedehandskledingwinkel leek te komen en die tas in schreeuwerige kleuren als bagage, was het tegenovergestelde van de verfijnde vrouwen met wie hij in het openbaar pronkte. Hij wilde indruk op haar maken door de maître bij zijn naam te begroeten, maar zij was in het Spaans aan het praten in haar mobieltje. Ze kregen een tafel achterin bij het raam en de kelner, die een goed geheugen had voor klanten die hem een royale fooi gaven, bracht hun beiden een glas prosecco voordat hij de menukaart overhandigde.

‘Het is een mousserende wijn uit de regio Veneto in Noord-Italië,’ vertelde Frank Selena.

‘Best goed,’ was haar mening nadat ze het glas in één teug had leeggedronken.

Frank begreep dat een kwaliteitsfles aan haar verspild zou zijn, omdat ze het verschil niet kende tussen een Quintessa en een wijn om mee te koken. Het was een vergissing geweest om zich vrijwillig aan te melden zonder over de nodige informatie te beschikken, en deze vrouw mee uit eten nemen was een andere fout; hij zat nu vast aan beide beslissingen. Hij had ze impulsief genomen vanwege Selena's seksuele aantrekkingskracht, omdat hij haar wilde laten zien dat hij een man van principes en nobele gevoelens was én omdat hij de weg vrij wilde maken voor een intiemere ontmoeting in de nabije toekomst, als hij terug zou zijn uit Brooklyn. Ik ben een idioot, dacht hij meer beschaamd dan geïrriteerd. Maar na een paar minuten praten verdwenen zijn twijfels.

Ze dronken de fles Quintessa en vertelden over hun leven, beter gezegd, Frank sprak de meeste tijd en Selena zat min of meer verstrooid te luisteren. Het verbaasde haar dat hij uitweidde over de problemen op zijn werk, zijn ervaring bij de rechtbank en in het voorbijgaan ook nog vertelde dat hij was afgestudeerd aan de universiteit van Yale, maar haar niet vroeg naar het werk dat hij zou gaan doen. Ze wilde hem niet opjagen, er was nog voldoende tijd voor deze snoever om te landen, dacht ze geamuseerd.

Selena bestelde filet mignon met patates frites. Frank stond op het punt een opmerking te maken over calorieën en cholesterol, maar hij hield zich op tijd in. Hij koos gestoomde tarbot; hij lette op zijn gewicht. Zijn veroveringen waren over het algemeen vegetariërs en aten zorgvuldig met kleine hapjes; hij kende niemand die brood of een dessert at, zoals Selena Durán, die haar eten opschrokte en dressing over de salade deed.

De lunch liep uit en Frank besloot dat ellendige feest op kantoor over te slaan en Selena naar het vliegveld te brengen, zo kon hij een half uur langer bij haar zijn. Het feit dat hij later nog een keer naar het vliegveld moest voor zijn eigen vlucht, hield hem niet tegen.

Selena verslond haar profiteroles met chocoladesaus met het genot van iemand die uren niet heeft gegeten, terwijl hij haar vertelde over Kerstmis in Brooklyn, waar zijn familie al woonde sinds zijn grootouders geëmigreerd waren uit Sicilië. Het was de enige gelegenheid waarbij de hele familie samen was, niemand ontbrak: zijn ouders, twee grootouders, zijn broers en zussen met hun echtgenoten, de kleinkinderen, een paar nichten en neven, een alleenstaande buurvrouw die operazangeres was geweest en oom Luca, die geschift was.

'Hij loopt met een pistool uit de tijd van Garibaldi en schept op dat hij bij de internationale brigades heeft gevochten in de Spaanse Burgeroorlog. Als dat waar is, zou hij honderddrie moeten zijn, maar hij ziet er niet ouder uit dan negentig,' voegde hij eraan toe.

'Vertel eens over je ouders,' vroeg ze hem zodat ze zelf niet hoefde te praten en zich op haar eten kon concentreren.

'Ze hebben de beste deli van Brooklyn. Ik geloof dat mijn vader nog nooit een boek heeft gelezen, maar hij stond erop dat al zijn kinderen een vak zouden leren. Mijn moeder is een natuurkracht, bijna altijd vriendelijk, maar als ze kwaad wordt, moet je wegwezen. Ze sloeg ons met een pollepel. Eén keer gaf ze me een klap op mijn hoofd met het deksel van de spaghettipan. Het deed geen zeer, maar ik kom nog steeds niet in haar buurt als ze staat te koken. Ze sprak nooit Engels tegen ons. In mijn familie maken we ruzie en verzoenen we ons in het Italiaans.'

'Bij mij doen we dat in het Spaans. Het Italiaans zal je helpen, want het lijkt een beetje op Spaans,' zei Selena.

'Ik heb Spaans geleerd op de middelbare school en de universiteit, maar ik moet mijn kennis weer ophalen.'

'De kinderen die je cliënten zullen zijn, begrijpen je al via een glimlach of een vriendelijke toon, Frank, ze hebben maar heel weinig woorden nodig. Mijn Spaans is niet perfect, maar het is door mijn werk beter geworden,' verklaarde Selena.

'Je spreekt het in ieder geval.'

'Dankzij mijn overgrootmoeder, die altijd Spaans tegen me heeft gesproken.'

'Heel weinig mensen kunnen er prat op gaan een overgrootmoeder te hebben,' zei Frank.

'Mijn familie kent een paar generaties onsterfelijke vrouwen. De mannen komen en gaan weer of ze gaan dood, ze blijven maar even, daarom hebben we allemaal de achternaam Durán, die van mijn overgrootmoeder. Ze is geboren in Mexico, net als mijn grootmoeder, die helderziende is, maar mijn moeder is hier geboren en ook mijn zus, haar twee kinderen en ik.'

'Helderziende zei je?'

'Paranormaal. Het is een aangeboren gave. Sommige doden praten met haar. Soms ziet ze ze ook.'

'Je maakt een grapje!'

'Ze is heel bekend. Heb je nooit gehoord van Dora Durán? Er zijn een paar reportages over haar gemaakt. Ze deed mee aan een onderzoeksprogramma naar paranormale verschijnselen van de universiteit van Chapman. De politie en mensen van over de hele wereld komen haar raadplegen.'

'Waarover?'

'Dat hangt ervan af.'

'Geef eens een voorbeeld.'

'Een van de meest recente zaken ging over een jongetje van negen jaar dat was verdwenen. Mijn grootmoeder zag het lichaam in een put.'

'En kon ze de moordenaar identificeren?' vroeg Frank, terwijl hij zijn lachen inhield.

'Hij was niet vermoord, hij was erin gevallen.'

'Hoe wist je grootmoeder dat?'

‘Soms is het een droom, andere keren een heel sterk gevoel of een voorgevoel. Af en toe wordt ze bezocht door de verloren ziel. Zo ging dat bij het jongetje. Ze ging de kinderen van mijn zus uit school halen en zat op een bank in het park te wachten, toen er een jongetje naast haar kwam staan. Mijn grootmoeder voelde dat ze van top tot teen bevroor en haar hart ging tekeer. Het jongetje zei waar hij was en verdween vervolgens.’

‘Het moet huiveringwekkend zijn om tussen de doden op te groeien,’ zei Frank spottend.

‘Ik zie of hoor ze niet, ze hebben mij nooit lastiggevallen,’ antwoordde ze, terwijl ze het laatste restje chocoladesaus met haar vinger van het bord schraapte.

Ze verlieten als laatsten het restaurant. Lopend haalden ze de auto op en Frank reed haar naar het vliegveld. Ze spraken af elkaar na de kerst weer te zien in Arizona en ondertussen zou ze hem de cursus sturen die hij moest bestuderen. Ze legde hem uit dat de rechters geen tijd hadden voor te veel papieren rompslomp, hij moest het simpel houden en snel handelen, het wettelijke argument was essentieel, maar het was belangrijker om emoties los te maken. Alles hing af van de rechter, sommigen waren begripvol en anderen waren klootzakken. De nieuwe rechters waren allemaal klootzakken.

Frank liep zo ver hij kon met haar mee op de luchthaven en keek haar na toen ze door de beveiliging ging en daarbinnen verdween. Hij verwachtte dat de vrouw zich zou omdraaien voor een afscheidsgroet, het was het minste wat hij verdiende nadat hij een paar uur met haar had doorgebracht, maar ze stelde hem teleur.

Selena Durán deelde een appartement met een andere sociaal werkster in de stad Nogales, Arizona, op tien minuten van

Nogales in Sonora, Mexico. Het was een tijdelijke overeenkomst die al twee jaar duurde en zoals Milosz Dudek zei, haar eeuwige verloofde, was het tijd om meer vaste plannen te maken. Zoals trouwen bijvoorbeeld, en terugkomen naar Los Angeles, waar haar familie woonde en waar hij steeds gefrustreerder en ongeduldiger op haar wachtte. Zij wist steeds weer smoezen te vinden om de bruiloft uit te stellen en hij was de tel kwijtgeraakt van de jaren die ze met elkaar omgingen. Milosz werd door de hele familie Durán gezien als een zeer goede partij, hij was jong, gezond, zonder bekende gebreken en hij verdiende meer dan een arts door in enorme vrachtwagens met zware ladingen door het hele land te rijden, een baan die emotionele stabiliteit en fysiek uithoudingsvermogen vereiste. Hij bood zijn verloofde zekerheid en een liefde die hij door de jaren bewezen had. Hij wilde kinderen, een gezellig thuis, een tevreden vrouw die thuis op hem wachtte als hij van zijn reizen terugkwam. De vrachtwagens reden langzaam en de trajecten waren heel lang. Volgens de Durán-vrouwen wist Selena niet hoeveel geluk ze had, waar zou ze een andere man vinden die ze met haar grimassen kon domineren en die bovendien de meeste tijd afwezig zou zijn, geen enkele weldenkende vrouw wilde een fulltime-echtgenoot. Milosz hield al van haar sinds ze een tiener was; twee keer stonden ze op het punt te trouwen, ze kregen ruzie, gingen uit elkaar en kwamen weer samen om opnieuw te beginnen. Hij was het beu. Hij had genoeg gelegenheid om andere vrouwen te ontmoeten en af en toe maakte hij daar ook gebruik van, maar later herinnerde hij zich zelfs hun namen niet meer. Selena was zijn enige liefde.

Vóór het Magnolia Project had Selena gewerkt in het Gezondheidscentrum, waar ze administratieve en organisatorische ervaring opdeed. In haar nieuwe baan verdiende ze minder dan de helft van haar vorige salaris, maar ze had haar plek op de wereld gevonden. Toen ze hoorde dat aan de grens families uit elkaar werden gehaald, besloot ze de drie vakantieweken die ze tegoed had op te nemen om te gaan helpen. Ze wist van het Magnolia Project, dat al bijna dertig jaar bestond, en ondanks de bezwaren van haar verloofde en haar familie meldde ze zich aan als vrijwilligster. Ze was een van de duizenden verontwaardigde mensen die hulp aanboden. Een week werken met de kinderen was voor haar genoeg om haar baan op te zeggen. Ze ging niet terug naar Los Angeles en kort daarna maakte ze deel uit van het Magnolia-team. Vanaf dat moment werkte ze overdag en volgde ze 's avonds lessen in rechten en psychologie. Ze droomde ervan om, als de crisis aan de grens eenmaal achter de rug was, weer naar de universiteit te gaan om te studeren. Dat zou haar studieschuld doen oplopen, maar het was de moeite waard.

Frank liet Selena weten dat hij op 25 december zou komen om het meisje te leren kennen dat ze aan hem had toegewezen. Toen hij op het vliegtuig stapte, had hij nog geen tijd gehad om bij te komen van de culinaire orgie. Zijn moeder begon een week van tevoren te koken: cannelloni, scampi's, kreeft, gebakken paling, octopussalade, beef Wellington, haar beroemde rijsttaart met spinazie en als toetje: cannoli, amandelnoga en een overdreven variatie huisgemaakte koekjes. Het kerstdiner begon rond vier uur 's middags en duurde voort tot ze met de hele familie naar de nachtmis gingen. Het was een traditie die iedereen respecteerde, al was de helft van de familie ongelovig. Voor het geval er nog iemand honger had, waren er altijd gnocchi in tomatensaus en als er wat overbleef, was zijn moeder beledigd. Frank was de enige slanke persoon in die familie van stevige eters. Soms dacht zijn moeder met tranen in haar ogen aan haar arme jongen, alleen en hongerig in San Francisco, die verdorven stad vol atheïsten, zwervers, drugsverslaafden en homoseksuelen. Om de veertien dagen stuurde ze hem per expresse ingevroren gehaktballetjes.

Tijdens de vlucht naar Arizona, met een overstap in Denver, had Frank zeven uur de tijd om de zaak te bestuderen van Alperstein, een magnaat uit de kringen rond de president die beschuldigd werd van kinderhandel, verduistering van overheidsgelden en witwasserij. Frank was op het televisiejournaal achter die kerel te zien geweest en zijn moeder had bijna een beroerte gekregen. Aan de telefoon wilde hij haar uitleggen dat iedereen recht heeft op juridische verdediging en dat zijn cliënt onschuldig was tot het tegendeel was bewezen. Maar ze onderbrak hem schreeuwend: *'Mi spezzare il cuore! Che peccato! Un mio figlio che difende un pedofilo!'** en hing de telefoon op. Ze had gelijk, Alperstein was weerzinwekkend. Als verzoeningsgebaar stuurde Frank haar een briefje in een doos chocola. Hij was wat versuft door de nachtvlucht van San Francisco naar New York, het overdadige eten bij zijn ouders en het slaapgebrek, maar hij wilde Selena weer zien; zij was de voornaamste reden voor die luchtmarathon aangezien hij ook via Zoom contact met haar had kunnen hebben. Hij had meer aan haar gedacht dan wenselijk was, al stond ze ver af van de ideale vrouw die hij voor ogen had, en te oordelen naar haar onverschillige lichaamstaal leek ze niet speciaal in hem geïnteresseerd. Heel vreemd. Misschien was dat haar manier van flirten, dacht hij. Hij zou het nog een kans geven.

Op het vliegveld van Tucson huurde hij een auto en niet veel later was hij in Nogales, dat in een woestijnlandschap met heuvels en bergen lag en door een lange, donkere, kron-

---

* Je breekt mijn hart! Wat jammer! Mijn zoon die een pedofiel verdedigt!

kelende grensmuur van de zusterstad in Mexico was gescheiden. Zoals hij al had verwacht, was de temperatuur een stuk aangenamer dan de decemberkou in New York. Het kantoor van het Magnolia Project was nog gesloten en Selena wachtte hem op in haar appartement, wat volgens hem een goed teken was. Hij was uitgeput, maar als ze hem haar badkamer aanbood, kon hij zich wassen, scheren en haar uitnodigen voor het eten.

Het was drie uur vroeger dan in New York.

Het gebouw was een betonnen blok zoals er meer stonden in die kale straat zonder bomen. De lift deed het niet. Over een slecht schoongemaakte trap ging hij naar boven en kwam uit voor een groene deur. Een vrouw, die zich voorstelde als Selena's huisgenote, deed open, bood hem een glas water aan en haalde de kat van de bank zodat hij kon zitten. Frank was allergisch voor katten.

Het huis bestond uit een woon-eetkamer die door een aanrecht gescheiden was van het keukentje, een gang met twee deuren, waarvan Frank aannam dat het slaapkamers waren, en een badkamer aan het eind. Elke muur was in een andere kleur geschilderd, hemelsblauw, terracotta, kaneelbruin, mosgroen, steengrijs, vermoedelijk de kleuren van de woestijn. Het effect was overweldigend en de bank met de Schotse ruit, tweede- of derdehands, maakte de aankleding er niet beter op. Frank dacht met weemoed aan zijn eigen appartement, wit, kaal, opgeruimd, eenvoudig, mannelijk.

De vrouw zei dat Selena snel zou terugkomen en nam afscheid van hem omdat ze een afspraak had. Een half uur later, toen Selena thuiskwam, lag Frank licht snurkend languit op de bank met de kat boven op hem. Ze stopte een kussen onder zijn hoofd, legde een deken over hem heen omdat de temperatuur 's nachts erg daalde en ging met de kat naar haar kamer.

Het genadeloze licht om zes uur 's ochtends en de geur van koffie wekten Frank, die even niet wist waar hij was. Hij had een droge mond, een baard van twee dagen en het gevoel dat hij stonk en dat alles plakte van het zweet. Selena Durán, in spijkerbroek en met natte haren, zette een kom koffie voor hem neer.

'Opstaan, jongeman, we hebben veel te doen en hier gaan we vroeg aan de slag.'

'Ik moet nodig douchen. In mijn koffer heb ik een schoon overhemd.'

Ze wees hem de badkamer, gaf de kat te eten en begon spek te bakken en groenten fijn te snijden voor een tortilla. Het ontbijt was de enige maaltijd die ze thuis gebruikte, de rest van de dag at ze sandwiches en dronk ze frisdrank. Een half uur later kwam Frank Angileri als nieuw de badkamer uit. Hij besteedde veel aandacht aan zijn verzorging, hij hield van lang en heet douchen, had altijd een handvol toiletartikelen in kleine verpakkingen bij zich en gebruikte nooit die van het hotel. De geur van zijn aftershave en reukwater had een delicaat vleugje muskus; hij had gelezen dat dat een afrodisiacum was. De tortilla was inmiddels koud geworden en Selena praatte in het Spaans in haar mobiel. Frank nam aan dat dit het dagelijkse telefoontje was met haar familie, waarover ze had gesproken. Nadat ze het gesprek had beëindigd, pakte Selena een map en spreidde de inhoud op tafel uit.

'Jouw cliënt is Anita Díaz, zeven jaar,' legde ze Frank uit. 'Ze werd eind oktober gescheiden van haar moeder, Marisol Díaz. Ze zit al acht weken in een opvang. De moeder werd naar een detentiecentrum in Texas overgebracht, eigenlijk is dat een particuliere gevangenis die bekendstaat om de mishandelingen en het misbruik, een enorm complex met prikkeldraad eromheen op een afgelegen locatie. Al snel daarna werd ze weer overgeplaatst, waarschijnlijk vanwege een gezondheidsprobleem, want toen ze hier aankwam was ze verzwakt door een kogelwond die ze in haar land had opgelopen en door de inspannende reis, maar dat is niet zeker. Aangenomen wordt dat ze daarna is gedeporteerd.'

'Waarheen?'

'Dat weten we niet. De familie is Salvadoraans, maar er is geen bewijs dat ze Marisol naar haar land hebben teruggestuurd, meestal zetten ze de mensen de grens over, naar Mexico. We hebben Marisol niet kunnen vinden.'

'Hoe kwam ze hier met haar dochter?' vroeg Frank.

'Half oktober doken ze op om asiel te vragen bij een aanmeldcentrum hier in Nogales. Ze werden afgewezen. Ze mochten niet de grens over. Er is een presidentieel decreet van kracht dat niemand toegelaten mag worden. Tien dagen later stak Marisol illegaal de grens over en kwam ze in Amerika, in de woestijn, waar ze met haar dochtertje werd aangehouden. Bij de controlepost van de grensbewaking legde ze de officier uit dat ze vreesde voor het leven van haar en haar dochter, ze waren op de vlucht voor een man die hen achtervolgde. Ze wist dat hij een moordenaar was, hij had geprobeerd haar te vermoorden. Ze liet het verse litteken zien van een kogelwond in haar borst, die haar bijna het leven had gekost. Dat staat in het verslag. Wat er niet in staat, is het antwoord van de officier: "Ik geloof je niet, ze zeggen allemaal hetzelfde, ik word niet betaald om je in Amerika toe te laten."'

'Dit land is wettelijk verplicht om iedereen die asiel aanvraagt bescherming te bieden,' zei Frank.

'In theorie wel. Maar in de praktijk worden immigranten als criminelen behandeld. Niemand wil ze. Het zerotolerancebeleid is ingevoerd om ze af te schrikken door de kinderen van de ouders te scheiden.'

'En Marisols dochter?'

'Zoals ik al zei, zit ze in een opvang voor minderjarigen.

Ik heb het voor elkaar gekregen dat ze twee keer met haar moeder mocht bellen. Daarna zijn we het spoor van Marisol kwijtgeraakt.'

'Hoe kan dat nou!'

'Slordigheid, onwil, achteloosheid, straffeloosheid. Niemand gaat hiervoor betalen, de orders komen van het Witte Huis,' zei Selena.

'Is er al een datum voor de hoorzitting van het meisje?'

'Nog niet. Dat is jouw taak, Frank. Je moet voorkomen dat de rechter haar uitzet en je moet hem zover krijgen dat hij ons de tijd geeft om de moeder te vinden of een familielid in Amerika dat voor haar kan zorgen. Ze hebben Anita onder druk gezet om vrijwillige uitzetting aan te vragen, ook al wordt ze volgens haar moeder in haar land met de dood bedreigd.'

'Ze is zeven jaar!' riep Frank uit.

'Dat gebeurt de hele tijd. Ik had eens zo'n absurde zaak. De rechter vroeg mijn cliënt of hij koos voor vrijwillige uitzetting om naar zijn eigen land terug te gaan. Wat zou het kind antwoorden? Het was een jaar en kon nog niet praten. Anita is heel slim. Ze weigert terug te gaan naar El Salvador zonder haar moeder.'

Ze vertelde hem dat ze in de korte telefoongesprekken die ze met Marisol had gevoerd, erachter kwam dat ze drie dagen in de zogeheten Koelbox hadden gezeten, samen met andere vrouwen met kinderen, sommige onder de twee jaar, bibberend van de ijzige kou, op een hoopje op de betonnen vloer met alleen een isolatiedeken om zich heen. Er werd van uitgegaan dat de gedetineerden maar een paar uur in de cel zouden blijven voordat ze werden verhoord en overgeplaatst, maar vaak zaten ze daar drie of vier dagen. Een vijfjarig jongetje was alleen, want toen hij met zijn vader werd opgepakt, haalden ze hen uit elkaar. Hij riep voortdurend om zijn vader, terwijl de vrouwen hem vergeefs probeerden te troosten. De omstandigheden waren erbarmelijk: er was nauwelijks eten, basale sanitaire voorzieningen ontbraken, het licht brandde de hele nacht, er was verbaal geweld. Anita klaagde dat ze dorst had en een bewaker zei haar dat ze, als ze water wilde, maar terug moest gaan naar haar eigen land. Toen ze het jongetje zag dat om zijn vader schreeuwde, besefte Marisol dat hetzelfde met haar dochter kon gebeuren en ze probeerde haar daarop voor te bereiden. Ze zei haar dat ze vast een paar dagen gescheiden zouden zijn, dat ze niet bang moest zijn, er zou goed voor haar worden gezorgd en ze zouden snel weer samen zijn. Ze vroeg Anita geduld te hebben en dapper te zijn; dat was een proef, daarna zouden ze een goed leven hebben in Amerika.

'Marisol werd aan handen en voeten geboeid weggevoerd om door een migratieagent te worden verhoord en toen ze haar terugbrachten naar de cel, was Anita er al niet meer. Ze heeft haar nooit meer gezien. Net als gebeurde bij veel andere moeders, lieten ze haar geen afscheid nemen van haar dochtertje,' verklaarde Selena. 'Het personeel is niet getraind in het omgaan met deze crisis en het is overbelast. Sommigen vragen overplaatsing aan, omdat ze er niet meer tegen kunnen de orders te moeten uitvoeren.'

Frank Angileri verborg zijn hoofd in zijn handen. In zijn jaren als advocaat had hij van alles gezien, maar niet de geïnstitutionaliseerde wreedheid waar Selena het over had.

'Ach, Selena! Ik ben gewend om bedrijven te vertegenwoordigen en klanten als Alperstein, die betalen om justitie om de tuin te leiden. Ik weet niet of ik wel het nodige kan doen om Anita te beschermen.'

'Het belangrijkst is dat je beschikbaar bent en dat de rechters je niet betrappen op een technisch detail, want dat kunnen ze aangrijpen om de zaak af te wijzen.'

'Ik weet niets van migratierecht.'

‘Je zult het een beetje moeten bestuderen, Frank. Ik ga je helpen.’

De opvang waar Selena Frank naartoe bracht, was een van de beste van de vele centra die over het land waren verspreid. Normaal gesproken zaten er tussen de honderd en vierhonderd kinderen in een opvang, maar in deze waren er maar tweeënnegentig. De kinderen hadden een nummer gekregen omdat het personeel regelmatig de namen niet kon uitspreken of onthouden. Voor Selena was het echter een erekwestie om ieder kind bij de naam te noemen. ‘Ze zijn al zo veel kwijt, het is vreselijk als ze ook nog hun identiteit verliezen,’ vertelde ze hem.

‘Een verslaggever beschreef een van de centra als een chaotisch tafereel van viezigheid en ziekte, de kinderen liepen er smerig bij, vele hadden griep, ze kregen geen schone kleren, geen bed, douche, zeep of tandenborstel. De stank was buiten te ruiken. Ik vermoed dat ze daarom de pers niet meer binnenlaten. Maar zoiets zie je hier niet, dit is een fatsoenlijke opvang,’ zei ze.

Het gebouw bestond uit tien units met een gemeenschappelijke patio voor de kleintjes; de jongste was elf maanden en de oudste was Anita. De kinderen waren in groepen verdeeld van acht of tien jongens en meisjes en elke groep werd begeleid door een paar hulpverleners.

‘Kinderen zouden zo kort mogelijk in deze centra moeten zitten,’ legde Selena uit. ‘Als er geen naaste familie is of een instantie die zich over hen ontfermt, worden ze in adoptiegezinnen ondergebracht. Soms meldt de familie zich niet om de kinderen op te halen omdat ze geen papieren hebben en bang zijn dat ze worden gearresteerd en uitgewezen. Het geval van Anita is nogal ongebruikelijk, ze is hier langer dan normaal vanwege een administratieve warboel.’

Ze vertelde Frank dat sommige opvangcentra voor oudere kinderen, die vaak alleen komen, echte gevangenissen waren, bijvoorbeeld een enorme kelder van een supermarkt in Texas of een militaire basis in Florida. Sommige worden beheerd door particuliere bedrijven, die het belangrijk vinden zo veel mogelijk kinderen zo lang mogelijk te houden vanwege de enorme verdiensten. Voor de overheid waren de dagelijkse kosten per kind erg hoog. Mensenrechtenorganisaties of de pers werden niet toegelaten, ook geen Congresleden.

'Het is mijn werk om de zaken te behandelen die ze me toewijzen. Wij sociaal werkers worden er volledig door in beslag genomen, er zijn te veel kinderen.'

Ze moest vaststellen hoe de scheiding tot stand was gekomen, de beschikbare faciliteiten en juridische verdediging regelen, proberen familieleden op te sporen en indien mogelijk psychologische hulp coördineren. Het was moeilijk om informatie te krijgen, soms was het kind heel klein en herinnerde zich niets of kon nog niet praten, ofwel was het getraumatiseerd.

'Er leven honderden kinderen in het ongewisse, zoals Anita, omdat hun ouders onvindbaar zijn,' zei Selena. 'Het gaat zeker een paar jaar duren om ze te identificeren en ze te herenigen met hun familie. In sommige gevallen zal dat niet mogelijk zijn. Dit is een nachtmerrie.'

'Als ze weten dat hun kinderen afgepakt kunnen worden, begrijp ik niet waarom deze mensen het risico nemen om de grens over te steken,' zei Frank.

Selena beschreef hem de situatie waaraan ze ontsnapten. De meerderheid kwam uit Guatemala, El Salvador en Honduras, de beruchte Noordelijke Driehoek, een van de gevaarlijkste gebieden ter wereld, waar armoede langzaam doodt, huiselijk geweld vrouwen doodt, bendes, drugsdealers en georganiseerde misdaad met geweld doden en corrupte regeringen ongestraft doden. Het was niet vreemd dat sommige vluchtelingen er de voorkeur aan gaven hun kinderen niet meer terug te zien, liever dan met ze terug te moeten, want ze waren niet zonder reden gevlucht. Ze geloofden dat, hoe streng de Amerikaanse bureaucratie ook was, het hier beter was dan in hun eigen landen, vanwege de terreur.

'Wat is de oplossing, Selena? Er kunnen geen miljoenen migranten en vluchtelingen worden opgevangen,' zei hij.

'De oplossing is niet om muren en gevangenissen te bouwen, en al helemaal niet om families uit elkaar te halen, Frank. Het migratiesysteem moet worden herzien en we moeten helpen bij het wegnemen van de oorzaak die ervoor zorgt dat mensen uit hun vaderland wegtrekken. Niemand wil alles achterlaten en wegvluchten, dat doen ze uit wanhoop.'

'Dat is geen taak voor de Amerikaanse regering.'

'De Amerikanen hebben een groot deel van de ramp in die landen veroorzaakt. Om de linkse bewegingen te stoppen, hebben ze soldaten bewapend, geïndoctrineerd en getraind en de onderdrukking gefinancierd. Hier werd dat gerechtvaardigd als uitbreiding van de democratie, maar we deden precies het tegenovergestelde. We wierpen de democratieën omver en zetten gewelddadige dictaturen op om de belangen van Amerikaanse bedrijven te verdedigen.'

'Ben je een communist, Selena?'

'Bijna niemand is nog communist, Frank, doe niet zo simpel. Nou ja, misschien zijn er nog een paar in China of in Noord-Korea. Het gaat niet om links of rechts, of een andere ideologie, maar om het vinden van praktische oplossingen.'

Selena nam Frank mee naar een van de 'huisjes', die zo veel mogelijk op een thuis leken. Er was een gemeenschappelijke kamer, drie slaapkamers met elk vier bedden, een badkamer en een kitchenette om flesjes klaar te maken en hapjes op te warmen. In een hoek stond een kerstboompje, de muren waren versierd met kindertekeningen en Mexicaanse papieren knipsels. Ze vertelde hem dat het eten niet slecht was, de opvang zorgde voor kleding, want de kinderen kwamen met niets meer dan ze aanhadden, ze hadden recreatie-uurtjes, ze konden televisiekijken en spelen; er was een vaste routine, heel gestructureerd. Andere centra waren beschuldigd van kindermisbruik, zelfs van verkrachtingen, sommige kinderen stierven door nalatigheid, maar zo'n zaak had ze nog nooit gehad. De kinderen droegen lange broeken en T-shirts, ze waren schoon, maar Frank merkte meteen de vreemde stilte op die er hing en die haaks stond op de scènes met ontroostbaar huilende kinderen die Selena had beschreven. Ze zaten met waskrijt te kleuren en niemand keek op. Selena wees op het enige meisje dat niet aan de activiteit deelnam en met een lappenpop op een bed zat.

'Anita, ik ben het,' riep ze naar haar in het Spaans.

Onmiddellijk sprong het meisje van het bed en kwam naar Selena toe, die zich bukte en haar tegen zich aan drukte. Ze was heel mager en klein voor haar leeftijd, met de goudkleurige huid van haar gemengde afkomst, fijne gelaatstrekken en kortgeknipt zwart haar. Selena had Frank uitgelegd dat er maar zelden tijd was om een vertrouwensrelatie met de kinderen op te bouwen omdat ze zich niet konden binden voor ze werden overgeplaatst en ook het personeel voortdurend wisselde, maar zij had Anita vanaf het begin onder haar hoede gehad.

'Dit is Frank, zeg hem maar gedag,' zei ze.

Het meisje verstijfde. Selena had Frank gewaarschuwd dat Anita mannen in het algemeen wantrouwde, zelfs de enkele mannelijke sociaal werkers in de opvang. Dat kwam vast door de ervaring met een of andere grensbewaker of met iemand uit het verleden. Frank liet zich op één knie zakken om op gelijke hoogte met haar te komen.

'Wees maar niet bang, Frank is goed. Hij gaat je helpen om weer bij je mama te komen,' voegde Selena eraan toe.

Na een pauze die voor Frank een eeuwigheid leek, stak Anita schuchter een hand uit en hij drukte die. Op dat moment realiseerde hij zich dat het meisje blind was.

De volgende dag nam Frank het vliegtuig naar San Francisco. Hij had heel wat uren in het opvangcentrum doorgebracht, eerst had hij met Anita gespeeld zodat ze zich bij hem op haar gemak zou voelen en daarna had hij haar verhoord in het piepkleine kantoortje dat Selena voor hem had geregeld. Tussen de middag at hij met hen opgewarmde burrito's en om zes uur 's middags, met een notitieboekje vol aantekeningen en een malende geest door wat hij had meegemaakt, installeerde hij zich in Selena's appartement, waar ze een bed voor hem had opgemaakt in de woonkamer. Hij had weliswaar een hotel in Tucson gereserveerd, dicht bij het vliegveld, maar toen ze hem voorstelde om die nacht bij haar te blijven logeren, ging hij daar zonder aarzelen op in. Hij had toen al zijn plannen om haar te veroveren voor onbepaalde tijd uitgesteld, want hij was betrokken geraakt in een zaak die veel serieuzer was dan de romance die hij zich had voorgesteld en hij begreep dat elke toespeling van zijn kant misplaatst en beledigend zou zijn. Het was een ongelukkig idee geweest, een slechte gewoonte die hij moest afleren. Hij hield er ook rekening mee dat Selena hem zou uitlachen. Hij was er niet in geslaagd indruk op haar te maken.

Hij had een vlucht van tweeënhalf uur om het dossier door te nemen dat hij bij aankomst met Lambert moest bespreken. Maar in plaats daarvan bekeek hij zijn aantekeningen over

Anita. Het meisje bleek veel wijzer dan je kon verwachten, waarschijnlijk door de ervaring van de reis en het trauma doordat ze van haar moeder was gescheiden. Door de omstandigheden was ze gedwongen zichzelf te redden. Ze compenseerde haar blindheid met haar geheugen en haar oplettendheid, er ontging haar niets, ze leek antennes te hebben om haar omgeving op te nemen. Buiten dat ze haar pop Didi niet losliet en ze op een fluistertoon sprak, gedroeg ze zich alsof ze veel ouder was, dat benadrukte het contrast met haar breekbare uiterlijk. Selena trad op als tolk zodat hij haar kon begrijpen, maar ze constateerde tevreden dat hij bijna alles begreep wat het meisje zei; zijn school-Spaans was niet weggezakt.

Anita bevestigde wat Selena hem had verteld en sprak over haar vroegere leven en de reis van El Salvador naar Guatemala en daarna door Mexico tot de Amerikaanse grens. Ze miste haar moeder en als ze over haar sprak deed ze haar best om niet te gaan huilen.

'Ze hebben me verteld dat je niet blind geboren bent, Anita,' zei Frank.

'Toen ik klein was had ik een ongeluk. Als er veel licht is, kan ik een beetje zien. Ik ging naar school en leerde lezen, maar ik geloof dat ik dat vergeten ben. Mijn school van vroeger was niet voor blinden,' verklaarde Anita.

Selena legde hem uit dat er blijkbaar een nicht of een tante van de familie in Amerika was, maar die kon niet worden gevonden. Ze zou een familielid kunnen zijn van Anita's vader, Rutilio Díaz, die was gestorven toen zij ongeveer drie jaar was.

'Bij wie woonde je vroeger in je eigen land, Anita?' vroeg Frank aan het meisje.

'Bij mijn Tita Edu, dat is mijn oma. En bij mijn opa, maar die is ziek en ligt altijd in bed. Mijn mama kwam op zaterdag en zondag bij ons.'

'We weten dat je met je mama een heel moeilijke reis hebt gemaakt die wel een maand duurde en dat jullie op sommige stukken op de daken van goederentreinen waren geklommen,' zei Frank.

'Ja, samen met andere mensen. Ik was de kleinste.'

'Weet je waarom jullie die reis maakten?'

'Omdat een man mijn mama wilde vermoorden. Hij had op haar geschoten. Mijn Tita Edu nam me mee om haar in het ziekenhuis te bezoeken en ik schrok heel erg, want ik dacht dat ze dood zou gaan. Maar we hebben gebeden en kaarsen gebrand in de kerk en ze ging niet dood. Nadat ze een beetje was opgeknapt, kwam ze me ophalen en toen zijn we weggegaan. Tita Edu en mijn mama huilden heel erg, maar ik huilde niet, want ik had mama beloofd dat ik me goed zou gedragen.'

'Wie was die man?'

'Oom Carlos. Hij droeg een uniform en een pistool.'

'Weet je zijn achternaam?'

'Gómez. Soms kwam hij bij Tita Edu thuis, maar zij mocht hem niet. Mijn mama ook niet.'

'Vertel eens over je oma. Hoe heet ze?'

'Eduvigis,' antwoordde het meisje zonder aarzelen.

'Ik begrijp dat het Marisols schoonmoeder is, de moeder van haar man, Rutilio Díaz,' legde Selena Frank uit. 'Marisols meisjesnaam is Andrade. Haar naam als getrouwde vrouw is Marisol Andrade de Díaz. Om het gemakkelijker te maken, hebben ze hier in het migratieverslag Marisol Díaz gezet.'

'Mijn Tita Edu is heel goed. Ze zorgde voor me als mijn mama werkte. Zij werkt ook,' zei Anita.

'Wat doet ze?'

'Ze werkt met indigo. Ze weet alles van indigo en dat legt ze uit aan bezoekers en toeristen.'

’s Avonds in haar appartement hielp Selena Frank zijn notities aan te vullen met de details die ze zich herinnerde van Anita’s zwerftocht, en samen planden ze de juridische strategie. Ze aten pizza en bleven tot laat praten en naar Latijns-Amerikaanse muziek luisteren. Na middernacht namen ze afscheid van elkaar, zij ging naar haar kamer en hij ging slapen op de bank vol kattenharen. Selena viel in slaap zodra ze haar hoofd op het kussen legde en de kat naast haar kwam liggen, zonder te vermoeden dat Frank lag te woelen op de bank, terwijl hij aan haar dacht. In haar puberteit, toen ze merkte wat een aantrekkingskracht ze had, werd ze zich bewust van haar macht en daar speelde ze korte tijd mee, maar al snel kwam Milosz Dudek in haar leven en gebruikte ze die macht niet meer, alleen nog als ze een man om een gunst moest vragen met betrekking tot de kinderen die ze verdedigde.

Aan de andere kant van het dunne muurtje voelde Frank zich meegesleurd door een mysterieuze kracht waaraan hij weerstand probeerde te bieden door de verschillen en obstakels tussen hen op te sommen: haar sjofele kleren, haar gebrek aan koketterie en raffinement, haar slechte smaak – je hoefde maar naar de inrichting van het appartement te kijken –, nou ja, de lijst was lang, maar hij kon hem niet afmaken omdat het beeld opdook van haar genereuze lichaam, haar vriendelijke ogen, haar ritmische, sterke stem, haar losse, vrolijke manier om het leven te omarmen, zelfs te midden van al het leed om haar heen. Hij dacht ook aan het meisje Díaz. Hij had het gevoel dat dit de belangrijkste zaak uit zijn leven zou worden, de enige die hij nooit zou vergeten. Als hij bij Alperstein een fout maakte, kon hij zijn carrière vaarwel zeggen, zoals Lambert hem had gewaarschuwd, maar als hij bij Anita een fout maakte, zou hij zijn sereniteit kwijtraken.

Anita

Nogales, november-december 2019

Mama moet heel dichtbij zijn, zo leek het aan de telefoon. Wat denk jij, Claudia? Klonk ze niet heel dichtbij? Ik huilde niet, al had ik dat wel gewild. Nou ja, ik huilde een beetje, maar dat merkte ze niet, want ik deed het stilletjes. Kijk, Claudia, als mama ons zou kunnen ophalen, zou ze dat doen. Maar dat kan ze nu niet. Zij begon ook te huilen, daarom vertelde ik haar dat we het te gek hebben in dit huis met de andere kinderen, dat het niet zo is als in de Koelbox, dat er een patio is en spelletjes en dat we soms ijsjes krijgen. Waarom zou ik haar vertellen dat we niet willen eten omdat we het niet lekker vinden? Het is niet als het eten van Tita Edu. Dat kan mama beter niet weten. Miss Selena zei dat ze snel nog een keer gaat proberen haar te bellen, maar het is moeilijk omdat ze mama naar een andere plek hebben gebracht. Het helpt niet als we huilen, dat maakt mama alleen maar verdrietiger. Als we willen huilen en we niet meer kunnen praten, geef ik Didi de telefoon zodat zij met haar kan praten.

Natuurlijk herinner ik me dat ze mama geboeid meenamen, maar dat was omdat ze dat altijd doen met mensen uit de Koelbox, dat is maar voor even, daarna maken ze hen weer los. Daar hoef je niet om te janken. Ik kon bijna niets zien, maar ik hoorde de bewakers en het geluid van de kettingen en hoe mama en de andere vrouwen in de Koelbox begonnen te schreeuwen en te vragen waarom we zo behandeld werden, dat we fatsoenlijke mensen waren, moeders met kinderen, geen drugsdealers of misdadigers, maar dat hielp niets. Ze namen mama mee en het enige wat ze nog tegen me kon zeggen was dat ik niet bang moest zijn, dat ze snel terug zou komen. Ik weet niet of ze terugkomt, Claudia, want direct nadat ze haar hadden meegenomen, grepen ze ons vast en zetten ze ons op die bus.

Miss Selena heeft me ook uitgelegd dat we hier maar voor even zijn, terwijl ze de papieren regelen voor mama, en daarna brengen ze ons naar haar toe. Hier zitten we wel goed. Hier zitten we supergoed, dat moet je tegen mama zeggen als we weer met haar praten. Begrijp je, Claudia? We moeten mama niet ongerust maken, we moeten haar niet zeggen dat we verdrietig en bang zijn, en niet vragen waarom ze ons meenam naar het noorden, ze weet wel wat ze doet. Daar in El Salvador hadden we het goed tot die Carlos opdook en mama zo bang werd. Ik wil ook terug naar het huis van Tita Edu, ik wil dat alles is zoals eerst, ik wil niet bij onbekende mensen zijn die niet eens praten zoals wij, maar we kunnen niet alles hebben wat we willen in het leven.

Als je zin hebt om te huilen, Claudia, moet je net doen als ik, dan moet je aan mooie dingen denken, aan mama toen ze nog gelukkig was en bij ons sliep, aan Tita Edu met de honden en de vogels, aan school, waar je met je vingers mocht verven, aan touwtjespringen en de kringspelletjes, aan de feesten op straat met alle buren, ballonnen en vuurwerk en aan de picknicks op het strand. Het was zo mooi om daar te wonen, in ons land! Weet je nog een liedje? Ik wel. We gaan 'Pin Pon' zingen, nee? Dan 'Arroz con Leche', dat vond je altijd leuk. *Arroz con leche, me quiero casar, con* *una niñita de la capital...*[*] Als ik moet huilen, denk ik aan de gevulde maiskoekjes die Tita Edu vrijdags maakte en hoe ik haar in de keuken mocht helpen. Ik kan goed kneden; daar hoef ik niet voor te kunnen zien. We dekten de tafel met takjes en bloemen van de patio, terwijl we op mama wachtten, die laat kwam, met de bus van acht uur, maar ze kwam altijd. Van Tita Edu mocht ze dan niets doen in huis, want ze kwam van haar werk en het was het belangrijkste dat ze uitrustte. Op vrijdagavond masseerde ik mama's voeten als we naar de televisie keken. Daardoor viel ze in slaap en later moesten we haar vertellen hoe de soap ging. Zaterdag was ze niet meer moe en dan stond ze vroeg op om Tita Edu te helpen bij het wassen van opa en bij het huishouden. Daarna gingen we wandelen. Ik wil dat je niets daarvan vergeet, Claudia, daarom vertel ik het je, ook al weet je het wel.

Ik denk ook graag aan de voorleesboeken die we op school hadden en aan dat boek met feeën en magische wezens dat Tita Edu had. Ze las ons voor uit dat boek, weet je nog? Ik kon het ook lezen, maar niet zo snel, een beetje langzaam. Het beste was om met een verhaal te beginnen, een klein stukje te lezen, door te gaan op een bladzijde van een ander verhaal en dan weer een ander, de bladzijden door elkaar te halen, zodat het sprookje elke keer veranderde en het boek nooit uit kwam. Dat was mijn favoriete manier van lezen voor het ongeluk. Nu moet ik in gedachten lezen, totdat ik een heel groot vergrootglas krijg, zoals ik bij Tita Edu had. Daar had ik heel veel aan op school. Vandaag of morgen ga ik aan miss Selena vragen of ze een vergrootglas voor me kan regelen; ik hoop dat het niet te duur is.

---

* Rijstepap, ik wil trouwen, met een meisje uit de hoofdstad...

Ik heb je verteld over Azabahar, het betoverde rijk, waar jij en ik prinsessen zijn en mama is de koningin en Tita Edu is de goede fee. Dat is niet de hemel, het is beter dan de hemel, want je hoeft niet dood te gaan om er te komen. Daar zijn geen heiligen, geen martelaren, alleen de Maagd van de Vrede, zij is de enige die de baas is. Er zijn levende mensen op die ster en bezoekers van andere planeten en allerlei soorten dieren, sommige kennen we en andere leven niet hier op aarde. Natuurlijk zijn er heel veel beschermengelen en engeltjes, want die komen daarvandaan, dat is hun land. Er zijn een paar dode kinderen, maar niet veel en je merkt het niet, want het is net of ze nog leven. Azabahar ligt op een ster ver weg. Vannacht, als het donker is en iedereen slaapt, gaan we naar de patio om de helderste ster van allemaal te zien, dat is Azabahar.

Je moet niet huilen, want dan maken we Didi bang en ze houden hier niet van kinderen die veel huilen. Mama zou verdrietig worden als ze wist dat we huilen en niet willen eten. We hebben haar beloofd flink te zijn. Wees maar niet bang, deze juffen zijn aardig, ze slaan ons niet of zo; de kinderen zijn ook goed, bijna allemaal zijn ze goed, maar we gaan niet met Rony en Luisito spelen, die zijn niet aardig, maar ik ben ouder en ik laat ze ons niet lastigvallen; de eerste die probeert Didi van ons af te pakken, geef ik een flinke dreun en het kan me niet schelen als ze me daar dan voor straffen. Rony is walgelijker dan Luisito. Hij is een poepworm, zo noem ik hem, Poepworm. We gaan geen ruzie met hem zoeken, maar als hij naar ons toe komt, spugen we op hem. En de bijnaam van die domme Luisito is Leguanenkots.

Kijk, Claudia, vannacht toen je sliep, zag ik mijn beschermengeltje. Ze is klein, ik dacht dat de engelen en engeltjes heel lange mensen waren in nachthemden en met grote vleugels van veren, zoals die in de kerk, maar zo zien ze er niet uit. Ze zijn ongeveer net zo groot als een grote papegaai. Mijn engeltje heeft kleine vleugels, die zo doorzichtig zijn als de ramen, je moet goed kijken om ze te zien en ze heeft geen gouden aureool, maar een antenne op haar hoofd die in een enkele veer eindigt, als de staart van de torogoz, en daar praat ze mee, want ze heeft geen mond. Ik kon haar zien, want de engeltjes en de engelen kun je niet met je ogen zien, maar met je geest, het maakt niet uit dat ik een beetje blind ben, ik kon haar toch heel goed zien. Ze stond naast mijn bed, helemaal wit, zelfs het haar was wit, net een wolk. Ik herinner me de wolken, die ben ik niet vergeten. Eerst was ik bang, maar toen ze zei dat ze mijn engeltje was, verdween mijn angst. Ze praatte met stille woorden, woorden in mijn hoofd, daarom hoorde niemand anders haar, de andere kinderen sliepen door en jij ook.

Ze zei me dat alle mensen, echt alle mensen, een eigen beschermengel hebben. Jij hebt ook een beschermengel. Daarom moeten we iedere avond bidden, als een groet: 'Beschermengeltje, zoet en zacht, blijf altijd bij me, dag en nacht.' Als je een meisje bent, krijg je een engeltje, als je een jongen bent, krijg je een engel. Die van de jongens zijn ook niet zoals in de kerk, geen grote vleugels en zo, ze zijn hetzelfde als de engeltjes, maar dan blauw. Soms groen, dat hangt ervan af.

Mijn engeltje neemt ons mee naar Azabahar. Mama komt ons hier ophalen, maar als ze te laat is, zien we elkaar weer in Azabahar. De volgende keer dat we erheen gaan, wacht ze daar op ons. Misschien is ze onzichtbaar, dat gebeurt soms, maar dat maakt niet uit, want we kunnen haar wel voelen en met haar praten. Ja, we mogen Didi meenemen. Maar dat is een geheimpje tussen ons, dat mag je aan niemand vertellen omdat het engeltje dan boos wordt en ons nergens mee naartoe neemt. Ze gaat niet voorgoed weg, Claudia, doe niet zo dom, de beschermengel moet bij het meisje zijn over wie ze waakt, dat is haar werk, ze kan niet weggaan als ze daar zin in heeft. Jouw engeltje blijft bij je, ook al is ze boos, maar als je het geheim bewaart, zal ze tevreden zijn.

Dat bedplassen gebeurt bij bijna alle kinderen, je ziet heel veel hier in bed plassen, zelfs Poepworm, daar is het zeiltje voor onder het laken, zodat het matras niet kletsnat wordt. Ik weet niet waarom dat hier in het noorden gebeurt, bij Tita Edu plaste niemand in bed. Ze zullen ons geen straf geven. Miss Selena zei me dat ze ons hier niet voor kunnen straffen, het is een ongelukje, dat is niet hetzelfde als vechten of een driftbui krijgen. Mij maakt het niet uit dat je een ongelukje hebt gekregen in mijn bed, we kunnen er niets aan doen. Zo is het leven.

Het kerstfeest was te gek, door de muziek en de cadeautjes die we kregen. Ik kreeg kleurpotloden, maar omdat ik daar niets aan heb, ruilden ze die om voor boetseerklei. Daarvan kan ik wat muisjes voor je maken om Didi gezelschap te houden, wil je dat? Alle kinderen waren blij, niemand begon te huilen of te vechten. Je vond het jammer dat er geen kerststal was, maar dat doen ze hier niet. Ik miste hem ook, al waren de kerstfiguren die we in El Salvador hadden zo klein dat je moest raden wie Sint-Jozef en de herders waren. Dit is onze eerste Kerstmis zonder mama en Tita Edu. Weet je nog dat mama niet werkte met Kerstmis en Nieuwjaar? Dan had ze vakantie. We gingen naar het strand om oom Genaro te zien. Als we in El Salvador terug zijn, ga ik oom Genaro vragen of hij me leert surfen. Ik geloof niet dat het veel uitmaakt dat ik blind ben. Kerstmis zonder mama en Tita Edu maakte me verdrietig, maar dat ging een beetje weg toen ik die Frank zag die me vertelde dat hij zou proberen om ons zo snel mogelijk bij mama te brengen. Ik vond Frank wel aardig, ook al praatte hij raar. Hij kent niet veel Spaans. Ik denk dat hij goed is, want hij is een vriend van miss Selena. Ik hoop dat hij doet wat hij zei.

Samuel

New Orleans, Londen, Berkeley, 1958-1970

Voor iemand die in Engeland was opgegroeid en zo'n gestructureerd leven leidde als Samuel Adler, was New Orleans fascinerend. Dat jaar 1958 moet memorabel geweest zijn in die stad, want in februari sneeuwde het voor de eerste keer in twintig jaar en in maart kwam Elvis Presley er een film opnemen. Vanwege de enthousiaste menigte die zich voor het hotel had verzameld, moest hij over de brandtrap naar boven en via het dak naar binnen. Toen Samuel er maanden later aankwam, was Elvis Presley nog steeds het enige gespreksonderwerp onder de jongeren, terwijl de critici hem de grond inboorden en de ouderen het vernietigende oordeel van Frank Sinatra napraatten: 'Rock-'n-roll is de meest brute, vreselijke, wanhopige en verdorven vorm van expressie die ik tot mijn ongenoegen heb moeten aanhoren.' Maar Samuel interesseerde zich totaal niet voor het rockidool met zijn ongecontroleerde heupbewegingen; hij kwam naar New Orleans voor de jazz.

Als hij meer contact had gemaakt met de Caraïbische migrantengemeenschap waar hij in Londen tussen woonde, had New Orleans misschien niet zo'n grote impact op Samuel gehad, maar de enige reden om een woning in die eenvoudige Caraïbische wijk te huren was de prijs geweest; hij kon niets anders betalen. Als een geest had hij daar in die straten tussen de kleurrijke, rumoerige menigte door gelopen zonder met iemand te praten. Hij sloot zich op om viool te oefenen zonder de muziek van de blikken trommels buiten of de radio van de buren te horen, hij deed zijn boodschappen op de markt en beperkte zich daarbij tot het hoognodige voor zijn eten, altijd hetzelfde, zonder het fruit en de groenten van andere plaatsen te proeven, zonder de kwetterende vogels in hun versierde kooien op te merken, de kippen en varkens die op hun lot wachtten, de vissen en schelpdieren in de manden, de bloemen en het ambachtswerk. Dat alles zag hij pas toen hij aankwam in New Orleans. Eerst begreep hij er niet veel van, want op straat werd Cajun gesproken, een dialect van het Frans, en hij moest moeite doen om aan het Amerikaans-Engelse accent te wennen. De stad gaf hem een enorme schok en hij moest zijn kieskeurigheid en verlegenheid opzijzetten. Als hij iets over jazz wilde leren, moest hij zich volledig onderdompelen in de gekte van het nachtelijke French Quarter.

Hij had tien dagen en nam zich voor om die helemaal aan de muziek te besteden, hij wilde zijn tijd niet verdoen met toerisme of gastronomie. Dat zou hem gelukt zijn als het lot hem niet direct in de eerste bar waar hij binnenging bij Nadine LeBlanc had gebracht. Het etablissement, een van de vele in Bourbon Street, had nog dezelfde inrichting als aan het begin van de eeuw, weinig licht en veel jazz. Het was vol met mensen, vele stonden, terwijl een paar obers balancerend met dienbladen vol drankjes zich een weg baanden tussen de drukbezette tafels. Door de rook-, zweet- en parfumlucht begon Samuel te hoesten, het leek alsof zijn keel werd dichtgeknepen. Verschillende enthousiaste Afro-Amerikaanse muzikanten bespeelden hun instrumenten, ze speelden met de noten, improviseerden solo's en samenspel zonder de draad kwijt te raken. Soms leek een solist op piano of saxofoon naar een ander sterrenstelsel te schieten, maar hij keerde steevast terug in het samenspel en dan nam een andere muzikant zijn plaats in, terwijl de bas onvermurwbaar het ritme aangaf en ze weer terug op aarde riep. Hoe deden ze dat? Samuel wist dat ze tekens gebruikten om het begin en eind van iedere solo aan te geven of het einde van de uitvoering, maar hij kon ze niet ontdekken.

Hij ging op in de muziek, volgde het ritme zonder te merken dat hij op zijn stoel zat te dansen, toen een vrouw naast hem kwam zitten en haar sigarettenrook in zijn gezicht blies. Samuel deinsde achteruit, geërgerd door de onderbreking, maar toen de rook wat optrok zag hij dat het niet een hoertje was zoals hij verwachtte, maar een jong, mooi meisje.

'Hallo, Humphrey,' begroette ze hem luid, om boven de muziek uit te komen.

'Ik heet geen Humphrey,' verklaarde hij.

'Hebben ze je wel eens gezegd dat je net Humphrey Bogart bent? Je lijkt zijn tweelingbroer wel. Heb je in een of andere film gespeeld? Bogart is mijn idool.'

'Is hij niet onlangs overleden?'

'Toch blijft hij mijn idool. Hier kunnen we niet praten, kom met me mee, mister Bogart.' Ze pakte zijn hand en trok hem van zijn stoel. Samuel kon nog net een bankbiljet op tafel leggen en volgde haar.

Buiten sleepte het meisje hem mee naar een groep jongeren die op straat stonden te drinken, midden in een feestende menigte van alle leeftijden, uiterlijk en rassen. De muziek uit de bars en restaurants vermengde zich met de herrie van de mensenmassa en de luide gesprekken die tussen het ene balkon en het andere werden gevoerd.

'Is het carnaval?' vroeg Samuel.

'Mardi Gras is in februari. Dit is een gewone vrijdagavond. Morgen is het nog drukker,' verklaarde ze.

'Ik ben Samuel Adler, aangenaam.'

'Ik heet Nadine,' zei ze en ze stelde hem aan de groep voor als haar nieuwe vriend, mister Bogart.

Nadine LeBlanc was afkomstig uit een oude familie uit New Orleans en in die periode maakte ze haar debuut in de maatschappij nadat ze twaalf jaar op een strenge nonnenschool had gezeten. Daar had ze volgens eigen zeggen geleerd om Frans te spreken, te liegen, te roken, in twee talen te vloeken en hoe ze zich uit een raam van de tweede verdieping kon laten zakken om naar buiten te ontsnappen. Zoals ze Samuel vertelde, genoot ze elke minuut van haar vrijheid die ze stormenderhand had veroverd, tot ongenoegen van haar ouders, die zich machteloos voelden. 'Ik ben onafhankelijk,' zei ze. In werkelijkheid was ze dat niet, ze was volledig afhankelijk van haar familie, maar ze vroeg niet overal meer toestemming voor. Nadat ze hun school hadden afgemaakt, verschenen de meisjes van haar sociale klasse in het openbaar – dansfeestjes, concerten, picknicks, paardrijden en boottochtjes – om gezien en gewogen te worden op de huwelijksmarkt. De families deden hun uiterste best om hun macht te tonen, hun connecties en hun bezittingen, terwijl de debutanten straalden in hun modieuze kleding en zich deugdzamer en bescheidener voordeden dan ze over het algemeen waren. De druk om een verloofde te krijgen was keihard; ze moesten voor hun vijfentwintigste getrouwd zijn om niet het stempel van oude vrijster te krijgen.

Nadine was de uitzondering onder de jongedames uit haar milieu. Eerder had ze de nonnen en haar familie al gechoqueerd en nu wilde ze de hele stad choqueren. Het laatste wat ze wilde was de reputatie van aristocratische maagd in ere houden om een man als haar vader of haar broers te strikken en een gezapig leven te leiden in de rol van echtgenote en moeder. Ze lokte liever roddels uit. Ze was van nature ontembaar, zoals ze zichzelf beschreef, en daar kon ze mee wegkomen omdat ze een onweerstaanbare charme bezat. Ze ging naar bars, rookte uit een sigarettenpijpje, dronk als een tempelier en danste in trance, blootsvoets en met schaamteloos verwarde haren, zonder rekening te houden met de mengeling van afkeer en jaloezie die ze bij de meisjes en jongens van haar klasse opriep. Tot afschuw van haar familie pochte ze dat ze een zwarte overgrootmoeder had. Dat maakte zo veel indruk op die racistische gemeenschap dat het in de pers verscheen. Niets van dat alles schrikte Samuel af. Hij was betoverd, dit meisje was precies zijn tegenpool, ze verlegde de opgelegde grenzen, ze daagde hem uit en verleidde hem. Haar schoonheid was ook onconventioneel, ze was mager en zo plat als een jongen, ze had een expressief gezicht met onregelmatige gelaatstrekken, volle wenkbrauwen, zwart haar in warrige krullen, een gebronsde huid, een gemakkelijke, ietwat scheve lach en een grote, rood gestifte mond. Het meest opvallend waren haar lichte hazelnootkleurige ogen, die Samuel aan een panter deden denken. Nadine bezat het zeldzame instinct van de verleiding en ondanks haar jonge leeftijd ging ze daar heel geroutineerd mee om.

'Ik neem je mee om de beste jazz van New Orleans te horen,' bood ze hem aan, wetend dat dit hem interesseerde.

Het bleef niet bij de muziek. Met haar groep vrienden, allemaal jonger dan Samuel, rijk, ongeschoold en opschepperig, leidde ze hem door het vrolijke leven, ze nam hem mee naar privéfeesten, op vaartochtjes over de Mississippirivier in dezelfde stoomboot die al honderd jaar als speelhol diende, ze rookten hasjiesj en dronken goedkope whisky op een eilandje dat de Tempel genoemd werd in de Mississippidelta, waar vroeger de piraten van de Caraïben Afrikaanse slaven en de oorlogsbuit van hun rooftochten veilden, en 's nachts wandelden ze door de buurt van spookhuizen, zombies, spoken en vampiers, waar andere meisjes het van angst uitschreeuwden, maar waar Nadine zich liet fotograferen, terwijl ze een skelet omhelsde. Ze nam hem mee naar een Haïtiaanse heks, een indrukwekkende, struise vrouw, uitgedost met een tulband en veelkleurige kettingen, in een hut in de oude wijk van de vrije mulatten, waar ze handeldreef met haar betovering, raadsels, amuletten, liefdesdrankjes en andere waanzinnige dingen. De heks besprenkelde hem met het bloed van een geofferde kip, benevelde hem met haar tabaksrook, ze zag zijn lot in een paar schelpen en voor een redelijke prijs verkocht ze hem een in een doek gewikkeld bosje kruiden en botjes om het boze oog af te weren.

'Je kunt me een vraag stellen, dat is bij de prijs inbegrepen,' zei ze, maar Samuel was zo duizelig van de alcohol dat hem niets te binnen schoot.

'Vertel me of we gaan trouwen,' vroeg Nadine, die van het aanbod gebruikmaakte.

'Natuurlijk, schoonheid.'

Toen ze al vier dagen aan de boemel waren, maakte Nadine zich los van de groep en had ze alleen nog maar aandacht voor Samuel. Ze wilde alleen met hem zijn. Die man, die zo sterk op haar favoriete acteur leek, vond ze heel aantrekkelijk. Geen van de jongens die achter haar aan liepen, kon aan hem tippen; vergeleken met hem waren het net kleuters. Zijn Europese cultuur overdonderde haar en zijn neiging tot zwijgen intrigeerde haar; ze dacht dat de Engelsman geheimen had, misschien was hij een spion en was zijn passie voor jazz maar een dekmantel.

Van zijn kant vermoedde Samuel al snel dat onder het masker van de op de film geïnspireerde femme fatale een meisje schuilging dat onbezonnen, naïef en verwend was, maar vooral genereus en heel intelligent. Ze werden verliefd met de dringende hartstocht van een eerste jeugdliefde.

Na tien dagen moest Samuel afscheid van haar nemen en ging hij terug naar Engeland. Bij het afscheid vroeg hij haar ten huwelijk.

Samuel en Nadine leefden bijna twee jaar gescheiden van elkaar, want zij moest wachten tot ze meerderjarig was om te kunnen trouwen. Haar ouders weigerden toestemming te geven voor het huwelijk, omdat hij geen geld en sociale positie had – eigenlijk was hij een volslagen onbekende – en zij er nog niet klaar voor was om zich te settelen. Dat zou ze waarschijnlijk nooit zijn, zeiden ze. Nadine bleef feestjes aflopen en flirten met haar talrijke vrijers, maar precies op de dag van haar verjaardag kondigde ze aan dat ze naar haar geliefde in Engeland ging. De ouders schreeuwden moord en brand. Hoe kun je ongetrouwd samenwonen met een man! Ze nam vrolijk afscheid en vertrok, gekleed in een robijnrode jurk en een hoed die haar huidskleur goed deed uitkomen, en met alleen een koffertje als bagage.

Ze trouwden in Londen voor de wet tijdens een eenvoudige ceremonie, met als enige getuigen de Evans, die Samuel aan haar voorstelde als zijn geestelijke ouders. Pas toen kwam Nadine erachter dat haar man geen familie had, dat hij als kind wees was geworden en dat de genegenheid van dat quakersechtpaar de enige stabiele liefde was die hij had gehad. Ze ontdekte ook dat hij geen Engelsman was, maar een Oostenrijkse Jood en ze bedacht geamuseerd hoe haar racistische, antisemitische familieleden zouden reageren als ze dat wisten.

Door haar beslissing om te trouwen liet Nadine LeBlanc zien dat ze volwassener was dan iedereen die haar kende verwachtte. Haar man verdiende de kost door in een orkest te spelen en hij was muziekdocent; die twee banen samen leverden net genoeg op om een leven zonder enige luxe te leiden. De uitzet van de toekomstige bruid, die ze vanaf haar vijftiende bij elkaar had gespaard – zoals gebruikelijk was bij bemiddelde families –, was achtergebleven in New Orleans; lakens en handdoeken, geborduurde tafelkleden, zijden en kanten ondergoed, Baccarat-kristal, Christofle-bestek, porselein uit Limoges en alles wat nodig is om een huis stijlvol in te richten. Haar zussen mochten alles gebruiken, haar interesseerde het niet. Ze liet zonder spijt haar verleden achter zich en in tegenstelling tot de pessimistische vooruitzichten van haar familie, miste ze niets of niemand. Ze wilde gelukkig zijn met Samuel Adler en dat lukte haar.

Van de ene op de andere dag veranderde de huisgek, zoals haar broers en zussen haar noemden en zoals ze zichzelf half voor de grap, half serieus omschreef, in een andere persoon. In New Orleans was ze lid van een grote clan, van een familie- en een sociaal netwerk die haar welzijn en bescherming boden. Ze dacht niet aan geld, want dat had ze altijd gehad, en ze was respectloos en onbeleefd omdat ze gewend was aan de privileges van haar klasse waardoor ze boven de wet stond. Toen ze trouwde, kwam ze terecht in de werkelijkheid van de migranten tussen wie ze leefde en dat accepteerde ze zonder achterom te kijken en zonder te denken aan wat ze had verloren.

Ze nam haar intrek in het haveloze appartement van Samuel, op de vierde verdieping zonder lift, en besloot er een gezellig thuis van te maken. Ze plakte behang over de afbladderende verf op de muren, kocht gekleurde dekens om de aftandsheid van de enige bank te verbergen en het bed op te fleuren, ze maakte lampen van papier en zette overal potten met planten neer. Ze werd opgenomen in de wijk van de Antillianen alsof ze uit Jamaica kwam, leerde koken met kruiden die ze niet kende en dansen op het ritme van de Caraïben in de plaatselijke bars en restaurants, waar de mensen 's avonds samenkwamen. Kort na aankomst nam ze deel aan een straatprotest tegen het geweld van de Britse politie, die net zo racistisch bleek te zijn als de Amerikaanse. Bij die gelegenheid kreeg ze een klap op haar rug, waardoor ze tussen een paar vuilnisemmers belandde. Later werd ze gevonden door enkele achtergebleven demonstranten die naar huis terugkeerden, nog opgewonden door het schreeuwen en de klappen van de politie. Ze brachten haar naar een plaatselijk café dat 's avonds veranderde in een bar en danszaal en riepen er een buurman bij die arts was. De man, geboren in Trinidad, beschikte over kennis van zijn vak en over de wijsheid van een genezer. Hij stelde vast dat ze geen botten had gebroken en schreef haar rust, ijs en aspirine voor. 'Deze jonge vrouw is dapper en bovendien is ze zwanger,' liet hij de toeschouwers weten. Zo won Nadine het volle vertrouwen van de gemeenschap. Ze maakte veel vrienden, terwijl Samuel, die daar al een aantal jaren woonde, niemand kende voordat zij de deuren van de buurt voor hem opende.

In korte tijd veranderde Nadine Samuels leven en verzachtte ze zijn karakter. Hij begreep dat hij haar nooit zou kunnen vasthouden, ze gleed als zand tussen zijn vingers door, en hij wilde in ieder geval samen optrekken, maar ook dat bleek onhaalbaar. Ten slotte gaf hij het op om haar bij te houden en keek hij alleen nog maar bewonderend naar de opwindende vlucht van dat leven dat zo anders was dan het zijne. Ze was veel sneller dan hij, onvoorspelbaar, explosief, gepassioneerd; ze had een intuïtieve, nauwkeurige intelligentie waardoor ze binnen een paar seconden een conclusie kon trekken, terwijl Samuel weken nodig had om na te denken en te plannen. Ze was een gezelschapsdier, nieuwsgierig en onbevreesd, ze knoopte een gesprek aan met vreemden, adopteerde dieren, verdween op geheimzinnige missies die achteraf liefdadigheidsprojecten bleken te zijn. Haar vrolijkheid compenseerde de neiging tot melancholie van haar man; haar vrije geest stuurde zijn voorzichtigheid in de war. Samuel wist zeker dat hij meer van Nadine hield en haar nodig had dan dat zij van hem hield en hem nodig had. Dat gaf haar een enorme macht.

Samuel zou zich haar altijd herinneren zoals ze toen was, pasgetrouwd in Londen, met een zwangere buik, in katoenen jurken en op slippers, een tas met groenten aan haar arm en die uitdagende manier van lopen. Daar, in die kleurrijke straten die helemaal niet Engels leken, tussen die donkere mensen, met de geur van koffie en het lawaai van claxons, stemmen en muziek, creëerde Nadine de definitieve versie van zichzelf. Ze wilde de kunst en de cultuur benutten die Londen te bieden had en met hulp van haar man leerde ze klassieke muziek waarderen, ging ze musea af en bezocht het theater als het budget het toeliet of als ze werk kon vinden achter de schermen.

Camille werd in 1961 geboren, in een ziekenhuis in de Antilliaanse wijk, waar Nadine de ervaring van een bevalling deelde met een migrante van het eiland Saint Thomas, een afstammeling van slaven. Terwijl Nadine luid kermde en vloekte, zoals ze bij de nonnen had geleerd, zong de andere vrouw christelijke liederen tussen de weeën door. Daarna werden ze het, allebei met een pasgeboren dochtertje in hun armen, samen eens om de meisjes Camille te noemen naar de impressionistische schilder Camille Pissarro, die Nadine bijna net zo erg bewonderde als Van Gogh. De andere vrouw had zijn naam gehoord op haar eiland, maar ze dacht dat het ging om een middel tegen wormen.

De kleine Camille Adler groeide op als een verlengstuk van Nadine, die haar overal mee naartoe nam in een draagzak op haar rug en haar daarna aan de hand mee op sleeptouw nam. Ze leerde in haar vroege jeugd om zich als een gedresseerd huisdier te gedragen, ze kon uren stilletjes in een hoekje zitten dat haar moeder haar aanwees, en waar ze zich met haar eenzame spelletjes en later lezend vermaakte. Als vader had Samuel een passieve rol. Hij hoefde nooit een flesje klaar te maken of een luier te verschonen; hij nam aan, zoals iedereen toen, dat de man voor het geld zorgde en de echtgenote zich met de kinderen bezighield. Die regeling paste goed bij zijn solitaire karakter; hij legde moeilijk contacten met anderen en zijn dochter was daar niet van uitgezonderd. Alleen Nadine kon zijn emotionele grenzen binnendringen. Drie of vier jaar later begon hij een band op te bouwen met Camille, toen hij eenmaal met haar kon praten en ze gevoel voor humor bleek te hebben. Ze was de perfecte dochter voor ouders die zich met hun eigen interesses bezighielden, ze was nooit lastig en ze was bijna zelfstandig.

De inspiratie voor de weefkunst, die Nadine beroemd zou maken, kreeg ze in een eenvoudig buurthuis vlak bij hun appartement, versierd met tientallen Haïtiaanse schilderijen. Ze zat die urenlang te bestuderen, ze maakte er foto's van en kopieerde ze, gefascineerd door de onderwerpen en de kleuren. Ze wilde in die stijl schilderen, maar het resultaat leek er niet op, het was te schreeuwerig. Je moest van Haïti komen om zo te kunnen schilderen. Toen Camille naar de kleuterschool ging, schreef ze zich in bij een atelier, waar ze voor het eerst een weefgetouw zag. Ze had nog maar net de basistechnieken geleerd, of ze begon al steeds gewaagdere wandkleden te maken in de kleuren van Haïti, die na verloop van tijd waardevolle kunstwerken zouden worden.

Samuel was geen man voor poëzie, toch dacht hij altijd dat het beroep van weefster een schitterende metafoor was van de persoonlijkheid van zijn vrouw, die tijdens haar leven verhalen en mensen verzamelde en weefde, zoals ze de kleurrijke draden en wol voor haar tapijten verzamelde en weefde.

In 1968, toen Camille zeven jaar was, kreeg Samuel een baan aangeboden bij het San Francisco Symphony Orchestra. Hij en Nadine hoefden er niet lang over na te denken, het salaris was aantrekkelijk en ze waren wel toe aan een nieuwe omgeving. Ze kwamen in Californië aan op de dag dat Robert Kennedy werd vermoord in Los Angeles en twee maanden na de moord op Martin Luther King in Memphis, toen het land werd opgeschud door grote veranderingen. Ze namen tijdelijk hun intrek in een pension in Haight-Ashbury, de buurt die ooit het hippieparadijs was, maar was verburgerlijkt toen de laatste achterblijvers van de bloemencultuur waren vertrokken.

Nu hij deel uitmaakte van het Symphony Orchestra, had Samuel het plan opgevat om het publiek vóór elke opvoering iets te vertellen over de stukken die het zou gaan horen, met het idee dat als het iets wist over het concert en de componist, het de uitvoering beter zou waarderen. In het begin waren er dertig of veertig, meestal grijze, aanwezigen, maar het nieuws deed de ronde en er begonnen meer mensen te komen, zelfs jonge mensen, en mettertijd zat de halve parterre vol. Die informele, maar zeer informatieve praatjes werden zo populair, dat hij naam begon te maken. Hij kreeg een wekelijks programma aangeboden bij de klassieke zender en niet lang daarna kreeg hij een betrekking op de Universiteit van Californië in Berkeley. De opnames van de lezingen en een paar boeken over de ontwikkeling van de klassieke muziek in het Westen zouden in de komende jaren zijn meest constante bron van inkomsten worden. Op de universiteit kon hij echter niets met zijn grote passie. De door hem voorgestelde cursus over de geschiedenis van de jazz gaven ze aan een

Afro-Amerikaanse muzikant uit Louisiana. Zoals ze hem vriendelijk uitlegden, was een blanke Engelsman niet de meest geschikte docent voor dat vak. Hij troostte zichzelf door een paar keer per week naar de optredens in zijn favoriete clubs te gaan, waar ze hem soms op de piano lieten improviseren. Dat waren volkomen gelukzalige momenten. Een enkele keer ging Nadine met hem mee, maar zij had andere interesses.

Terwijl haar man, trouw aan zijn rationele en eenzelvige karakter, zich op zijn werk concentreerde zonder veel belangstelling voor wat er om hem heen gebeurde, liep Nadine door de straten en zoog ze de turbulente energie op van die periode, de strijd om de burgerrechten en tegen het racisme, de Vietnamoorlog en de militaire dienstplicht, die honderdduizenden jongeren de oorlog in stuurde om te vechten en te sterven voor een zaak waarin ze niet geloofden, en de echo van de studentenopstand die vrijheid van meningsuiting eiste en de universiteit op haar grondvesten deed schudden voordat die beweging zich over andere staten verspreidde. Berkeley was de jonge, gepassioneerde ziel van het land. Nadine was gefascineerd door de progressieve, rebelse, multiraciale en artistieke cultuur van de stad, die haar paste als een handschoen. Ze zette Camille af bij school en nam de bus om de dag door te brengen in de buurt van de universiteitscampus, het toneel van alles wat haar interesseerde. Ze at in een van de goedkope Indiase restaurants het pikante eten waarvan ze tussen haar Caraïbische vrienden in Londen had leren genieten. Ze woonde lezingen bij, liep samen met studenten in marsen en demonstraties, ging naar rockconcerten en geïmproviseerd toneel, glipte binnen bij een paar lessen, schilderde affiches voor verschillende doelen, van de landarbeiders van César Chávez tot de Black Panthers, ging om met ambachtslieden, bedelaars en drugsverslaafden op Telegraph Avenue.

En precies toen overleed haar vader in New Orleans en kreeg ze onverwacht een erfenis. Het bleek dat die tak van de familie LeBlanc rijker was dan ze had verwacht. Zonder haar man te raadplegen, ging ze op zoek naar een huis in Berkeley. Ze vond er een dat haar ideaal leek en ze wist hem zover te krijgen dat ze het kochten met het argument dat het een historisch verleden had: het was een bordeel geweest en de zielen van de vroegere professionals op liefdesgebied doolden er nog steeds lijdend rond. Op Samuel maakte die voorgeschiedenis niet veel indruk, maar hij vond de ligging fijn, dicht bij de universiteit, en vooral de prijs. Het was een koopje omdat het in slechte staat verkeerde, maar in betere tijden was het een landhuis geweest. Het stond op een heuvel, had een grote tuin en zou ook een panoramisch uitzicht over de baai hebben, als de hoog opgeschoten bomen er niet voor hadden gestaan.

Het huis van de Adlers, aan het begin van de eeuw in Queen Annestijl gebouwd, had dakpannen van sequoiahout, net als de andere landhuizen in de stad, twee torentjes, zuilen, balustrades en gebeeldhouwde friezen, originele ramen met facet geslepen glas waar het water door naar binnen kwam als het regende, en vijf erg uitgesleten traptreden die naar de voordeur leidden. De vroegere luister was terug te vinden in de details, van het gevlekte marmer in de badkamers en het eikenhouten parket in ruitmotief tot de stoffige, originele lampen op de eerste verdieping met kristallen druppels die heel moeilijk waren schoon te maken. Vanbuiten leek het geschikt voor een horrorfilm. Nadine doopte het 'het betoverde huis'.

'Hoe gaan we dat grote huis inrichten en verwarmen?' was het eerste wat Samuel vroeg toen hij het zag.

'We gaan het huis beetje bij beetje betrekken. Voorlopig

laten we de hele tweede verdieping gesloten,' besloot Nadine.

Ook de eetkamer en een van de woonkamers namen ze niet in gebruik. Nadine liep de vlooienmarkten af in de Bay Area en kocht tweedehands het belangrijkste wat ze nodig hadden om de rest in te richten. Met de bedoeling om weer aan haar wandkleden te beginnen, die ze sinds haar aankomst in Californië niet meer had aangeraakt, reserveerde ze de kamer met het beste licht op de begane grond en zette daar haar weefgetouwen neer.

Maar de lege kamers werden op een voor Samuel heel onverwachte manier gevuld. Op een zondagmorgen was hij vroeg opgestaan om te gaan hardlopen, zoals hij bijna dagelijks deed. Maar eerst ging hij naar de keuken om koffie voor Nadine te zetten, die zonder cafeïne niet aan haar dag kon beginnen. Hij schrok enorm toen hij plotseling oog in oog kwam te staan met een grote man voor de koelkast. De kreet kwam uit zijn tenen, een dierlijke kreet. De man draaide zich rustig om met het melkpak in zijn hand.

'Peace, man,' zei hij, terwijl hij het pak naar zijn mond bracht.

'Wie ben je in godsnaam?' zei Samuel onthutst, met schrille, beverige stem.

'Fetu,' antwoordde de ander met een melksnor.

'Foetus?'

'Fetu, brother. Dat is mijn naam. Namasté.'

'Wat doe je in mijn huis? Ik ga de politie bellen.'

Fetu kwam uit Samoa. Hij was bijna twee meter lang en woog iets meer dan honderddertig kilo, zijn zwarte haar kwam tot halverwege zijn rug en hij had een dunne, lange snor als een Chinese mandarijn. Hij droeg een Malcolm X-shirt dat zijn vetrollen goed deed uitkomen, franciscaner sandalen en een sarong. Samuel dacht dat het een rok was. Zijn dreigende uiterlijk was in tegenspraak met zijn pacifistische, relaxte karakter. Nadine had hem leren kennen op Telegraph Avenue, waar Fetu een van de hippies en zwervers was die van de wind leefden, samen met wat ambachtslieden die met hun handwerk geld probeerden te verdienen. Fetu hoorde bij de eerste categorie; hij ging er prat op dat hij nog nooit had gewerkt, want hij was niet bereid om bij te dragen aan het kapitalisme, maar hij handelde op kleine schaal in hasjiesj en marihuana. 's Nachts sliep hij met lotgenoten in een vervallen gebouw, een broedplaats van daklozen en drugsverslaafden, maar hij moest daar weg omdat het stikte van de ratten en de gezondheidsdienst het gebouw had gesloten. Nadine, die hem als een vriend beschouwde, had hem uitgenodigd om een paar dagen in hun huis te logeren, aangezien het winter was en het regende.

Fetu was niet erg tot last; hij was op straat of lag te slapen. Hij had geen haast om ander onderdak te vinden, omdat hij het betoverde huis van de Adlers wel comfortabel vond. Zo comfortabel eigenlijk dat hij een van zijn vriendinnen uitnodigde, een etherische vrouw, moeder van een meisje van Camilles leeftijd. De vrouw dacht dat haar dochter de reïncarnatie was van een Keltische godin, ze kleedde haar in witte gewaden met bloemenslingers rond haar hoofd. Het meisje leek echter redelijk normaal.

'Hoelang blijven ze hier?' vroeg Samuel aan Nadine.

'Waarom?'

'Dit is geen hotel. Ik vind het niet prettig dat ze in de woonkamer bivakkeren en alles opmaken wat in de koelkast ligt.'

'Wat ben je burgerlijk, mister Bogart! Als je niet wilt dat ze beneden slapen, gaan we een van de kamers boven voor ze in orde maken, is dat wat?' suggereerde ze.

Zo begon de invasie van Nadines gasten. Niet iedereen kwam van Telegraph Avenue; er kwamen meerderen uit San

Francisco om zich hier te vestigen. Het waren niet altijd dezelfden, sommigen bleven langer dan anderen, maar er waren er nooit minder dan tien, de kinderen niet meegerekend. Het was een wisselende commune, zonder regels, bestaande uit bohemiens, gefrustreerde kunstenaars, mensen die rockster wilden worden en gewone zwervers, bijna allemaal jong en arm. Aangezien niemand bijdroeg in de kosten en Nadine maar heel af en toe een paar wandkleden kon verkopen, lag de last om hen te onderhouden op Samuels schouders.

De situatie hield maanden aan. Al snel begonnen Samuel en Nadine zo hevig ruzie te maken, dat hij liever zo weinig mogelijk thuis was. Alles irriteerde hem, de constante stroom van onbekenden, de viezigheid en de rommel, de lucht van wierook en marihuana, de gitaren en de tamboerijntjes, het beeld van Ganesh. De dag dat hij een trio de liefde zag bedrijven in zijn woonkamer, verloor hij zijn geduld.

'Kijk eens wat een voorbeeld ze geven aan Camille! Je moet al die verdorven lui er nu meteen uit gooien!' barstte hij uit.

'Dat kan ik niet, mister Bogart! Ze kunnen nergens heen. Geef ze ten minste even tijd.'

'Ik wil niemand van hen hier morgen nog zien of ik laat ze er door de politie uitzetten!'

'Dit is mijn huis. Ik heb het gekocht. Of ben je dat vergeten?'

'Dan zal ik dus weggaan.'

'Doe wat je wilt. Ons huwelijk functioneert toch niet, we kunnen elkaar slecht verdragen en geen van ons twee is tevreden.'

'Wat bedoel je daarmee?'

'Ga weg en kom niet meer terug.'

Samuel ging naar een pension, waar hij wachtte tot ze beiden gekalmeerd zouden zijn, hij was er zeker van dat Nadine weer tot rede zou komen. Een paar weken later kreeg hij de mededeling dat ze een scheiding had aangevraagd, een mogelijkheid die niet bij hem was opgekomen. Hij zette zijn trots en woede opzij en ging terug naar het betoverde huis om over een fatsoenlijke oplossing te onderhandelen. Hij trof het huis gesloten aan. Er lag een briefje van Nadine op het telefoontafeltje. 'Ik ben met Camille naar Bolivia. Je mag het huis hebben.'

Samuel had er altijd van gedroomd een relatie te hebben zoals Luke en Lidia Evans, zijn geestelijke ouders. Dat was een bijzonder echtpaar. Man en vrouw hadden elkaar op zeer jonge leeftijd leren kennen in de Londense quakergemeenschap en zich jarenlang ingezet voor anderen, vooral voor oorlogskinderen. Zolang Lidia ertoe in staat was, gingen ze naar een gewapend conflict om zonder ophef goed te doen, gesteund door hun geloof en hun liefde. Ze liepen hand in hand, Samuel zag de een nooit zonder de ander. Toen Lidia's ziekte verergerde, verzorgde Luke haar met toewijding; haar laatste jaren was hij het die haar waste, haar aankleedde, haar voerde, de rolstoel duwde. Nog maar een paar jaar geleden waren ze allebei gestorven, zij aan parkinson, terwijl hij de dag na de begrafenis van zijn vrouw een eind maakte aan zijn leven. Samuel had gehoopt dat hij zo'n liefde met Nadine had kunnen delen, maar geen van twee bezat daar het nodige talent voor.

Het voorbeeld van de Evans was onmogelijk te evenaren. De plotselinge verdwijning van Nadine en de scheiding waren fatale klappen voor Samuels droom van een perfecte liefde en versterkten de eenzaamheid die hij altijd had gevoeld. Hij probeerde met andere vrouwen uit te gaan, maar hij kon geen gesprek beginnen zonder dat het na een paar minuten al over Nadine ging. Op de universiteit waren mogelijkheden genoeg, hoewel een van de ongeschreven regels was dat je geen verhouding moest krijgen met studentes. Het zou nog jaren duren voor deze regel wet werd. Vaak boden de meisjes zich vrijpostig aan de docenten aan, sommige om gunsten te verkrijgen, andere om hun macht uit te proberen en een enkeling uit verliefdheid. Samuel wist daarvan, hij had het meegemaakt, maar hij was niet in de val gelopen; hij hoedde zich meer voor de spot dan voor het schandaal. Hij had verschillende collega's gezien die bezweken voor hun eigen ijdelheid, ervan overtuigd dat ze de liefde verdienden van die meisjes die slechts half zo oud waren. Uit voorzorg ontving hij de studentes twee aan twee met de deur van zijn kantoor open en vermeed hij vertrouwelijkheden, wat zijn reputatie van een afstandelijke en niet zo vriendelijke Brit versterkte. Zijn sociale leven slonk bijna tot nul zonder Nadine, want zij was het die vriendschappen onderhield en hij hield haar gewoon gezelschap, met zijn knappe uiterlijk, keurige manieren, verfijnde houding en zijn talent om te luisteren.

Hij had een paar korte, puur seksuele avontuurtjes, die onbevredigend waren en te lang duurden omdat hij niet wist hoe hij er een eind aan kon maken zonder de ander te kwetsen. Dat bevestigde zijn complex dat hij een zeer middelmatige minnaar was; het plezier dat hij met Nadine had beleefd, was slechts haar verdienste.

Een tijdje later kreeg hij het eerste bericht van Nadine waarin ze vertelde dat ze niet meer in Bolivia was, ze waren verhuisd naar Guatemala, waar een prachtige weeftraditie bestond. Bij de brief stuurde ze verschillende foto's van Camille, gebruind, mager, blootsvoets, slordig en gelukkig. Ze hoefde niet naar school omdat ze veel leerde van het contact met de natuur en van de inheemse bevolking van het meer van Atitlán, verklaarde Nadine. Er was ook een foto van haar, tussen diverse vrouwen in folkloristische kleding en een andere waarop ze hand in hand stond met een man in een korte broek. Achter op de foto had ze zijn naam geschreven: Orlando, Argentijnse antropoloog.

Samuel vroeg onbetaald verlof bij de universiteit en het symfonieorkest, pakte zijn koffer, sloot het betoverde huis, nam afscheid van de lijdende zielen en vertrok naar Guatemala.

Anita

Nogales, februari 2020

Je hebt je beschermengeltje nog niet kunnen zien omdat je altijd slaapt als ze komt. Ik word wakker van het geluid van de vleugels, dat klinkt net als het geluid van ramen zemen. Mijn eigen engeltje zie ik bijna iedere nacht, we worden al vriendinnen.

Zei ik je dat ze zo wit is als een wolk? Wat ik me van de wolken herinner is dat ze aan de hemel van vorm veranderen, soms lijken ze op een dier, of op een trein, of op een suikerspin zoals ze die in het circus verkopen. Ik denk dat je je het circus niet herinnert, Claudia, want je was heel klein toen we erheen gingen. Dat was voor het ongeluk. Er waren clowns die ergens tegenaan knalden en met waterpistooltjes op elkaar schoten. Er waren een paar trapezewerkers die als vogels boven in de nok vlogen en er waren zes hondjes die op twee poten dansten. Mama zei dat de mooiste circussen hier in het noorden zijn. Op een dag neemt ze ons mee naar de grootste van allemaal, daar zijn zelfs olifanten. Misschien kan ik al iets meer zien als ze ons meeneemt naar dat circus. De engeltjes veranderen ook van vorm, net als de wolken, soms lijken ze op kleine vrouwen en andere keren lijken ze op kippen of de zeilen van een boot, maar ik herken ze toch door de stem in mijn hoofd.

Het lijkt me een goed idee om miss Selena mee te nemen

als we naar Azabahar gaan, maar dat ga ik haar nog niet zeggen, ik moet afwachten of het wel mag van mijn engeltje. Frank nodig ik niet uit; hij moet eerst doen wat hij heeft gezegd, hij moet ons bij mama brengen. Azabahar is heel ver weg, maar de engeltjes en de engelen doen hun ogen dicht, zeggen een paar toverwoorden en als ze hun ogen weer opendoen, zijn ze er. Zo nemen ze ons mee. Nu moeten we eten, Claudia. We vinden het niet lekker, maar er is pizza. Miss Selena zegt dat er geen kind op de wereld is dat geen pizza lust. Ze hebben hier geen gevulde maiskoekjes, maar als ze ons Mexicaans eten geven, eet ik het soms op. De quesadilla's zijn wel redelijk. Ik ga vragen of er gevulde maiskoekjes zijn in Azabahar, vast wel.

Ik hoop dat er in Azabahar bomen en planten zijn, dat vind ik belangrijker dan gevulde maiskoekjes. Ik herinner me het groen. Dat is de beste kleur, want die verbindt alles; dat heeft mama me geleerd. Hier zijn alleen maar cactussen, die niet eens schaduw geven, en stekels hebben en prikken als bijen, je kunt er beter niet bij in de buurt komen. Miss Selena zei me dat er prachtige bergen zijn, rood als aardbeien, paars als bietjes, oranje als mango's. Ik zou ze graag willen zien. Ze brengt het grote vergrootglas voor me mee en dat kost niets, ze gaat me ook een boek lenen over de landschappen van Arizona en van de Grand Canyon, een van de mooiste van de wereld. Met het vergrootglas kan ik er iets van zien. Miss Selena is erg goed voor ons, ze is zelfs goed voor Didi, ze wil haar haren geven, want ze is bijna kaal, en ze wil een nieuwe jurk voor haar maken, maar jij laat haar helemaal niet los. We gaan Didi op zijn minst wassen, Claudia, ze stinkt. Zo kunnen we haar niet meenemen naar Azabahar, wat zullen ze van ons denken, dat we bedelaars zijn.

Jij hebt gezien wat er gebeurde, Claudia. Poepworm viel mij als eerste aan en ik verdedigde mezelf, ik laat me niet slaan door die stommeling. Hij is een klier, een stiekemerd, hij slaat ons altijd als er niemand kijkt, maar ik ben niet bang voor hem. Het was niet mijn schuld dat hij een bloedneus kreeg. Ik wilde hem in zijn buik trappen, maar hij bewoog zich en omdat ik niet goed kan zien, kwam mijn schoen midden in zijn gezicht. Wat een bloed! Het is niet eerlijk dat ze alleen mij hebben gestraft en dat ze bij hem ijs op zijn gezicht hebben gelegd en hem ijsjes gaven zodat hij zou stoppen met janken. Miss Selena kwam later en maakte mijn straf ongedaan.

Ik liet je niet voor mijn plezier alleen, Claudia, ze brachten me naar het kantoor en ze zetten me met mijn gezicht naar de muur in een hoek, dat deed me niets, want of ik nou naar de ene kant kijk of naar de andere, dat is hetzelfde. Ik vertelde ze dat de Worm was begonnen en ze zeiden dat ik mijn mond moest houden, ik mocht niets zeggen, ik had straf en dat was omdat ik agressief was. En Poepworm dan? Die knul is pas agressief. Je weet dat ik geen huilebalk ben, maar ik stikte bijna van woede en als miss Selena niet was gekomen om het te regelen, was ik nu dood geweest. Veel mensen verdrinken in het water, maar er zijn ook mensen die verdrinken omdat ze geen adem krijgen. Het duurde best lang voor ik was gekalmeerd. Als ik die woedeaanval had gehad bij Tita Edu, zou ze mijn hoofd in een emmer koud water hebben gestopt en klaar is Kees, het heilige middeltje, maar dat is hier gelukkig verboden. Als iemand dat met een kind doet, gaat hij naar de gevangenis. Waarom zal dat zijn? Het is veel erger om een kind in de Koelbox te stoppen of om hem bij zijn moeder weg te halen, vind je ook niet, Claudia?

Toen ik in het kantoor was, hoorde ik een van de juffen

tegen een andere zeggen dat ze ons naar een adoptiegezin brengen, omdat we hier al langer zijn dan normaal. Ik durfde niet te vragen wat dat betekent, want dan zouden ze gemerkt hebben dat ik stond te luisteren en ze hadden me zeker dubbel gestraft omdat ik praatte. Ik heb een goed gehoor, dat had ik al voor het ongeluk en dat komt me nu goed van pas om te weten waar de mensen over kletsen, ook al begrijp ik het Engels niet altijd even goed. Die juffen spraken Spaans. Het klonk niet goed, dat van een adoptiegezin. Ik wil niet dat iemand me adopteert. Ik ben geen wees.

Waar ik me het meest zorgen over maak is dat jij mama vergeet, dat gebeurt soms met heel kleine kinderen. Ik ga je daarom over mama vertellen en als je je ogen dichtdoet en goed luistert naar wat ik zeg, is het net of je haar ziet. Ze is mooi, mama. Vroeger had ze lang haar met blonde strepen, heel mooi, en ik borstelde het, dat vond ze heel fijn, maar tijdens de reis moest ze het heel, heel kort knippen. Ze moest het afknippen en ook bij mij, om te voorkomen dat het zou gaan klitten. Stel je eens voor hoe het op de trein geweest zou zijn met lang haar, of als we in die verschrikkelijke hitte in de woestijn liepen. Het maakt niet uit, haar groeit weer aan. Bij mij komt het al bijna over mijn oren, maar het is heel ongelijk. Miss Selena neemt me binnenkort mee naar haar kapper, als ze me toestemming geven om te gaan. Ik vertelde haar dat mama bij ons alle twee het haar had geknipt. Dat was in Mexico, toen we op de trein zouden klimmen, zodat de mannen niet naar haar zouden kijken en ze ons niet lastigvielen. Ze zei dat ze me zoon zou noemen en ik moest papa tegen haar zeggen, maar dat vergat ik en ik bleef mama zeggen. Ik weet zeker dat als ze komt, ze niet zo kaal zal zijn. Ze is vrolijk, mama, ze lacht veel en als ze lacht, zie je dat haar voortanden een beetje uit elkaar staan, nou ja, dat lachen was vóór Carlos. Ze speelt graag en ze houdt van muziek, vergeet niet dat we allemaal met haar dansten, zelfs de swish swish, en soms schopte Tita Edu haar slippers uit en danste ze mee, hoewel dat van haar gewoon salsa was.

Selena

Los Angeles, El Salvador, februari 2020

De familie Durán bestond uit alleenstaande vrouwen, al vanaf de matriarch die, misvormd door artritis en een beetje dement, op haar vierentachtigste nog steeds de leider van haar kleine stam was. De oude vrouw pochte dat ze een van de krijgshaftige Adelita's was geweest die in het leger van Pancho Villa vochten, maar in de tijd van de Mexicaanse revolutie was ze nog niet eens geboren. Als kind was ze een meter vijfenveertig, maar in de loop der jaren was ze gekrompen. Ze was onvermoeibaar, bazig en brutaal. De werkelijke geschiedenis was dat ze in 1954 in de Verenigde Staten aankwam en dat ze te voet en met een baby in haar armen de woestijn van Arizona had doorkruist, arm en volkomen berooid, laaggeletterd, zonder papieren en zonder een woord Engels te spreken. Ze was achttien jaar. Ze begon met het plukken van sinaasappels en sla in Zuid-Californië, met haar dochtertje op haar rug gebonden. Ze verdiende minder dan een dollar per uur en net als bijna alle migranten die op het land werkten om eten op andermans tafel te krijgen, leed ze honger. Tien jaar later, met chronische rugpijn van het zware werk en een gelooide huid door de zon, kreeg ze een baantje in een conservenfabriek, waar ze werkte tot haar dochter en kleindochter haar dwongen met pensioen te gaan. Naarmate ze ouder werd, nam haar verbeeldingskracht toe en toen Frank Angileri haar leerde kennen, leek ze wel een fantasievol en ondervoed kind van acht. Naast haar was Selena, haar achterkleindochter, een reusachtige gestalte.

Frank kwam op bezoek met een bos bloemen en een fles van de beste port die hij kon vinden, omdat Selena hem had verteld dat haar overgrootmoeder elke dag afsloot met een rozenkrans die ze afraffelde en een glaasje port.

'Hoe heet je vriendje?' vroeg de oude vrouw voor de derde keer aan Selena.

'U bent niet seniel, omi. Waarom vraagt u me steeds hetzelfde?'

'Om je te pesten, meisje,' lachte de ander, terwijl ze met de paar tanden die ze nog had op de lucht kauwde.

'Dat dacht ik al. Dit is Frank Angileri, de advocaat die het blinde meisje vertegenwoordigt dat bij haar moeder was weggehaald.'

'Ach! Anita Díaz, arm meisje...'

'Ja, die, omi. Ziet u wel dat uw geheugen nog goed is?'

'Ik herinner me wat ik me wil herinneren en ik herinner me niet wat andere mensen willen dat ik me herinner. Wat vind je van deze familie, jongeman?' vroeg ze aan de advocaat.

'Ik ben onder de indruk. Vier generaties van...'

'Vijf. Mijn achterachterkleinkinderen zijn er niet,' onderbrak de matriarch hem. 'Dat zijn de eerste jongetjes die in deze familie zijn geboren. Ik kreeg Dora toen ik achttien was. Wij Durán-vrouwen raken vroeg zwanger.'

'Omdat ze niet de tijd nemen om erover na te denken,' grapte Selena.

Haar overgrootmoeder gaf haar een veeg uit de pan: 'En omdat jij zo veel nadenkt, kom je nog in de overgang voordat je kinderen hebt gekregen.'

‘Maakt u zich geen zorgen. Een dezer dagen ga ik wel trouwen,’ antwoordde Selena.

‘Denk je dat je daarvoor moet trouwen? Ik was maagd toen ik Dora kreeg.’

‘Maagd zegt u, omi?’

‘Ja, net als de Maagd van Guadeloupe en alle andere maagden op de heiligenkalender.’

‘U weet dat mijn verloofde heel conservatief is, die wil geen kinderen buiten het huwelijk,’ legde Selena haar uit.

‘En u, jongeman, hoe denkt u over kinderen krijgen?’ vroeg de oude vrouw plotseling aan Frank.

‘Genoeg, mama. Laat de advocaat met rust,’ onderbrak haar dochter Dora haar vanuit de keuken, waar ze met Selena’s moeder de lunch klaarmaakte.

Die zondag was Frank ’s ochtends uit San Francisco aangekomen om Selena te zien en hij zou met het vliegtuig van zes uur ’s middags teruggaan. Dagtripjes naar Los Angeles waren de laatste maanden een routine geworden, hoewel hij meestal vloog met de privéjet van Alperstein. Dan werd hij thuis opgehaald door een limousine die hem naar het vliegveld bracht en in Los Angeles stond een andere klaar om hem naar het landhuis van de magnaat in Paradise Cove Bluffs te brengen, een gebouw van duizend vierkante meter midden in een paleisachtige tuin met een privéstrand. De zaak-Alperstein was de week ervoor afgehandeld met een financiële schikking. Veel geld. De beschuldigde hoefde niet voor een jury te verschijnen of zijn dagen achter de tralies te beëindigen, maar zijn reputatie was niet meer te redden; de pers maakte zich vrolijk om de details van het schandaal. Voor Frank compenseerde dat enigszins het enorme ongenoegen dat hij voelde omdat hij die man had moeten verdedigen, die opnieuw zijn straf had afgekocht. Op kantoor feliciteerden ze hem, hij ontving zijn commissie en hij kreeg te horen dat hij snel een hoekkantoor zou krijgen met twee ramen op de bovenste verdieping. Zijn moeder daarentegen wees hem aan de telefoon weer terecht omdat hij een crimineel had verdedigd.

Selena zou een paar dagen bij haar familie in Los Angeles zijn en omdat het van San Francisco maar één uur vliegen was, stelde hij voor dat ze elkaar zouden ontmoeten. Dan kon ze hem meteen voorstellen aan haar helderziende grootmoeder, die hij zo graag wilde leren kennen. Ze hadden elkaar niet meer gezien sinds eind december, in de opvang van Nogales, waar Anita zat, maar ze hadden vaak contact. Sinds die ontmoeting was er een hechte vriendschap ontstaan, die aanvankelijk gebaseerd was op de asielaanvraag voor het meisje, maar al snel hun hele leven beheerste. Frank kon goed opschieten met vrouwen. Hij wist hoe hij ze moest behandelen, dat had hij in zijn jeugd van zijn zussen geleerd. Zijn gevoelens voor Selena waren moeilijk te omschrijven. Hij waardeerde de vriendschap met haar en die wilde hij niet met een verkeerde stap op het spel zetten, maar hij moest ook toegeven dat zijn verlangen om voortdurend bij haar te zijn te veel leek op een verliefdheid. Voor Selena, die uitsluitend tussen vrouwen was opgegroeid en werkte, was de relatie met Frank een nieuwigheid. De enige man die ze goed kende was haar verloofde, met wie ze in april zou trouwen. Beter gezegd, Milosz en de Durán-vrouwen wilden dat, terwijl zij met een knoop in haar maag op april wachtte. Ze was al acht jaar met Milosz, ook al hadden ze weinig gemeen. Er waren aspecten in hun leven die ze niet met de ander deelden en onderwerpen die ze meden, zoals politiek, waarover ze tegengestelde meningen hadden, of migratie, waarover ze het niet met elkaar eens konden worden. Terwijl zij met vluchtelingen werkte, hield hij vol dat het een misdaad was om illegaal de grens over te steken, dat het volgens de wet bestraft moest worden en dat de muur aan de grens met Mexico moest worden afgebouwd, zoals de president benadrukte. Dat was van fundamenteel belang voor de nationale veiligheid; wat had het voor zin om oorlogen te voeren in verre landen, terwijl hordes illegalen het eigen land binnenvielen. Milosz keurde Selena's werk af en zij interesseerde zich niet voor het zijne. Hij vond het ook niet goed dat ze in Arizona woonde, maar hij ging ervan uit dat het tijdelijk was, tot ze gingen trouwen. Hij was volkomen zeker van zijn liefde voor Selena en hij nam aan dat zij hem in gelijke mate zou belonen. Het viel hem niet eens op dat ze telkens van onderwerp veranderde als het huwelijk ter sprake kwam.

Het beroep dat Milosz had gekozen, was geschikt voor iemand met zijn karakter. Het vereiste aandacht, discipline, geduld, fysieke weerstand, het respecteren van de eigen grenzen en voorzichtigheid. Je moest het voertuig en de wegenkaart goed kennen, eenzaamheid en verveling kunnen verdragen. Een chauffeur zonder verslavingen kon zijn gezin een goed leven geven, sparen, beleggen en op relatief jonge leeftijd met pensioen gaan. Dan zou hij aan een tweede carrière kunnen beginnen. Dat was zijn plan, hij dacht er niet aan om de rest van zijn leven achter het stuur van een vrachtwagen door te brengen. Ondertussen vermaakte hij zich met de radio, podcasts en luisterboeken; zo leerde hij Spaans op verzoek van Selena. Hij dronk niet en nam ook geen stimulerende middelen om wakker te blijven, zoals veel vrachtwagenchauffeurs. Hij zorgde goed voor zichzelf. Hij reed al een aantal jaren en had nog steeds hetzelfde gewicht als toen hij uit het leger kwam.

Selena hield van zijn gespierde lichaam, zijn lichte ogen, zijn uitstekende jukbeenderen, zijn gebronsde huid, zijn grote, eeltige handen, zijn geur, de klank van zijn stem. Ze begeerde hem. Ze werd vooral aangetrokken door wat voor haar de beste mannelijke deugden waren: kracht, moed, verantwoordelijkheid. De rotsvaste gewoonte die ze deelden, gaf haar stabiliteit, ze voelde zich geliefd en beschermd, maar dat nam haar twijfels niet weg. Die twijfels waren toegenomen sinds december vorig jaar, toen ze Frank Angileri had leren kennen. Ze wist dat voor Milosz een toekomst zonder haar ondenkbaar was. Ze wist ook dat voor haar een toekomst met hem beangstigend was. Noch het ideale huis, noch de kinderen en het comfortabele huiselijke leven waar hij van droomde, trokken haar aan. Ze moest snel een beslissing nemen, Milosz verdiende het niet dat ze hem aan het lijntje hield. Het was al bijna april.

Volgens de Durán-vrouwen vormde het stel een perfect koppel: veel genegenheid, weinig hartstocht en ieder met zijn eigen ruimte. Selena vreesde dat die ruimte zou verdwijnen als ze gingen trouwen.

Dora Durán, Selena's beroemde grootmoeder, was zesenzestig jaar en hield nog steeds vast aan de stijl van vier decennia geleden. Uit nieuwsgierigheid had Frank haar opgezocht op internet, waar hij een website vond, interviews en filmpjes over haar paranormale bekwaamheid. Haar haar was zwartgeverfd en haar ogen waren overdreven opgemaakt; Selena's moeder, die twintig jaar jonger was dan zij, droeg daarentegen een spijkerbroek, een oversized trui en geen make-up. Dora's overweldigende aanwezigheid maakte haar dochter zo onzichtbaar dat Frank haar naam niet verstond en Selena hem een paar keer moest herhalen: Casandra. Selena's vader, die veel ouder was geweest dan zijn vrouw, stierf toen Selena en haar zus Leila respectievelijk vier en zes jaar waren. Casandra was een paar maanden in de rouw en daarna schreef ze zich in aan de universiteit, waar ze afstudeerde als klinisch laborante. Vanaf dat moment was ze de kostwinner van de familie; ze betaalde de rekeningen, maar had weinig in te brengen als er beslissingen genomen moesten worden.

De familie Durán – overgrootmoeder, Dora, Casandra en Selena – deed Frank aan zijn familie denken, met het verschil dat Selena's verwanten allemaal vrouwen waren. Ze behandelden elkaar met dezelfde norse tederheid als de Angileri's, met dezelfde onvoorwaardelijke loyaliteit, absoluut vertrouwen en zonder sentimentaliteit. Al waren de Duráns anders dan de Angileri-vrouwen, toch hadden ze overeenkomstige kenmerken: ze waren sterk, praktisch en direct, net als zijn moeder en zijn zussen, en net als zij waren ze ontzettend gastvrij. Het huis van de Duráns in Los Angeles leek op dat van zijn ouders in Brooklyn: het was klein, stond vol meubels en goedkope spullen, en het was warm, er hing de geur van eten en koffie. Aan die tafel, waar ze een keur van huisgemaakte gerechten deelden, bier en tequila dronken, terwijl iedereen door elkaar zat te praten, grapjes maakte en lachte, voelde hij zich helemaal op zijn gemak. Hij kende de omgangsvormen van deze vrouwengemeenschap.

Het idee om in El Salvador naar Marisol op zoek te gaan, kwam van Frank. Hij zou dat aan niemand toegeven, maar hij had dat bedacht toen hij hoorde dat Dora Durán geen bericht van haar had gekregen vanuit het hiernamaals. In de hoop dat haar grootmoeder haar kon helpen Marisol te lokaliseren, had Selena haar een foto laten zien die in de officiële asielaanvraag zat, en een paar van Anita, maar Dora wilde het meisje persoonlijk leren kennen. Haar kleindochter nam haar mee naar Arizona en kreeg het voor elkaar dat ze ondanks het bezoekverbod de opvang in mocht om even bij haar te zijn. Ze was erg onder de indruk.

'Ik geloof dat Anita een gave heeft, maar niet dezelfde als ik. Misschien komt het er in de toekomst uit, als ze wat ouder is,' zei ze na het bezoek tegen Selena.

'Waarom denkt u dat, grootmoeder?'

'Anita kan zien wat er niet is, ze kan de toekomst zien, ze kan raden wat er gaat gebeuren.'

'Ze leeft in haar wereldje, ze praat in zichzelf, ze heeft veel fantasie,' verklaarde Selena.

'Ik geloof dat ze in een andere dimensie kan overgaan. Ik voelde haar kracht. Toen ik haar handen vastpakte, voelde ik de kracht in me stromen.'

'Kreeg u een bericht van Marisol?'

'Nee. Ik hoop dat ze nooit met me hoeft te communiceren, maar ik zal opletten, voor het geval dat.'

Dora Durán, het drie maanden oude meisje dat in de sjaal van haar moeder gewikkeld dwars door de woestijn in de Verenigde Staten aankwam, begon rond haar dertiende de reputatie van zieneres te krijgen. Volgens de overgrootmoeder hadden de vrouwen in haar familie dat talent sinds de Spaanse veroveraars in Mexico kwamen, maar slechts een enkeling had de kans gehad om het te ontwikkelen. In een bevlieging vertelde de oude vrouw dat ze zelf in een voortdurende dialoog was met afwezige zielen, maar die kwamen haar niet lastigvallen met hun problemen, zoals ze dat Dora deden, maar vermaakten haar met hun kletspraatjes.

'Toen Dorita begon te menstrueren, stopten haar hersenen ermee,' vertelde ze aan Frank. 'Ze zeiden dat het hersenvliesontsteking was. Ze knapte weer op, maar haar geest was van slag geraakt en vanaf dat moment staat ze met één voet in het leven en met de andere in het hiernamaals.'

Frank Angileri begreep haar niet, omdat zijn school-Spaans niet toereikend was voor paranormale onderwerpen, maar Selena vertaalde het voor hem.

'Mijn overgrootmoeder heeft hier verschillende theorieën over,' voegde ze eraan toe. 'Bijvoorbeeld dat mijn grootmoeder een schorpioen in haar oor kreeg of dat ze giftige paddenstoelen van een begraafplaats heeft gegeten.'

'En welke theorie hebt u, mevrouw?' vroeg Frank aan Dora.

'Geen enkele. En eigenlijk wil ik dat de doden me met rust laten,' antwoordde Dora.

'Sommige mensen laten onafgemaakte zaken in deze wereld achter en praten dan met Dora om die op te lossen,' kwam de overgrootmoeder tussenbeide. 'Daarom komen de Kennedy's de hele tijd.'

'Die zijn nooit gekomen, omi. Waar hebt u dat nou weer vandaan?' riep Selena uit.

'Degenen die rustig heengaan, komen je niet lastigvallen. De kerels die de Kennedy's vermoordden waren ondergeschikten, de echte moordenaars hebben nooit voor hun schuld geboet. De Kennedy's willen gerechtigheid,' hield de overgrootmoeder vol.

'Dat is al langer dan een halve eeuw geleden gebeurd, omi. Ik denk dat ze allemaal al dood zijn.'

'Daar ben ik blij om. Ze moeten branden in de hel,' zei de ander terug.

'Als Marisol een ongeluk had gehad of een gewelddadige dood was gestorven, zou ze niet rustig zijn, toch?' concludeerde Frank blozend, omdat hij zich een goedgelovige dwaas vond; wat zouden zijn collega's zeggen als ze hem zo hoorden?

'Precies, jongeman,' knikte de oude vrouw.

'Dat is niet zeker,' sprak Dora hen tegen, terwijl ze de schalen vanuit de keuken binnenbracht. 'Als alle rusteloze doden met me zouden praten, zou ik rijp worden voor het gekkenhuis.'

Ze was niet gek, noch een charlatan, zoals sommige zogenaamd deskundigen zeiden die steeds meer de kop opstaken. Dora had veel kunnen verdienen door nabestaanden te troosten met berichten uit het hiernamaals, daar was voldoende vraag naar, maar ze had een enorm respect voor de goddelijke macht die ze had gekregen en ze geloofde dat ze zou zondigen als ze zich voor haar diensten liet betalen. God had haar die gave gegeven om te helpen en te dienen, niet voor persoonlijk gewin. Ze had de kost verdiend als onderwijzeres, maar sinds ze gepensioneerd was, vulde ze haar kleine pensioen aan door taarten te bakken voor verjaardagen, bruiloften en voor de *quinceañeras*, waarbij de vijftiende verjaardag van meisjes wordt gevierd. Het waren echte kunstwerken waar ze suikerfiguurtjes bovenop zette, die de klanten verbeeldden. Daarbij ging ze uit van foto's om het bruidspaar of de meisjes in hun prinsessenjurken na te maken. In China deden ze dat ook, maar die figuurtjes leken nooit zo goed en bovendien waren die van gips. Haar figuurtjes waren eetbaar, zoals ze aan Frank uitlegde.

'Gisteren heb ik een groep marsepeinen hondjes gemaakt voor de verjaardag van een poedel in Beverly Hills. Die vieren ze met andere honden in het Four Seasons-hotel, stelt u zich eens voor wat rijke mensen met hun geld doen,' zei ze.

Die middag, na een overdadige Mexicaanse lunch die Frank als een steen op de maag lag, nam hij afscheid van Selena op de patio van het huis, waar de overgrootmoeder konijnen als huisdier hield, ronde beestjes met lange oren. Frank begon maar niet over zijn moeders recept van konijn met rozemarijn en paddenstoelen.

'Ik neem een week vakantie. Dat heb ik wel verdiend na mijn werk als galeislaaf in de zaak-Alperstein. Wat denk je ervan als we samen naar El Salvador gaan om Marisol te zoeken?'

'Jij en ik?' vroeg Selena verbaasd.

'Ik kan niet alleen gaan. Jij kent de zaak op je duimpje en je spreekt Spaans. We hebben al vastgesteld dat Marisol niet in de vluchtelingenkampen aan de andere kant van de grens zit. We verliezen er niets mee als we haar in haar land gaan zoeken. Kom op, Selena, dat is het meest praktische wat we kunnen doen.'

'Ik weet het niet, Frank...'

'De reis hoeft je niets te kosten. Ik nodig je uit.'

'Waarom?'

'Omdat ik het net zo belangrijk vind als jij om Anita te helpen. Ik heb in El Salvador een vriend op de Amerikaanse ambassade, hij kan ons helpen. Zeg ja, laten we gaan...'

Selena dacht aan Milosz' reactie als hij te weten kwam dat zijn verloofde met een andere man op reis ging. Misschien was dit een van de vereisten van haar werk die ze niet zo hoognodig aan hem hoefde uit te leggen. Ze zou de noodzaak van de reis ter sprake brengen, maar zonder Frank te noemen en vooral zonder te vertellen dat hij haar kosten zou betalen. Ze zou dat ook niet tegen haar familie zeggen, want die stond aan Milosz' kant; wat dat betreft hoefde ze niet op de solidariteit van de Duráns te rekenen.

Ze reisden op de tweede maandag van februari met een vlucht van Avianca naar San Salvador, en waren van plan tot zaterdag te blijven. Ze hadden zo weinig mogelijk bagage, maar wel een kopie van het rapport van Marisol dat Selena had weten te bemachtigen dankzij een asielambtenaar bij wie ze veel gedaan kon krijgen. Ze hadden het samen met Anita geverifieerd. Voor Frank was het een avontuur. Voor hij Selena kende, wist hij heel weinig van Midden-Amerika; het was een afgelegen, mysterieuze plek op de kaart. Het nieuws uit die regio was bijna altijd slecht: revoluties, guerrilla's, wrede dictaturen, bloedbaden, burgeroorlog, corruptie, mensenhandel, drugs en de laatste jaren de criminele bendes als Mara Salvatrucha. Er was voor hem geen verschil tussen het ene land en het andere, ze leken allemaal min of meer op elkaar, behalve Costa Rica, waar hij op vakantie was geweest en op het kristalheldere water had gesurft en pelikanen en schildpadden had gefotografeerd. Dat land had in 1948 de strijdkrachten afgeschaft en er heerste al zeven decennia welvaart en vrede. Dat paradijs werd overspoeld door Amerikanen, meest gepensioneerde. Toen hij de verdediging van Anita op zich nam, begon hij de geschiedenis en de politiek te bestuderen van het gebied waar de vluchtelingen en de migranten met wie Selena te maken had vandaan kwamen.

Behalve op internet en de pers, kon hij ook rekenen op de schat aan informatie die Selena hem verschafte. Hij begon te begrijpen waarom zo veel mensen, zelfs kinderen zonder begeleiding, die gevaarlijke reis naar het noorden maakten om asiel aan te vragen in de Verenigde Staten. De risico's van de tocht en de vijandigheid waarmee ze werden afgewezen kon hen er niet van afbrengen, want de onvermijdelijke armoe en het straffeloze geweld waarvoor ze vluchtten, waren veel erger. 'Niemand is veilig in deze wereld, Frank. Ieder van ons kan in zo'n situatie terechtkomen,' had Selena gezegd, maar hij kon zich niet voorstellen dat iemand uit zijn omgeving dit lot zou treffen. Toen hij het met zijn moeder besprak, herinnerde zij hem eraan dat zijn vader en zijn grootouders geëmigreerd waren om te ontsnappen aan de maffia op Sicilië.

San Salvador had een modern vliegveld, met een keur aan mooie winkels en ambachtelijke artikelen. Het was er zo druk dat het een hele tijd duurde voor hun paspoort werd gestempeld bij het immigratieloket. De vlucht van bijna vijf uur had hun lang geleken en ze waren moe, maar in plaats van direct naar het hotel te gaan, besloten ze hun honger te stillen met de beroemde gevulde maiskoekjes uit Olocuilta, waar Selena over had horen spreken. Frank kreeg bij het horen van de naam van dat voedsel meteen argwaan, maar hij besloot zijn dieetregels voor deze dagen te vergeten; hij kon zich bij Selena niet als een slappeling gedragen. Toen ze de luchthaven uit kwamen, werden ze overvallen door de hitte.

'Dit is een Turks bad!' riep Frank uit.

'Haal adem. Je went aan alles,' antwoordde ze hijgend.

Ze namen een taxi en twintig minuten later stonden ze voor een bakplaat van zwarte klei boven een brandend vuur, waar twee vrouwen in blauwe schorten met de hand tortilla's van rijst- en maismeel klaarmaakten. Ze kochten een paar maiskoeken, ter grootte van een bord, gevuld met kaas, bonen en vlees, waar ze bier bij dronken. Zo maakten ze kennis met het land.

Frank had erop gestaan dat ze naar een goed hotel zouden gaan, hij zou het betalen, net zoals hij de vliegtickets in de businessclass had betaald, en Selena accepteerde dat zonder protest, omdat het voor beiden duidelijk was dat hij meer geld had dan zij. Ze waren heel laat naar bed gegaan, elk in hun eigen kamer, en ze sliepen slecht, hij dacht aan de nabijheid van Selena en zij dacht dat ze maar vier dagen de tijd hadden om Marisol te vinden. In de uren dat ze buiten waren, kregen ze huiduitslag van de warmte en hadden ze last van opgezwollen handen en voeten. Door de airco in het hotel rilden ze daarentegen van de kou.

Anita had meer herinneringen aan haar grootmoeder, bij wie ze vanaf haar geboorte had gewoond, dan aan haar moeder, maar de aanwijzingen die ze hun had gegeven waren vaag.

'We weten de naam van de grootmoeder en dat ze met de indigoplant werkte,' resumeerde Frank de volgende dag toen ze op het terras zaten te ontbijten.

'Anita vertelde dat haar grootmoeder bezoekers en toeristen te woord stond. We kunnen bij het Archeologische Park

Casa Blanca beginnen, daar is een museum en er zijn indigowinkels. Het is in Chalchuapa,' stelde Selena voor.

'Hoe ver is het van hier?'

'Ik heb het de conciërge van het hotel gevraagd. Ongeveer een uur en twintig minuten met de bus, zei hij.'

'We hebben vervoer nodig om ons te verplaatsen, we gaan een auto huren,' besloot Frank.

'Het verkeer is onvoorspelbaar, Frank. We kunnen beter een roze taxi huren voor de hele dag. Dat heeft de conciërge me ook aangeraden.'

'Een roze taxi?'

'Die worden bestuurd door vrouwen voor vrouwen. Heel veilig.'

Omdat Frank niet tot die doelgroep behoorde, moesten ze de chauffeuse hun paspoorten laten zien voor ze hen meenam. De auto had roze bekleding en er lagen een spiegel en schoonheidsartikelen op de achterbank om make-up bij te werken. Lola, de chauffeuse in een wit uniform, klein van stuk, ronde vormen, praatgraag en sympathiek, bleek een stortvloed aan informatie te hebben. Tijdens de reis gaf ze hun een echte les over de lokale politiek, de nieuwe president, de sprinkhanenplaag, de bendes en de belangrijkste voorzorgsmaatregelen die ze moesten nemen.

'Er wordt veel over onveiligheid gesproken, dat is het enige wat de kranten publiceren, daarom lijkt het of we in handen zijn van bendes en drugsdealers, maar dat is overdreven,' vertelde Lola. 'Hier leiden we een rustig leven en hebben we het goed. We zijn een vrolijk volk, we dansen en zingen graag. We helpen elkaar en we letten op onze familie. Ik kook bijvoorbeeld elke zondag voor mijn uitgebreide familie, we zijn erg aan elkaar gehecht. Het is jammer dat mijn land in het buitenland een slecht imago heeft. Elke Salvadoraan weet hoe hij voor zichzelf moet zorgen, hij weet waar hij heen kan en wanneer, hij weet gevaarlijke plekken en verdachte personen te vermijden. Bij mij zijn jullie veilig, ik ken dit land als mijn broekzak.'

Toen ze merkte dat Selena en Frank belangstelling hadden voor indigo, ging ze over tot een andere les over het 'blauwe goud' dat vanaf de zestiende eeuw bekend was en zijn waarde verloor toen de synthetische kleurstoffen werden uitgevonden, hoewel het maakproces een van de artistieke tradities was van het land. Vandaar ging ze over op de precolumbiaanse piramides, die ze hun met alle geweld wilde laten zien, maar ze hadden geen tijd voor toeristische uitstapjes en gingen linea recta naar het museum, een koloniaal gebouw midden in een park.

In de indigo-werkplaats, waar de vrouwen volgens de oude methodes de natuurlijke kleurstof maakten en artikelen in alle blauwtinten verkochten, kenden ze doña Eduvigis heel goed. Ze werkte daar al dertig jaar, maar die ochtend was ze er niet. Ze kregen haar adres en het duurde niet lang voor Lola haar vond in een arbeiderswijk van Chalchuapa.

Anita's grootmoeder was achterdochtig. Ze stond hen te woord vanaf de patio tussen een aantal blaffende honden achter een hek met prikkeldraad aan de bovenkant. Maar toen Selena haar uitlegde dat ze haar kleindochter kende en haar een foto liet zien, deed ze geëmotioneerd de deur open en nodigde hen uit binnen te komen. De honden volgden hen kwispelend. De vrouw had de souplesse en energie van een jeugdig iemand, maar op haar verouderde gezicht stond het verdriet te lezen. Haar leven was er een geweest van constant werken en inspanning. Ze verzorgde al vele jaren een zieke, bedlegerige echtgenoot, had praktisch in haar eentje vijf kinderen opgevoed en er twee begraven.

'Mijn meisje... Ik heb al maanden niets van haar gehoord. Waar is ze?' vroeg ze met beverige stem.

'Het gaat goed met haar, mevrouw. Ze is in de Verenigde Staten, in Arizona,' zei Selena.

'Hebt u haar gezien?'

'Ja, ik heb haar pas nog gezien. Ik heb een paar foto's voor u meegenomen.'

'Wat mis ik haar!'

'En zij mist u. Anita is dol op haar Tita Edu.'

Eduvigis nodigde hen uit te gaan zitten en bood hun cola-champagne aan, een oranjekleurige frisdrank, die ze in plastic glazen schonk. Lola had hen gewaarschuwd geen water te drinken, want dat werd in deze buurt één keer per week door vrachtwagens aangeleverd en soms was het niet schoon. Er stonden twee jerrycans water bij de keuken. De woning was gemaakt van betonnen platen, vierkant, heel eenvoudig, opgeruimd en schoon, met een linoleumvloer en horren voor de open ramen.

'Anita wordt acht jaar zonder haar moeder, zonder haar grootmoeder, helemaal alleen... Die verschrikkelijke pijn is een messteek in mijn hart,' zei Eduvigis in tranen.

'Wij gaan het met haar vieren, maakt u zich geen zorgen. Ze krijgt zelfs een piñata voor haar verjaardag. Ik vroeg haar wat ze wilde hebben en ze vroeg me iets om naar muziek te kunnen luisteren. Frank gaat het voor haar kopen.'

'Dat zal ze leuk vinden. Anita kent alle moderne liedjes. Ze heeft een heel goed gehoor en ze kan goed wijs houden, zo vulde ze haar tijd nadat ze het ongeluk had gehad, tot ze weer naar school kon. Een onderwijzeres leerde haar gitaarspelen. Hebt u haar horen zingen?'

'Nog niet, mevrouw, maar nu u het me zegt, zal ik ervoor zorgen dat ze altijd muziek heeft. We gaan samen zingen en dansen,' verzekerde Selena haar.

'Anita is een heel bijzonder meisje, dat was ze al toen ze nog heel klein was. Op haar derde jaar praatte ze al als een volwassene. Ik heb haar op haar vijfde leren lezen. Ze was altijd een goede leerling, ze maakte haar huiswerk alleen, ik hoefde niet op haar te letten. En zoals ze voor haar zusje zorgde! Ze zei dat ze Claudia's moeder moest zijn als hun moeder er niet was, want zij was de oudste. Na het ongeluk werd ze ernstiger, ze lachte niet meer zoals vroeger.'

'Hoe gebeurde het ongeluk, mevrouw?' vroeg Selena.

'Een frontale botsing. Een vrachtwagen reed in op het schoolbusje.'

'Wat vreselijk...'

'We hebben lange tijd veel pech gehad. En nu is Marisol verdwenen! Hebt u enig idee waar ze is? Ze belde me meer dan drie maanden geleden en daarna heb ik niets meer van haar gehoord.'

'Daarom zijn we hier, mevrouw,' zei Frank.

De grootmoeder verontschuldigde zich dat ze niets anders kon aanbieden en zei dat als ze bleven lunchen, ze even naar de markt zou rennen. Ze vertelde hun dat Rutilio, haar oudste zoon, altijd het dichtst bij haar had gestaan. Hij was de meest verantwoordelijke, hij had de plaats ingenomen van de zieke vader, hij had geen verslavingen, geen alcohol, ruzies of vrouwen, hij leefde alleen voor zijn dochters en voor Marisol. Ze waren een tijdje verloofd en trouwden toen Marisol zwanger werd. Rutilio had Claudia nauwelijks gekend, want hij stierf toen zijn jongste dochter nog maar drie weken was. Hij werkte bij een bedrijf voor bouwmaterialen en in een van die onverklaarbare ongelukken werd hij bedolven onder een stroom verse cement. Ze konden hem er niet op tijd onderuit halen. Eduvigis vermoedde dat hij was vermoord, want hij werd al bedreigd; hij was heel actief in de vakbond, hij veroorzaakte flinke onrust, hij organiseerde de arbeiders.

'Wie bedreigde hem?' vroeg Frank in zijn gebrekkige Spaans.

'Dat moeten knokploegen zijn geweest die door het bedrijf waren ingehuurd, maar dat valt niet te bewijzen.'

'Kunnen het geen bendeleden zijn geweest?' suggereerde Selena.

'Daar had Rutilio niets mee te maken. Bovendien moorden de bendes direct om de mensen te straffen; ze bedreigen niet of doen niet alsof het een ongeluk is.'

Frank en Selena bleven enkele uren bij Eduvigis, die erop stond een indiaanse kip te gaan kopen – van het erf en niet uit een fokkerij –, omdat zij heel bijzondere mensen waren, beweerde ze. De lunch bestond uit een stevige kippensoep met groenten, die stond te koken terwijl ze foto's bekeken, Anita's schoolschriften van voor het ongeluk waarbij haar ogen beschadigd raakten, en twee ansichtkaarten die Marisol tijdens haar reis naar het noorden had gestuurd. Ze wisten dat ze naar Eduvigis had gebeld kort voordat zij en haar dochter bij de grensovergang kwamen en nog een keer vanuit een detentiecentrum in Texas, waar ze van iemand een mobieltje kon lenen. In de twee minuten dat ze konden praten, kon ze haar schoonmoeder vertellen dat ze Anita bij haar hadden weggehaald.

'Ze verzekerde me dat dat normaal was, dat het goed ging met Anita en dat ze snel weer samen zouden zijn, maar ik weet dat ze dat zei om me gerust te stellen,' vertelde de grootmoeder. 'Hier weet iedereen dat ze in het noorden families uit elkaar halen, dat laten ze op de televisie zien. Gisteren, om precies te zijn, zagen we een jongetje van drie dat zich aan zijn vaders benen vastklampte en heel hard huilde, het arme kind, en we zagen hoe ze hem aan zijn armpjes vastgrepen en hem meetrokken. En we zagen ook kinderen die door mensensmokkelaars helemaal alleen in de woestijn worden achtergelaten. Sommigen zijn nog zo klein!'

Frank en Selena kregen te horen dat Marisol in het verleden van maandag tot vrijdag als huishoudelijke hulp werkte in de woning van een politicus in de hoofdstad. Het huis, in de wijk Antiguo Cuscatlán, was een van de vier in een compound, met toezicht bij de hoofdingang en vierentwintig uur bewaking. Op vrijdag was ze om zes uur klaar met haar werk en dan nam ze de bus naar Chalchuapa om het weekend bij haar familie te zijn. De rest van de tijd kon de grootmoeder voor Anita zorgen, doordat ze flexibele werktijden had in het indigo-atelier. Daar had ze de leiding. Ze was de belangrijkste persoon in het ingewikkelde proces waarbij de indigozaadjes in kleurstofpasta werden omgezet, omdat zij het oxidatiepunt bepaalde. Door haar lange ervaring was het ook haar taak om de bezoekers te ontvangen en hun alle fases van het werk uit te leggen, van het zaadje tot de uiteindelijke stof.

Sinds de dood van Rutilio, vijf jaar geleden, had Marisol een paar minnaars gehad, maar die had ze afgewezen; ze was moe en wilde haar vrije tijd alleen maar thuis doorbrengen. Ze was haar verdriet nog niet te boven, ze dacht dat ze nooit meer een kameraad zou vinden als Rutilio, iemand die ook een goede stiefvader zou kunnen zijn. 'Mijn schoondochter is erg respectvol, ze heeft nooit een van die kerels meegenomen naar mijn huis,' verklaarde Eduvigis en voegde eraan toe dat de enige uitzondering Carlos Gómez was, een beveiliger van de huizen waar Marisol als huishoudster werkte. Hij kwam altijd onuitgenodigd, dominant in zijn uniform. De eerste keer ontving Marisol hem op straat, hoewel ze hem wel kende, maar daarna was het onmogelijk om de deur voor zijn neus dicht te slaan. Gómez kwam onaangekondigd, wanneer dan ook, en stond erop Marisol te zien.

'Volgens Marisols verklaring was hij de man die op haar schoot voor ze met Anita het land uit vluchtte,' zei Selena.

'Mijn schoondochter had iets ontdekt. Een geheim. Ze heeft het me nooit verteld, maar ik hoorde haar met Gómez praten. Ik luisterde hen niet af, maar de muren zijn hier heel dun.'

'Hebt u enig idee waarover het ging?'

'Nee. Marisol beloofde hem dat ze er met niemand over zou praten, het was haar zaak niet, hij moest haar met rust laten. Soms bedreigde hij haar en andere keren wilde hij weer een relatie met haar, dan probeerde hij haar te kussen, dan betastte hij haar. Ze was heel bang voor hem.'

De grootmoeder was ook bang voor Gómez, die soms midden in de week kwam, als hij wist dat Marisol er niet was, en dan wilde hij per se Anita zien. Ze moest hem oom Carlos noemen en hij bracht kleine cadeautjes voor haar mee, speelgoed of snoep. 'Zodat het meisje me leert kennen en me aardig vindt, dus,' zei hij. Dat maakte Marisol woedend; ze had haar schoonmoeder geïnstrueerd dat ze hem absoluut niet alleen mocht laten met het meisje.

'Maar op een vrijdag wachtte hij Anita op bij school. Dat was na het ongeluk. Hij zette haar in zijn auto en ze verzette zich niet, want hij zei dat ik hem had gestuurd. Tegen een onderwijzeres die wilde ingrijpen, zei hij dat hij haar oom was en dat hij met haar naar een verjaardagsfeest zou gaan. Het schijnt dat hij door zijn achteruitkijkspiegel zag dat de onderwijzeres een foto nam met haar mobiele telefoon.'

Ze vertelde hun dat Marisol haar die avond bij thuiskomst wanhopig aantrof omdat haar kleindochter nog niet terug was. Ze was naar de school gegaan om haar op te halen, zoals altijd, en de onderwijzeres vertelde haar over de oom en de verjaardag en liet haar de foto zien. Eduvigis herkende de auto en begreep onmiddellijk dat ze in handen was van Carlos Gómez.

'Waarom ging u niet naar de politie?' vroeg Frank.

'De politie? Hoe komt u daarbij? Die Carlos Gómez zat bij de politie tot hij ontslagen werd en uiteindelijk als beveiliger aan het werk ging, dat is net zoiets als portier, maar dan met een uniform en een wapen. Hij heeft nog veel vrienden bij de politie.'

Marisol belde om de twee minuten naar Gómez, maar hij nam niet één keer op. Eindelijk, rond middernacht, toen de hele straat al wist dat het meisje was ontvoerd en de moeder en de grootmoeder op waren van de zenuwen, kwam de man vrolijk toeterend aangereden. Terwijl Anita zich in haar grootmoeders armen stortte, vertelde hij dat hij haar had meegenomen naar het strand. 'Volgende keer moet je met ons meegaan, Marisol, zodat je dochter er rustig van kan genieten. Ik houd niet van jankende meisjes,' voegde hij er op dreigende toon aan toe. Vanaf die dag, aangestoken door de angst van haar moeder en grootmoeder, verstopte Anita zich als Gómez verscheen.

'Ik geloof dat de foto van de onderwijzeres haar redding was. Gómez wist dat ze hem konden identificeren,' zei Eduvigis. 'Maar dat bracht hem niet af van zijn plan om Marisol te veroveren. Ook voor mij bracht hij cadeautjes mee, een sapcentrifuge, ham, goede koffie, of hij liet spullen achter voor Marisol. Als ik het weigerde, werd hij woedend. Dat ging zo een paar maanden door. Hij werd heel ongeduldig, opgefokt. De bedreigingen werden ernstiger, hij controleerde Marisol, bespioneerde haar, hij maakte scènes uit jaloezie alsof ze een stel waren.'

'En zij?'

'Ze ging die ellendeling zo veel mogelijk uit de weg! Ze wilde hem niet eens zien!' De grootmoeder ontplofte van woede. 'En dat ging zo door tot hij een kogel op haar afvuurde en het maar weinig scheelde of hij had haar gedood. Daarom moest ze weg. Wat had ze anders kunnen doen? Ik wilde niet dat ze mijn kleindochter meenam, maar Marisol kon haar niet hier laten als speelbal van Gómez, toch?'

Ze gaf hun het adres van Genaro Andrade, een broer van Marisol die in de toeristenindustrie werkte aan de Costa del Sol, het gebied met de drukstbezochte stranden. Hij was het enige familielid van Marisol in El Salvador, de rest van haar familie woonde in Guatemala.

Selena en Frank gingen die avond terug naar de hoofdstad. De volgende dag bracht Lola hen naar Antiguo Cuscatlán. Selena had een afspraak gemaakt met Carlos Gómez op het telefoonnummer dat Eduvigis haar had gegeven. Ze deed zich voor als een Mexicaanse op doorreis die hem graag wilde spreken; zijn nummer had ze van een vriendin gekregen. Selena had al geen huiduitslag meer van de warmte, maar Franks huid was rauw. Het was niet de eerste keer dat Lola een passagier had met dat probleem. Uit het handschoenenkastje haalde ze een plastic zakje zonder etiket waar wat losse pilletjes in zaten en ze zei hem dat hij er iedere vier uur twee moest innemen. Frank gehoorzaamde gelaten zonder vragen te stellen.

Grote bomen wierpen hun schaduwen over de statige straten van de buurt. Vanbuiten was weinig te zien van het terrein waar Carlos Gómez werkte, het was omheind met een traliehekwerk en verborgen achter een ondoordringbaar begroeide muur, net als de meeste andere landhuizen. Frank bleef om de hoek in de roze taxi van Lola zitten, terwijl Selena aanbelde en zich meldde via de intercom. Gómez, die dienst had, vroeg zijn collega of hij hem even wilde vervangen, terwijl hij met die zogenaamde Mexicaanse toerist praatte, en hij ging de straat op.

Selena moest aan zichzelf bekennen dat die man er indrukwekkend uitzag in zijn kakikleurige uniform met zakjes en riemen, zijn zware soldatenlaarzen, pilotenbril en zwarte baret; hij leek een actief lid van een gevechtseenheid. Van haar kant hoefde ze geen moeite te doen om indruk op hem te maken, haar ervaring vertelde haar dat ze hem ontwapend had vanaf het moment dat hij haar zag. De houding van Gómez, aanvankelijk wantrouwend, veranderde zodra ze dichterbij kwam, met haar krullende haren, haar lach, haar laag uitgesneden jurk en haar wiegende manier van lopen.

Hij begroette haar uiterst vriendelijk: 'Waarmee kan ik u helpen, juffrouw?'

'Kunnen we even gaan zitten, kapitein? Het is bloedheet...'

Geen enkele bezoeker kon onuitgenodigd het terrein betreden en het was onder meer de plicht van Gómez om hierop toe te zien, hij moest zelfs elke auto vanbinnen en vanbuiten inspecteren voor hij de toegangspoort opende, maar hij kon zich niet als een ondergeschikte voordoen bij deze vrouw, geen sprake van, kom nou toch! Hij hield van jonge meisjes, voor ze tot ontwikkeling kwamen, onschuldig, maar dit vrouwtje was om op te vreten. Hij liet haar binnen door een voetgangerspoortje naast het hek en leidde haar galant naar een bank die half verscholen stond tussen de tropische planten in de tuin. Ze gingen zitten en Selena kon het zwembad zien en enkele huizen in de verte. Er was niemand, op een paar herdershonden na die op een zekere afstand dreigend gromden, tot Gómez ze wegstuurde.

'Zeg me wat ik voor je kan doen, schoonheid,' herhaalde de beveiliger. Hij tutoyeerde haar.

'Zoals ik je door de telefoon zei, kapitein, heb ik je nummer van een vriendin.'

'Wie is dat?'

'Marisol Andrade, ik heb haar in Mexico leren kennen.'

'Wanneer was dat?' vroeg de man alert, defensief.

'Een paar maanden geleden, dat moet begin oktober vorig jaar zijn geweest, ik weet het niet precies meer.'

'Ik heb niets met die Marisol te maken.'

'Je kent haar toch?' drong Selena aan.

'Ze werkte in een van de huizen. Er zijn hier tientallen werkneemsters.'

'Maar zij was bijzonder. Ze vertelde me wat er tussen jullie is gebeurd.'

'Wie ben je? Wat wil je van me?' riep Gómez uit terwijl hij opstond.

'Kom op, kapitein, doe niet zo, ik weet dat het een ongeluk was,' lachte Selena, die een lok uit haar gezicht veegde. Ze sloeg haar benen over elkaar; haar dunne jurk kwam tot halverwege haar dijen en haar decolleté was vochtig van het zweet.

'Je moet gaan, je mag hier niet zijn,' beval Gómez en pakte haar bij haar arm.

Selena deed of ze struikelde, of ze op het punt stond te vallen, maar de man greep haar stevig beet. Ze keken elkaar even in de ogen, een paar centimeter van elkaar verwijderd.

'Ik wil alleen maar praten, kapitein. Waar kunnen we elkaar dan wel zien? Marisol heeft me over je verteld, ze heeft me nieuwsgierig gemaakt. Ik houd van sterke mannen die respect afdwingen...' fluisterde Selena langzaam.

Carlos Gómez maakte een afspraak met haar voor die avond in La Flor de Izote, een schemerig lokaal, smerig, met een bar, een dansvloer en Latijns-Amerikaanse muziek. Hij beschikte niet over het budget om die mooie vrouw mee te nemen naar een plek die ze verdiende, maar hij had berekend dat hij haar wel kon imponeren na twee of drie glazen en een beetje intiem dansen, zodat ze zou merken wat een macho hij was. Geen enkel probleem. Die strategie werkte altijd.

Marisol was de enige die zich in zijn veertigjarig bestaan had verzet en dat was niet omdat hij faalde, maar omdat ze een brutaal nest was. Hij vroeg zich nog steeds af waarom hij in hemelsnaam zo'n obsessie voor haar had gehad, ze was een magere, knokige vrouw met ook nog twee dochters. Hij had zich meteen van Marisol moeten ontdoen, voordat de zaken ingewikkeld werden.

Frank en Lola, die Selena waren gevolgd, gingen aan een ander tafeltje zitten; zij met een biertje en hij met mineraalwater. Voor de gelegenheid had Lola haar witte uniformjas uit gelaten en een paar oorringen als kerstversiering ingedaan. Frank zei dat ze er heel mooi uitzag en zij waarschuwde hem met een geraffineerd lachje dat hij zich geen illusies moest maken, want ze was helaas getrouwd.

Terwijl Selena langzaam een walgelijk lauwe, zoete margarita dronk, haalde Gómez zijn derde biertje. Hij was niet meer zo oplettend en praatte veel. De Mexicaanse vormde geen enkel gevaar, ze was gewoon een hete griet die hij onder de duim kon houden, ze zouden de avond eindigen zoals het moest. Hij drukte haar stevig tegen zich aan bij het dansen, ze was een lekker stuk, blank, ze had ritme, rook naar zweet en parfum, haar lippen waren het best en die benen, die sandalen, haar koraalrode teennagels, ze had klasse. Hij bestelde een whisky en voelde zich genereus, vriendelijk, openhartig en zelfverzekerd. De Mexicaanse luisterde met open mond naar hem, ze was gefascineerd. Vrouwen hielden van geweld, ze wilden gedomineerd worden, ook al verzetten ze zich, ook al schreeuwen ze, dat wist hij maar al te goed.

Als je je een echte macho toonde, volgden ze je op de sociale media. Hij vond het leuk om met de Mexicaanse te praten, ze kon luisteren.

'Dat van dat schot was een ongeluk, ik ben altijd gewapend, ik leerde schieten toen ik nog een kind was, mijn vader leerde het me. Hier heb ik mijn wapen, dat doe ik zelfs niet af als ik ga dansen, ik kan het je laten zien als je wilt. Ik doe het niet af omdat mijn plicht dat vereist, zelfs niet als ik ga slapen. Ik moet de bazen bewaken, daar betalen ze ons voor, zodat niet één klootzak het in zijn hoofd haalt om een van de kinderen te ontvoeren. De honden voldoen niet, die vergiftigen ze, hier zijn heel veel ellendelingen, dieven, bendeleden, daarom zijn wij hier van de beveiliging. We zijn met zijn zessen, we wisselen elkaar om de acht uur af, twee per dienst. Die dag, de dag van het ongeluk, had ik nachtdienst, die begint om tien uur en eindigt om zes uur 's ochtends, het was bewolkt, midden in het regenseizoen, het werd vroeg donker, mijn collega deed de buitenronde en ik had me bij de ingang opgesteld. Had ik al gezegd dat het laat was? Er was niet veel licht in de tuin, na het ongeluk met Marisol hebben ze meer verlichting aangebracht, we hebben nu licht met bewegingscensoren, die gaan om de haverklap aan, als een van de honden erlangs komt, of een vogel, en zeker als er een indringer is, maar die nacht was het zicht slecht. Wil je nog een margarita? Ik hoorde voetstappen op het grind, ik haalde mijn wapen uit de holster voor het geval dat, je weet nooit wat er kan gebeuren, ik vroeg wie er was, niemand antwoordde, ik riep opnieuw, ik riep zo'n drie keer, maar niets. Toen zag ik iemand tussen de varens, iemand die zich daar schuilhield, een persoon, ik maakte me klaar om me te verdedigen. Ik gaf het bevel om tevoorschijn te komen en toen die persoon begon te rennen, schoot ik. Het was een waarschuwingsschot, om iemand aan het schrikken te maken, niet om te doden, hoe kon ik weten dat het Marisol was? Op dat tijdstip had ze niets in het park te zoeken, het was bijna elf uur 's avonds, het ongeluk was haar eigen schuld, waarom verstopte ze zich, waarom reageerde ze niet, waarom vluchtte ze weg... Wat zeg je? Dat het schot in haar borst was en niet in haar rug? Nou ja, ik herinner me de details niet, het staat allemaal in het politierapport, gelukkig was het niet dodelijk, stel je de heisa eens voor als... Hé, breng me nog een whisky!' beval hij de kelner.

'Volgens Marisol had je met haar afgesproken in de tuin, je had haar gezegd dat je iets te bespreken had over haar dochter,' onderbrak Selena hem improviserend.

'Leugens. Het is ook een leugen dat ik haar thuis opzocht, zoals ze de politie vertelde. Ik heb haar nooit gemogen. Ik verdoe mijn tijd niet met stommelingen zoals zij. Ik ken genoeg gezellige vrouwen, waarom zou ik me met die lelijke bonenstaak bezighouden? Het enige mooie aan haar was haar haar en dat heeft ze afgeschoren alsof ze schurft had. Ze was totaal gestoord.'

'Waarom praat je in de verleden tijd over haar, alsof ze dood zou zijn?'

'Weet ik veel of ze leeft of dood is! Dat interesseert me geen moer. Ze kwam uit het ziekenhuis en ze verdween, ze ging ervandoor.'

'Waarheen?'

'Naar de bliksem, denk ik. Had je haar niet in Mexico gezien?'

'Ze was op doorreis naar het noorden. Ze wilde asiel aanvragen in de Verenigde Staten.'

'Ha! Net als al die andere duizenden ongeluksvogels. Allemaal gedeporteerd.'

'Hebben ze haar gedeporteerd?'

'Wat denk je zelf, schatje? Dat de yankees haar met open armen hebben ontvangen?'

'Heb je haar daarna nog gezien?' drong Selena aan.

'Nee! Ga uitzoeken waar ze is. Als ze terug was gekomen, zou ik dat wel weten.'

'Hoe zou je dat weten?'

'Ik heb mijn contacten.'

'Als ze niet hier is, is ze misschien in Mexico,' suggereerde Selena.

'Daar is ze ook niet.'

'Je lijkt wel zeker van je zaak.'

'Ik zeg je dat ik mijn contacten heb. Waarom hebben we het eigenlijk over die slet? Wat heb jij met haar te maken?' vroeg Gómez dreigend, terwijl hij haar pols in een ijzeren greep hield.

'Niets. Ze laat mij ook koud, ik wil alleen meer over jou weten... Maar laat me los...' antwoordde ze.

'Wees heel voorzichtig met me, maak me niet kwaad!' dreigde de man.

'Je doet me pijn...'

Carlos Gómez keek haar doordringend aan. Zijn ogen waren rood en glazig door de alcohol. Ze hield zijn blik een eindeloze minuut vast tot hij haar pols losliet en met zijn glas in zijn hand achteroverleunde.

'Weet je zeker dat je niet nog een margarita wilt? Laten we dan dansen...'

Met de smoes dat ze naar het toilet moest, kon Selena van tafel opstaan en dat liet hij versuft knikkend toe. Zonder dat hij het zag, glipte ze weg uit de bar, gevolgd door Lola en Frank. De drie zagen elkaar weer bij de taxi, waarna ze gingen eten in een klein Frans restaurant in de Zona Rosa, waar Frank hen wilde onthalen op een wit tafellaken en een goede wijn; hij begon genoeg te krijgen van al dat lokale eten. Hij bood Lola aan ook haar man uit te nodigen, maar ze zei dat ze zich voor één keer in haar leven alleen wilde vermaken. Ze ging zitten en voor ze de menukaart opende, bestelde ze een Manhattan. 'Ik weet niet wat het is, ik heb het in een film gezien en wilde het altijd al een keer proberen,' zei ze. Ze had zich met hart en ziel overgegeven aan de opdracht van de gringo's, zoals ze Frank en Selena noemde, en ze had verschillende theorieën over het lot van Marisol. Ze vertelde dat ze in de tijd dat zij bij grootmoeder Eduvigis in Chalchuapa waren, naar de bibliotheek was geweest, het internet op was gegaan en informatie had gevonden over Carlos Gómez en het schandaal waardoor zijn loopbaan bij de Nationale Civiele Politie was beëindigd. Hij was ervan beschuldigd dat hij een elfjarig meisje had verkracht en haar op brute wijze had geslagen, maar vlak voordat zijn zaak voor de rechter kwam, trokken de ouders de aanklacht in en werd de zaak geseponeerd. In een krantenartikel werd de mogelijkheid geopperd dat de politie hun met geld het zwijgen had opgelegd om een nieuw schandaal te voorkomen, er waren er al genoeg, maar volgens Lola was het waarschijnlijker dat Gómez hen had bedreigd.

'Marisols vrees voor Anita was terecht,' verklaarde ze. 'Die man heeft een slecht karakter, het is een duivel. Hij heeft het niet van een vreemde, de appel valt niet ver van de boom. Zijn vader zat in het leger, hij is al oud en gepensioneerd, maar iedereen weet dat hij de leiding had over de troepenmacht in El Mozote. Weten jullie dat ze daar een aantal mensen levend hebben verbrand? Ook kinderen, stel je voor! Die psychopaat heeft nooit hoeven boeten voor die misdaden en Carlos Gómez ook niet voor de zijne.'

Het eten bleek net zo Frans als op het menu stond. Lola vond de gerechten karig: voor de helft van die prijs kon ze hen ergens anders mee naartoe nemen waar je kon eten tot je vol zat. Op het strand bijvoorbeeld, als ze met Marisols broer zouden gaan praten. Rond middernacht zette Lola, die twee biertjes, twee Manhattans, een glas wijn en nog een glas champagne op had, hen af bij het hotel en reed neuriënd weg in haar roze taxi, met de belofte dat ze hen de volgende dag kwam ophalen om bij de broer van Marisol op het strand langs te gaan.

In de tijd dat ze samen waren, was de vriendschap tussen Frank en Selena intiemer geworden. Frank nam haar bij haar arm of bij haar hand, ze raakten elkaar aan, lieten elkaar van hun eten proeven, dronken uit hetzelfde glas, kortom, die heimelijke medeplichtigheid van wie al weet dat een vrijpartij onvermijdelijk is, groeide. In plaats van zich terug te trekken op hun kamers, zoals ze zonder al te veel enthousiasme de vorige avonden hadden gedaan, gingen ze naar de tuin, die op dat uur leeg was. De parasols waren al weggehaald, maar de ligstoelen stonden er nog. Ze gingen er naast elkaar in liggen, een beetje draaierig door de alcohol die ze bij het eten hadden gedronken en vanwege de hartstocht die in het verschiet lag. Die woensdagnacht had de hitte van overdag plaatsgemaakt voor een zwoel briesje, dat de zoete geur verspreidde van lelies en pas gemaaid gras. In het stilstaande water van het zwembad weerspiegelde de maan. De muziek en de stemmen in het hotel waren allang weggestorven, slechts het geluid van de krekels verbrak de stilte in de tuin.

Selena voelde zich wegzakken in de ligstoel, loom, met botten van katoen, zware oogleden, zweet op haar armen, vocht tussen haar benen en dat opdringerige parfum van de tropische bloemen. 'Ik heb te veel gedronken,' mompelde ze, op het punt om in slaap te vallen. Daar de nacht doorbrengen, zo dicht bij Frank, zonder elkaar aan te raken, zijn energie als een trilling voelen, wachtend, wat een genot, dacht ze. Frank had al zijn zintuigen op scherp staan in afwachting van de signalen, de enorme afstand opnemend die hem van haar scheidde, een kloof van een halve meter tussen de stoelen.

Vanaf het moment dat ze elkaar ontmoetten op het vliegveld van Los Angeles om het vliegtuig te nemen, toen hij haar zag in haar gebleekte spijkerbroek, haar afschuwelijke Frida Kahlo T-shirt en met dezelfde vormeloze tas uit Guatemala die hij al kende, accepteerde hij met een zucht van berusting dat hij verliefd was. Daar, in die nacht met lelies en krekels, begreep hij dat hij dat al was sinds hij haar in San Francisco had leren kennen. Vanaf die ochtend in december, toen ze in zijn perfecte leventje inbrak en hem betrok in een wanhopige, schijnbaar onmogelijke missie, had hij voortdurend aan haar gedacht.

Anita Díaz was de eerste geweest en vlak nadat hij de grondbeginselen van de immigratiewet had geleerd, had hij de verdediging van twee andere kinderen op zich genomen, zonder daar op kantoor een woord over te zeggen, want zoals zijn baas hem al duidelijk had gezegd, had hij geen vrije tijd of vakantie. Hij stal de tijd van het kantoor. Hij was er nu één op de lijst van duizenden vrijwillige advocaten die de minderjarigen bij de grens vertegenwoordigden. Hij had een van die kinderen begeleid voor de rechtbank en toen het kind veel sneller dan verwacht asiel had gekregen omdat de rechter nog iemand van de oude stempel was, uit de tijd voordat de regering de nieuwe golf ultraconservatieve rechters die tegen migratie waren had aangesteld, was hij zo opgelucht dat zijn stem brak en hij zichzelf op het toilet terugvond, waar hij zijn gezicht onder de koude kraan hield. Daarvandaan belde hij zijn moeder, die hem feliciteerde en bijna net zo ontroerd was als hij. Ze beloofde hem snel meer gehaktballen te sturen.

Toen ze elkaar leerden kennen, had Selena hem verteld dat ze online rechten studeerde, maar zo gauw ze kon naar de universiteit zou teruggaan om haar diploma te halen. Ze wilde als migratieadvocaat aan de slag. Dat leek hem aanvankelijk een slecht idee, zo veel studie en moeite om zich aan een ondankbare tak van de wet te wijden, maar hij was van gedachten veranderd. Op dit moment vond hij de bescherming van Anita en de andere kinderen belangrijker dan de kamer met twee ramen op de bovenste verdieping die het kantoor hem had toegezegd.

'Selena, ik neem aan dat je weet dat ik van je houd,' stamelde hij uiteindelijk.

Hij had die verklaring zes weken lang voorbereid om zo overtuigend en poëtisch mogelijk over te komen, maar op dat moment vergat hij wat hij had ingestudeerd en eindigde hij als een stotterende puber.

'Dit is geen liefde, Frank, dit is verlangen en gelegenheid,' lachte ze vanuit haar stoel.

'Voor jou, misschien. Voor mij is het liefde.'

'Zeker weten?'

'Ja. En ik geloof dat jij iets meer dan vriendschap voor mij voelt, tenzij ik aan hallucinaties lijd doordat ik zo veel van je houd,' antwoordde hij.

'Ik kan niet over liefde praten, Frank, want ik ben alleen nog maar met Milosz geweest. Ik kan me mijn leven zonder hem niet meer herinneren.'

'Zou je willen dat hij hier vanavond was in mijn plaats?'

'Nee.'

'Laten we dit verlangen dan de gelegenheid geven en kijken wat er gebeurt.'

En zo gebeurde het en voor Frank werd het een gedenkwaardige nacht.

Selena was sensueel en hartstochtelijk, maar voor haar was seks, zoals bijna alles in haar leven, een aangelegenheid van het hart. Haar seksualiteit was ontwaakt met Milosz Dudek, toen ze nog maagd was, en had zich alleen bij hem ontwikkeld. Ze had een paar ervaringen gehad in de tussenpozen van hun lange verkeringstijd, als ze tijdelijk uit elkaar waren, maar die hadden geen indruk bij haar achtergelaten. In bed was Milosz niet ingewikkeld. Hij wist precies wat hij moest doen om haar te bevredigen, dat vond hij heel belangrijk, dat was voor hem de basis voor een goed koppel. Hij kende Selena's lichaam beter dan zijn eigen lijf, hij vertrouwde op de wederzijdse aantrekkingskracht en zijn mannelijkheid. Hij was er zeker van dat ze in dit opzicht niets te klagen had, want als ze dat had, zou ze het hem hebben gezegd. Hij had het bij het rechte eind. Selena genoot op zo'n natuurlijke manier van hem, dat ze zich moeilijk kon voorstellen dat seks ook heel anders kon zijn, zoals haar zus Leila haar had gezegd.

Frank kreeg te maken met een jonge vrouw die snel tevreden was en bereid was hem te behagen, die niets voor zichzelf vroeg en zich met een zekere onschuld aan het plezier overgaf. Dat vond hij verwarrend. De eerste stap in zijn gebruikelijke plan was om zijn vriendin van die avond uit te kleden, langzaam of vlug, dat lag aan de omstandigheden, terwijl hij haar week maakte met intieme liefkozingen. Maar Selena gaf hem niet de tijd om dichterbij te komen voor ze met drie handbewegingen haar kleren had uitgetrokken. Niets geen preutsheid, geen enkele poging hem te verleiden of de indruk te wekken dat ze verleid was. Naakt was ze dezelfde als met haar kleren aan: de brede heupen, de kleine borsten en de sterke benen die al door haar zomerjurk heen schemerden, welvingen, heuvels, een zichtbaar alarmerend gebrek aan spieren, vezels en botten. Als ze niet oppaste, zou ze eindigen als een nimf van Rubens, dacht Frank opgetogen en hij lachte verrukt. Ze kuste hem op zijn mond en duwde hem naar het brede hotelbed.

Frank was niet gewend aan tederheid bij een eerste keer, beter gezegd, die was er bijna nooit, en dat verwarde hem ook. Op haar beurt was Selena niet gewend aan een eindeloos voorspel, aan acrobatische toeren en vieze woordjes. Franks vragen over wat ze lekker vond, klonken haar in de oren als een vragenlijst van een gynaecoloog en in plaats van dat zijn gedrag haar opwond, maakte het haar aan het lachen. Gelukkig was hij verstandig genoeg om zich niet beledigd te voelen en liet hij die tactiek, die in het verleden zo nuttig was geweest, meteen varen toen hij zag dat Selena die niet op prijs stelde. Verbaasd constateerde hij dat zijn geweldige kennis en zijn omvangrijke ervaring het tegenovergestelde effect hadden op Selena en toen hij eenmaal doorhad dat hij geen indruk op haar hoefde te maken maar zich moest overgeven, konden ze elkaar liefhebben. Ze was niet naar Franks kamer gekomen om mee te doen in een circus van erotische hoogstandjes, maar om de liefde te bedrijven. Dat deden ze die nacht en de andere twee die ze in die stad waren. Ze bedreven gewoon de liefde.

Op donderdagochtend verscheen Lola fris en zonder zichtbare kater in het hotel. Eerst bracht ze hen naar de Amerikaanse ambassade, waar Frank een afspraak had met Phil Doherty, een hoge functionaris die een van zijn beste vrienden was. Ze kenden elkaar van de middelbare school en Frank was getuige geweest op zijn bruiloft. Hij kon niet in de stad zijn zonder hem gedag te zeggen. Vanbuiten leek het gebouw op een militair complex, aan alle vier de zijden omringd door een ondoordringbare muur waarop vrolijke fresco's waren geschilderd om het een vriendelijker aanzicht te geven. Ze hoefden niet langs de extreme beveiliging, omdat Phil hen bij een zijdeur opwachtte om zijn vriend te omhelzen en hen mee naar binnen te nemen. Omdat de buurt zwaar bewaakt werd met surveillancewagens en ze er niet mocht parkeren, besloot Lola wat rond te rijden in de buurt en hen op te halen als ze haar belden. Ze brachten een aangenaam uur door in een van de kamers voor belangrijke bezoekers en dronken vers ananassap. De twee vrienden praatten elkaar bij over hun levens, de politiek in de Verenigde Staten, de nieuwe president van El Salvador, een jonge populist die de confrontatie was aangegaan met de Amerikanen, en het onvermijdelijke probleem van de massale emigratie van de Salvadoranen.

‘De mensen vertrekken omdat ze hier geen kansen hebben, maar vooral vanwege de onveiligheid. Het land heeft de slechte naam een van de gewelddadigste landen ter wereld te zijn. De regering heeft geen controle over de bendes, de smokkelaars en de dealers,’ zei Doherty.

‘Daarom zijn we hier, Phil. Ik vertegenwoordig een meisje dat in oktober met haar moeder naar Arizona kwam om asiel aan te vragen,’ zei Frank en hij gaf een samenvatting van de zaak en het speurwerk dat ze hadden verricht om de moeder te vinden en haar en haar dochter weer bij elkaar te brengen.

‘Waarom zijn jullie zo in haar geïnteresseerd? Er zijn duizenden minderjarigen in dezelfde situatie,’ vroeg Phil.

‘Ik kreeg Anita onder mijn hoede vanaf het moment dat ze bij haar moeder was weggehaald en in de opvang kwam. Ik heb veel kinderen onder mijn hoede en ik houd van allemaal, maar haar heb ik al een langere tijd en ze heeft me volledig voor zich gewonnen,’ antwoordde Selena.

‘Omdat ze blind is?’

‘Dat ook, maar zelfs als ze dat niet was…’

‘Is de moeder uitgezet?’

‘Dat weten we niet. Ze zit niet in de kampen bij de Mexicaanse grens.’

‘Wat gebeurt er als jullie haar niet vinden?’

‘Na een bepaalde tijd zouden ze kunnen verklaren dat Anita een in de steek gelaten minderjarige is en haar een speciaal visum geven, maar je weet dat dat lang duurt.’

‘Als ik jullie ergens mee kan helpen, kunnen jullie op me rekenen,’ bood Phil aan.

Selena had weinig gezegd, maar ze maakte zo’n goede indruk op Phil dat hij bij het afscheid Frank even apart nam en in zijn oor fluisterde dat die vrouw een vondst was.

‘Dat weet ik al,’ antwoordde Frank.

‘Laat haar niet ontsnappen, man. Trouw met haar.’

Lola bracht hen naar het strand El Tunco, waar de broer van Marisol surfinstructeur was. De reis van een uur duurde bijna twee keer zo lang door het drukke verkeer, maar ze vergaten zelfs de hitte toen ze aankwamen bij het brede grijze zandstrand en de zee met sterke golven. Zelfs op die doordeweekse dag was het strand vol mensen – de helft bestond uit toeristen – en konden ze met moeite tussen de eettentjes, barretjes en sport- en handwerkwinkels door komen. Lola vertelde hun dat de internationale surfteams hier oefenden voor de Olympische Spelen.

Genaro Andrade zat met koude biertjes en garnalen in knoflook- en koriandersaus op hen te wachten in een van de rustieke restaurants. Hij was jong, had brede schouders, was gebronsd en gespierd, had tatoeages over zijn halve lichaam, gebleekt haar en een glimlach die zijn onregelmatige tanden liet zien. Hij was op de hoogte van de pesterijen van Carlos Gómez waaronder Marisol gebukt ging, hij was zelfs een keer met hem gaan praten om te eisen dat hij zijn zus met rust zou laten, maar dat leidde er alleen maar toe dat de man vervolgens ook hem bedreigde. Die vent was gevaarlijk, zei hij, hij zat tot aan zijn nek in de corruptie en in duistere zaken, net als zijn vader vroeger. Genaro had al maanden niets van Marisol gehoord. De laatste keer dat hij haar zag was toen ze herstelde van de schotwond die ze had opgelopen. Nadat ze haar uit het ziekenhuis hadden ontslagen, verstopte ze zich een paar maanden in Genaro's huis en zodra ze genoeg hersteld was, ging ze Anita halen en begon ze aan de reis naar het noorden.

Hij vertelde hun wat hij wist van Gómez. Na zijn ontslag bij de politie vond hij werk bij een particulier beveiligingsbureau, zoals er zo veel uit de grond schoten in het land. Daar werkte hij een paar jaar tot een strafrechtelijk onderzoek tegen dat bureau werd ingesteld; het was een dekmantel voor mensen- en wapensmokkel. Hij werd bij een ander, soortgelijk bureau aangenomen, dat diensten verleende bij de woongemeenschap waar Marisol werkte.

'Vroeg niemand naar zijn referenties?' vroeg Frank.

'De cliënten kunnen goed met dat bureau overweg. Ze vragen geen referenties van elke bewaker die ze sturen.'

'Wat bedoel je met mensensmokkel, Genaro?'

'De migranten betalen wel tienduizend dollar en soms meer aan mensensmokkelaars om hen illegaal de Verenigde Staten binnen te smokkelen. Er zijn een paar mensensmokkelaars die het goed bedoelen, maar er zijn ook bendes die hen onderweg in de steek laten of hen afpersen en meer geld vragen. Als zij of hun familieleden niet betalen, verdwijnen ze vaak. Marisol kon dat bedrag niet betalen.'

'Ze kwam zonder hulp door Guatemala en Mexico,' zei Selena.

'Vrouwen lopen veel gevaar, ze worden verkracht, ontvoerd, vermoord. Niemand doet daar onderzoek naar, ze zijn wegwerpartikelen. Ik had mijn zus daarvoor gewaarschuwd.'

'Het was haar bedoeling om asiel aan te vragen bij een aanmeldcentrum, maar ze hielden haar tegen voor ze voet kon zetten op Amerikaanse bodem. Dat doen ze tegenwoordig met iedereen. Daarom ging ze illegaal de grens over via de woestijn,' verklaarde Selena.

‘Het was waanzin om dat met het meisje te doen. Ik weet niet of ik mijn zus of mijn nichtje ooit nog zal zien.’

‘Heb je enig idee waar je zus nu zou kunnen zijn?’

‘Ze heeft geen contact met me opgenomen.’

‘Het is vreemd dat Marisol niet heeft geprobeerd te achterhalen wat er met haar dochtertje is gebeurd,’ zei Selena.

‘Weet je waarom Gómez haar neerschoot?’ vroeg Frank.

‘Dat was geen ongeluk. Mijn zus kwam er toevallig achter dat Gómez bezig was om met een paar militairen wapens van het leger te verkopen aan een van de bendes. Zelfs daar is corruptie. Hij moest haar tot zwijgen brengen.’

Nu ze daar toch waren, wilde Genaro met alle geweld dat ze de zee ingingen en hij leende een zwembroek aan Frank, die al vaak had gesurft, maar zelden op zo’n soort strand en nooit met zo’n onbevreesde instructeur als Genaro, die al van kind af aan de golven trotseerde. Lola en Selena bleven liever in de schaduw kokosijsjes eten.

‘Onze vrijwilligers van het Magnolia Project hebben Marisol niet gevonden in de vluchtelingenkampen bij de Mexicaanse grens. Daar komen de mensen op doorreis, de omstandigheden zijn chaotisch, de bendes doen waar ze zin in hebben en de politie grijpt niet in. Vele duizenden mensen wachten daar op een gelegenheid om asiel aan te vragen,’ vertelde Selena aan Lola.

‘Waarom denk je dat Marisol in een van die kampen zou zitten?’

‘Omdat dat gebruikelijk is. Ze zetten de gedetineerden de grens over zonder dat het ze interesseert waar ze vandaan komen. Als ze haar via de juridische procedure hadden uitgezet, zou haar naam geregistreerd staan, maar dat hebben ze me niet kunnen bevestigen. De immigratieambtenaren geven ons geen enkele informatie.’

‘Waarom heb ik daar niet eerder aan gedacht!’ riep Lola

uit. 'Als ze haar naar hier hadden gedeporteerd, moet dat in een vliegtuig zijn geweest en dan zou haar aankomst geregistreerd staan. Mijn man werkt op de luchthaven; hij kan voor ons aan informatie komen.' Ze pakte haar mobiel om haar man te bellen.

Om zeven uur 's avonds, nadat ze elk een hele roodbaars met gebakken yucca en een salade hadden gegeten, gingen ze terug naar de hoofdstad. Om tien uur liet Lola's man weten dat Marisol Andrade de Díaz niet voorkwam op de lijst van de gedeporteerden die de laatste zes maanden in het land waren aangekomen.

Anita

Tucson, maart 2020

Miss Selena was een paar dagen weg omdat ze naar El Salvador ging. Ze heeft foto's meegebracht van mama die Tita Edu had gestuurd en foto's die zij had gemaakt van omaatje, de honden en zelfs van de papegaaien, ze zijn allemaal in orde. Miss Selena beschreef me de foto's en ik heb ze in mijn rugzak gestopt, zodat iedereen kan zien dat ik familie heb en niemand me mag adopteren. Ze ging met Frank in het vliegtuig. Onze reis vandaar met mama duurde superlang, maar in het vliegtuig is het maar een middag. Dat is even snel als naar Azabahar gaan met de engeltjes; in een oogwenk zijn we daar. Het moet te gek zijn om in een vliegtuig te vliegen.

Tita Edu was verdrietig, omdat we elkaar niet meer gesproken hebben. Nu heeft ze miss Selena's mobiele nummer en kan ik elke week met haar praten. Tita Edu weet wel hoe ze dat moet doen, ze moet een telefoonkaart kopen en daarmee kan ze bellen. Miss Selena gaat dat regelen. Op een dag krijg ik ook een mobieltje. Maar ik waarschuw je, Claudia, als we beginnen te huilen als Tita Edu belt, maken we haar heel verdrietig. We moeten beloven dat we niet gaan janken of ik ga tegen miss Selena zeggen dat ze haar beter niet kan bellen.

Frank heeft het erg druk met de documenten die hij moet regelen zodat we mama kunnen zien, daarom komt hij niet, maar ik kan hem tenminste via FaceTime spreken. Ik geloof dat ik bijna alles begreep wat hij over de rechter zei. Het kan ook een vrouwelijke rechter zijn. Als het een vrouw is, is dat beter. Frank gaat uitleggen dat mijn Engels niet zo goed is en dan laten ze me vast in het Spaans praten; ze hebben tolken, zo worden mensen genoemd die snel in het Engels en het Spaans kunnen denken. Je hoeft geen driftbui te krijgen, je mag huilen, maar stilletjes. Ik weet wat ik moet zeggen, gewoon de waarheid, wat Carlos deed met mama, het ziekenhuis en alles over de reis. Het deel dat we lopend deden, dat best lang en vermoeiend was, de overvolle vrachtwagens en het dak van de trein, daar was ik het bangst omdat het zo bewoog en als je ervan afvalt, rijden de wielen over je heen en ga je gewoon dood of heb je geen benen meer. Frank weet dat het Carlos zijn schuld was dat we weg moesten. Hij zei dat ik geen oom Carlos hoefde te zeggen, want een oom is lief en Carlos is slecht en heeft ons pijn gedaan. De rechters weten niets van dat oom-zeggen, dat doen ze hier niet, ze zeggen hier mister of miss.

Sinds ze ons hier naar dit adoptiegezin brachten, heb ik mijn engeltje niet meer kunnen zien, want er is veel rumoer en de televisie staat altijd aan. Zo veel lawaai gaat in je hoofd zitten. Maar ze is hier, dat is haar werk, ze moet voor me zorgen. Zo gauw ik haar zie, ga ik haar vragen of ze ons hier weghaalt en ons ergens anders op mama laten wachten. Nee, nou, Claudia, hoe kom je erbij dat we haar kunnen bellen? Heb je wel eens een engel met een mobieltje in de kerk gezien? Nou dan, de engeltjes hebben ook geen mobiele telefoon. Een brief zou nog kunnen, maar mijn handschrift is niet te lezen. Vroeger schreef ik het mooist van de hele klas en nu kan ik niet eens meer lezen en schrijven. Zo is het leven.

Miss Selena zei dat ik me geen zorgen moet maken, dat

adoptiegezin gewoon een naam is, dat wil nog niet zeggen dat ze ons gaan adopteren. We hebben familie, we zijn niet alleen. Dit huis noemen ze ook vervangend tehuis of zoiets, maar ze zeggen allemaal *foster home*, want zo heet het in het Engels. Het maakt me niet uit hoe ze het noemen, ik vind het toch niets. Het is net een gezin, met een vader, een moeder en broers en zussen, maar ik wil geen andere moeder, ik heb er al een en die heet Marisol en papa is dood en ik wil geen broertjes en zusjes. Dat heb ik al een paar keer gezegd, maar dat mag ik blijkbaar niet meer zeggen, want dan worden ze hier boos en zetten ze ons op straat.

Het schijnt beleefd te zijn om mama te zeggen tegen de vrouw die in het adoptiegezin de leiding heeft, maar ik heb uitgelegd dat ik dat tegen niemand anders ga zeggen dan tegen mijn eigen moeder. Je kunt haar mevrouw María noemen, maar dat vond ze niet leuk. Ze vond het ook niet leuk dat ik tegen haar zei dat ze me niet mag adopteren. Ik geloof dat ze een beetje boos werd, want ik hoorde haar tegen miss Selena zeggen dat ik dom en brutaal was. Dat is niet waar. Niemand heeft me ooit dom en brutaal genoemd, dat kunnen ze aan Tita Edu vragen en aan de juffen van mijn vroegere school. Die mevrouw María spreekt in ieder geval Spaans, ze is Mexicaanse, geloof ik, want in plaats van jongetjes zegt ze jochies. Zo was het in Mexico, weet je nog dat we door Mexico gingen? Het enige goede van dit huis is dat we geen last hebben van Poepworm en Leguanenkots. De andere kinderen hier zijn kleiner en die vallen ons niet lastig.

Ik weet al hoe ik een bericht naar mijn engeltje kan sturen. Het is gemakkelijk. Je hebt een gat nodig in een boom of in de grond, het kan ook in een steen zijn. In het gat stop je het briefje en dat blijft daar tot het engeltje het ophaalt. Het is dezelfde manier als die waarop je met de feeën praat, met de dwergen, de kabouters en alle magische wezens van het bos en het water. Het is het beste om een geschreven boodschap in het gat te stoppen, maar als het een gesproken boodschap is, begrijpen ze het ook. Ik ga zeggen dat ik heel moe ben van het wachten hier in het noorden, maar we kunnen niet terug naar El Salvador zonder mama, dat is uitgesloten, en dat die adoptiegezinnen geen goed idee zijn. Kunnen ze geen andere plek voor ons zoeken om te wonen? Het zou te gek zijn als we bij miss Selena in huis konden wonen. Ik weet dat zij dat ook leuk zou vinden, dat vertelde ze me, maar het mag niet. Ik moet goed nadenken wat ik in dat bericht ga zeggen, je mag niet te veel vragen. Het belangrijkste is dat mama terugkomt.

Vannacht gaan we naar een feest in Azabahar, maar het is niet beleefd om daar het bericht aan mijn engeltje te geven, dat doe ik later wel. Alle personen, dieren en magische wezens die we al kennen gaan verkleed naar het feest, want het is een soort carnaval. Ze gaan ons de vermomming lenen, die van jou is een vlinder, zodat je kunt vliegen, de mijne is een kolibrie, om met je mee te vliegen. Ik wilde als zeemeermin gaan, om in zee te kunnen zwemmen met de dolfijnen en de zeehonden, maar ik moet bij je blijven. Let goed op, Claudia, dit is ons eerste feest daar en we moeten ons goed gedragen zodat ze ons nog een keer uitnodigen. Vergeet niet te groeten en dankjewel te zeggen.

Ik ga Didi wassen, want zo kunnen we haar nergens mee naartoe nemen, in Azabahar laten ze haar niet binnen. Ik ga haar in de bak op de patio soppen, om het bad niet vies te maken. Ik doe een beetje shampoo in het glas voor het tandenpoetsen en daarmee maak ik haar weer als nieuw, dat is beter dan zeep. Daarna laat ik haar in de zon drogen. Zo waste Tita Edu de vesten en omdat Didi van stof is, kan ik dat ook zo met haar doen. Als ze niet op tijd droog is, nemen we haar nat mee.

Als iedereen naar bed is en de televisie en de lampen uit zijn, maak ik je wakker en gaan we heel stilletjes naar de patio. Goed oppassen dat je geen geluid maakt. Begrijp je dat, Claudia? Mijn engeltje wacht daar, maar misschien is ze onzichtbaar. Dat maakt niet uit. Als ze zegt dat ze er zal zijn, dan is dat zo. Engeltjes mogen niet liegen, dat is strikt verboden. Als ze dat toch doen, worden ze weggestuurd en hebben ze geen werk meer. Dat is heel erg voor ze.

Je moet tussen de muur en de struiken bukken en je ogen sluiten. Die mag je niet opendoen, Claudia, want dan schrik je en kun je alles verpesten. Dit is een heel moeilijke reis, je moet de aanwijzingen opvolgen. Net als toen we met Tita Edu in de bus gingen en ze steeds de aanwijzingen herhaalde; de eerste die niet zou gehoorzamen zou ze knijpen. Ik ga je over Azabahar vertellen, op die ster kan ik alles heel goed zien, net als voor het ongeluk. Ik vertelde je dat we daar prinsessen waren en mama koningin en Tita Edu de goede fee, maar ik heb me vergist, ik denk dat ik mijn engeltje verkeerd had begrepen; daar zijn de mensen, de magische wezens en de dieren gelijk. Je moet iedereen met een kniebuiging begroeten, zoals ik je heb geleerd. Ik zal je vertellen over de landschappen met palmen en de stranden in dat land, de schitterende kleuren, de glazen stad, de watervallen van amandelmelk en water uit Jamaica; de regenbogen en de lucht, die niet blauw is maar roze en soms geel; de zwembaden vol ijsjes die we mogen eten zonder te betalen, want daar is alles gratis; alle soorten dieren die tam zijn, omdat niemand ze lastigvalt en ze nooit honger hebben; de muziek en het enorme circus waar we aan de trapezes mogen vliegen en op de olifanten mogen rijden en niemand is bang, want als je daar van de trapeze valt, blijf je als een ballon in de lucht zweven.

Niemand zal ons ooit nog Didi afpakken, Claudia. Mevrouw María is voor niets boos geworden, want bedplassen is geen fout, dat zei miss Selena daar in de opvang en hier bij dit adoptiegezin is het hetzelfde. Mevrouw María had het recht niet om Didi van ons af te pakken. Dat heb ik haar heel duidelijk uitgelegd, het is niet eerlijk, en ik zei haar dat als ze haar niet zou teruggeven, ik Frank zou bellen, die is mijn advocaat. Ze sloeg me bijna, ze stond op het punt me te slaan, maar ze bedacht zich en in plaats daarvan sloot ze me op in de klerenkast. Het duurde maar even en ik was niet bang. De kast staat vol met rommel en stinkt, want er staan ook smerige pantoffels in. Behalve de stank en de benauwdheid kon het me niets schelen. Dat weet je wel, Claudia, dat ik niet bang ben in het donker, vanwege mijn ogen, maar het ergerde me dat ze me Didi niet teruggaf. Ik zei haar dat ze ons de volgende keer allebei moet straffen. Dat vond mevrouw María helemaal niet leuk, ze zei dat ik haar uitlachte.

Miss Selena heeft mevrouw María aangesproken over het geval van de klerenkast en ik kon alles horen, ook al was de deur dicht en deden ze hun best om zachtjes te praten. Mevrouw María zei dat ze dit werk al heel wat jaren deed en dat ze nog nooit zo'n onhebbelijke meid had gehad als ik, die ook nog blind was, geestelijke problemen had, dat ik niet normaal was. Miss Selena antwoordde dat niets normaal was in mijn leven. Daar heeft ze gelijk in. Daarna vroeg miss Selena me of ik kon proberen respectvol te zijn tegen mevrouw María, dat ze heel veel werk heeft met de kinderen die ze verzorgt. Bovendien heeft ze geen hulp vanwege dat virus dat heerst, ze kan de kinderen niet naar de crèche of naar school sturen, ze kan ze zelfs niet meenemen naar het park, want dat is gesloten. Daarom wordt ze driftig, maar ze is niet slecht. Dat zei miss Selena, die haar niet kent.

Ik hoorde ook dat ze met me naar een psycholoog gaan.

Ik weet wat dat is, want ik ben bij een psycholoog geweest nadat we het ongeluk hadden gehad. Dat is net als een juffrouw, het is geen dokter, ze gaat me niet onderzoeken of injecties geven. Ik ga met miss Selena en ik mag Didi meenemen. Jij gaat ook met me mee, Claudia. Je hoeft niet te huilen. We moeten rustig zijn. We zijn niet verloren. De wind kent mijn naam en ook die van jou. Iedereen weet waar we zijn. Ik ben hier met jou, ik weet waar jij bent en jij weet waar ik ben. Zie je wel? Je hoeft niet bang te zijn. Mama kan ons vinden, waar we zijn hoeft ze alleen maar aan miss Selena of aan Tita Edu te vragen door de telefoon. We hoeven ons ook geen zorgen te maken over het engeltje. Ze weet altijd waar we zijn en ze gaat nooit ver weg.

Leticia

Berkeley, maart-juni 2020

Net als iedere ochtend, behalve op zondag, ging Leticia naar de patisserie van Brunelli om een cappuccino te kopen voor haarzelf en voor mister Bogart. Ze herinnerde de kelner eraan dat er één cafeïnevrij moest zijn; zonder dat met haar werkgever te overleggen had ze dat besloten, omdat hij hartkloppingen kreeg van cafeïne. Ze was ervan overtuigd dat die man zonder haar zorgen al begraven was geweest. Toen hij weduwnaar werd, zag hij geen uitweg meer, hij wilde niet eten, nam nauwelijks een hap van de groentesoep en de kippensoep die ze voor hem klaarmaakte, allemaal biologisch. Dat was de periode waarin Nadine, zijn vrouw, op de overloop aan hem verscheen en een paar vrouwen in ouderwetse jurken, de losbandige dames die vele, vele jaren geleden hun beroep hadden uitgeoefend in zijn huis. Mister Bogart beschreef hen zo gedetailleerd aan Leticia en hij klonk zo overtuigend, dat zij hen ook begon te zien, al geloofde ze niet in geesten. Als die zouden bestaan, zou zij door een heel volk worden bezocht.

Het was gemakkelijk voor te stellen dat er gekwelde zielen waren in het huis van mister Bogart; het was groot, donker, met kamers die op slot zaten, veel hout en weinig licht, het kraakte in zijn voegen en soms, als de waterdruk wegviel, snikten de leidingen. Leticia maakte er al twintig jaar schoon, ze kende het beter dan wie ook, haar bezem en haar plumeau waren in alle hoeken geweest, behalve op de vliering. Eerst vond ze het een heel lelijk huis, maar langzamerhand ging ze ervan houden. Als zij het voor het zeggen had, zou ze het in lichte kleuren schilderen, dan zou het een frisse uitstraling krijgen en ze zou de helft weggooien van alle meubels, die net zo vervallen waren als het huis, vooral de versleten tapijten, die volgens haar werkgever antiek en heel waardevol waren. Hij had ze gekocht op een reis in Turkije. Ze wist zeker dat hij was opgelicht. Ze kon niet begrijpen hoe ze hem hadden kunnen ompraten om oude tapijten te kopen, als er overal nieuwe werden verkocht.

Nadine en de dames van plezier verdwenen toen mister Bogart een antidepressivum begon te slikken, wat hem weer naar de wereld van de levenden bracht. Maar hij keerde pas echt terug naar het normale leven toen Paco hem kwam redden. Leticia vond de hond snuffelend tussen het afval in een steegje vlak bij haar huis, zo mager en onder de wonden dat het een wonder was dat hij nog leefde. Hij was een kruising van een half dozijn gewone bastaarden, met een hyenakop, maar hij was net zo vreedzaam als Gandhi; niets kon hem kwaad maken. Ze waste hem en zodra de wonden waren genezen, nam ze hem mee naar de weduwnaar om hem bij te staan in zijn rouw. Al snel waren man en hond onafscheidelijk.

Mister Bogart was meer dan vijftig jaar getrouwd geweest en de ziekte van zijn vrouw had zo'n snel verloop gehad dat hij zich niet op het weduwnaarschap had kunnen voorbereiden. Hij hield zijn gevoelens voor zichzelf, maar Leticia vermoedde dat hij verliefd was geweest, anders zou hij haar niet kunnen zien. Ze wist dat geesten regelmatig verschijnen bij oude, dementerende mensen, maar haar werkgever was volkomen helder. Ze had een tijd in een verzorgingshuis gewerkt, waar ze had ervaren dat aan het eind van het leven, wanneer de mensen in eenzaamheid vervallen, de doden op bezoek komen. Ze bedacht dat de doden ook heel eenzaam zijn. Mister Bogart zag zijn vrouw meer door zijn liefde dan door de eenzaamheid; liefde is van alle leeftijden, dacht Leticia, dat had ze in het tehuis gezien bij een verliefd stel van in de negentig. Ze waren de hele dag samen en keken elkaar zwijgend en gelukkig in de ogen. Maar ze konden niet trouwen, omdat de kinderen van de vrouw, die wat bezittingen had, geen gedoe wilden met de erfenis. Met het oog daarop bedacht Leticia een ceremonie om hen op een poëtische manier te trouwen: ze trok zwarte kleren aan en deed zich voor als ambtenaar van de burgerlijke stand. Niemand hield het droog bij haar plechtige toespraak, de oudjes waren gelukkig en de kinderen wisten nergens van.

Niet alleen de cafeïne, ook het nieuws kon mister Bogart hartkloppingen bezorgen. Daarom gaf Leticia hem zijn medicijnen altijd voordat de televisie aanging. Sinds ze die president in het Witte Huis hadden, was haar werkgever razend. Hij was niet de enige; in Berkeley was bijna iedereen dat. Behalve zijzelf, omdat politiek haar geen lor kon schelen, want wie er ook aan de macht was, er veranderde niets voor de mensen die onder aan de ladder met moeite de kost konden verdienen. Zo had zij haar kost verdiend: met borden wassen in armzalige restaurants, voor andermans kinderen en bejaarden zorgen, honden wassen, met eieren en kaas langs de deuren gaan en andere, zwaardere baantjes die slechter betaalden dan die ze nu had, nu ze haar klanten kon kiezen en per uur werd betaald voor haar schoonmaakdiensten.

Om half acht 's ochtends wachtte mister Bogart in bed op Leticia, met een snurkende Paco aan zijn voeten. Tegen de tijd dat ze kwam, had hij het raam al opengezet, zelfs in de winter, om de hondenlucht te verdrijven, hoewel ze eerder vermoedde dat het om zijn oudemannenlucht ging, omdat Paco niet stonk. De kamer was groot en naargeestig, net als de rest van het huis, en zou er als een grot hebben uitgezien als Leticia geen bloemen kocht om in de vazen te zetten. Als ze kwam, ging hij in een fauteuil zitten die net zo versleten was als de rest van het meubilair, en dronken ze samen koffie terwijl ze naar het nieuws keken. Daarna douchte hij zich en kleedde zich zonder hulp aan, want hij gruwde van het idee dat ze hem naakt zou zien. Leticia had hem meer dan eens gezegd dat hij zich moest ontspannen, want in de toekomst zou ze toch zijn achterste moeten afvegen. 'Twijfel er maar niet aan dat ik zelfmoord pleeg als het zover is,' was het antwoord van haar werkgever. Buiten zijn hartkloppingen en hoge bloeddruk was de man gezond en zag er nog goed uit voor zijn zesentachtig jaar, hij had zelfs zijn haar nog. Hij was netjes en verzorgde zichzelf goed, was gladgeschoren en goedgekleed, alsof hij op de foto moest; hij had de gewoontes en manieren van een ouderwetse heer. Hij ging naar een sportschool, roeide in zijn kajak in de baai en fietste. Leticia was bang dat hij op een keer zijn rug zou breken bij een val; ze had hem gesmeekt om, als hij zo nodig moest bewegen, een hometrainer in een van de lege kamers te zetten, maar zover kreeg ze hem niet. Na het nieuws zagen ze elkaar niet meer tot de volgende dag; hij sportte, ging uit of bereidde zijn lezingen en zijn radioprogramma voor, zij maakte schoon en om tien uur ging ze naar haar andere klanten.

Op een ochtend zag Leticia aan de deur van de cafetaria de eerste aanwijzing van wat haar leven en dat van de rest van de wereld zou veranderen. 'Vanaf morgen is Brunelli tot nader order gesloten in verband met COVID-19.' Sinds een paar dagen was het virus het belangrijkste onderwerp in de pers, maar tot dat moment had ze het niet serieus genomen.

'Dit zijn voorlopig de laatste cappuccino's van Brunelli, mister Bogart,' kondigde ze aan. 'We zullen een koffiemachine moeten bestellen.'

Ze zetten de televisie aan en hoorden dat de mensen in Californië vanaf middernacht de volgende dag binnen moesten blijven; niemand mocht naar buiten, behalve de mensen die een essentieel beroep uitoefenden, de rest moest vanuit huis werken. De epidemie was in China begonnen en verspreidde zich razendsnel over de planeet, een spoor van ernstig zieken en doden achterlatend. Bijna onmiddellijk ging Leticia's mobieltje af en de ene na de andere klant liet haar weten van haar diensten af te zien. Ze berekende dat als die noodsituatie lang zou duren, ze haar schamele spaargeld zou moeten aanspreken. Ook haar dochter Alicia, die op een militaire basis in het zuiden van Californië woonde, belde haar. Haar man was luitenant bij de marine en zij was verpleegster. 'Hier houden we ons aan alle regels, mama, we zijn hier veiliger dan waar ook, maak je maar niet ongerust,' zei ze.

Het verbod om naar buiten te gaan kwam hard aan bij mister Bogart, die zo gewend was aan zijn vaste routines; hij kon niet meer naar de sportschool, geen lezingen meer geven of met zijn kwartet samenkomen, zoals hij wekelijks deed. Hij kon ook niet meer een halve avond in een van de clubs van San Francisco naar jazz luisteren, of er zelf spelen. Zijn leeftijd had geen invloed op zijn energie als hij bij een jamsessie achter de piano plaatsnam. Het enige wat hij vanuit zijn huis kon doen was zijn radioprogramma opnemen voor de klassieke zender.

'Ik ga ervan uit dat je me niet in de steek laat...' zei hij tegen Leticia.

'Ik denk dat ik niet meer moet komen, mister Bogart. Stelt

u zich eens voor dat ik het virus aan u overdraag, op uw leeftijd is dat fataal.'

'Een mens moet ergens aan doodgaan.'

'Mijn klanten hebben me uit voorzorg al afgebeld. Dat virus is geen grapje, meneer.'

'Als we in quarantaine gaan, moet je hier bij ons blijven.'

'Hier in huis?'

'Jazeker, kind, hier in huis. Het zal maar voor twee of drie weken zijn, deze situatie kan niet langer duren. Paco en ik vervelen ons dood als we opgesloten zitten. En wat eten we dan? Ik kan nog geen ei koken.'

'U weet dat ik ook ander werk heb.'

'Maar zei je zo-even niet dat de andere werkgevers je hebben afgebeld? Ik ga je meer betalen en je bent het grootste deel van de dag vrij. Wat denk je ervan?'

'Wat u wilt is geen kwestie van schoonmaken en eten koken, maar van gezelschap, toch?'

'Zeker. Je zult het hier prettig hebben. Denk eens na hoe het zal zijn als je alleen zit in je stacaravan, net of je in een isoleercel zit.'

'Mijn huis is klein, maar heel gezellig.'

'Zeg ja, Leticia!'

'Dan moet ik Panchito meenemen, mijn papegaai...'

'Geen enkel probleem. Panchito is welkom.'

Leticia ging de noodzakelijke spullen halen: Panchito, haar kleding, breiwerk, haar vitamines en de roman die ze las met haar leesclub. Op de terugweg ging ze langs de supermarkt en vulde de kofferbak van haar auto met eten voor twee weken. Mister Bogart stond klaar om de hond uit te laten – dat was nog toegestaan – en hij was heel enthousiast over het idee dat ze bij hem kwam wonen. Hij stelde voor dat als de proef goed zou uitvallen, die situatie wel zo zou kunnen blijven. 'Dan moeten we natuurlijk wel een goede betaalregeling afspreken,' zei hij nog eens. 'Echt niet,' antwoordde ze, ze moest er niet aan denken om vierentwintig uur volledig in dienst te zijn; ze zou wel de ongemakken moeten verdragen van een huwelijk met een oude man maar ze zou er geen enkel voordeel van hebben, als daar al een voordeel aan zou zitten. Mister Bogart voelde zich niet gekwetst, maar hij nam zich voor om vol te houden tot ze zich gewonnen zou geven. Om haar daartoe te verleiden, bood hij haar de beste kamer aan, met een deur naar de tuin en een eigen badkamer, die vroeger het atelier van zijn vrouw was geweest. Daar stond nog haar favoriete weefgetouw en er hingen een paar van haar wandkleden. Leticia installeerde zich snel, klaar om vaak te genieten van het grote ligbad en tot het ochtendgloren naar de televisie te kijken. Ze was verslingerd geraakt aan een Braziliaanse soap van tweehonderdveertig afleveringen die in het Spaans was nagesynchroniseerd.

Camille, mister Bogarts dochter, belde rond vier uur in de middag, dat was zes uur bij haar in New York, om te klagen dat er niemand naar kantoor mocht komen door die pandemie – ze was manager bij een modeblad – en ratelde een oneindige reeks van tegenslagen af: ze moest de planning voor het volgende nummer thuis maken, het gala om fondsen te werven voor het ballet was afgelast, haar kapsalon was gesloten, net als de restaurants, eten kopen in kartonnen bakjes vond ze ordinair, en wat moest ze zonder de Filipijnse die haar penthouse schoonmaakte? Ze vroeg niet aan haar vader hoe het met hem ging. De relatie tussen de twee was gespannen.

In een gefrustreerde bui had mister Bogart Leticia een keer verteld dat Camille alleen in geld en sociale status was geïnteresseerd, ze leek geen dochter van hem en al helemaal niet van Nadine LeBlanc. Hij had ook geen hoge dunk van Martin, Camilles zoon, zijn enige kleinkind. 'Hij is een grotere fascist dan Mussolini,' zei hij en die naam moest ze opzoeken op internet. Zij mocht de kleinzoon ook niet, maar ze dacht dat hij niet gek was, want hij was al op zeer jonge leeftijd adviseur van de president. Dat was nog een reden waarom zijn grootvader niet van hem hield. Leticia kende hem van jongs af aan en de laatste keer dat ze hem zag was op de begrafenis van zijn grootmoeder Nadine, toen hij ongeveer achtentwintig jaar was en helemaal kaal, net als Mussolini. Hij was al vijf jaar niet meer bij zijn grootvader op bezoek geweest.

Martins vader, die volgens mister Bogart een oplichter was, verdiende zijn geld in bedrijven met veel visie, maar weinig fatsoen en toen hij van Camille ging scheiden, liet hij haar niet onbemiddeld achter. Martin groeide op in een gebouw met een portier in Manhattan en ging naar de beste particuliere scholen en universiteiten, waar hij vanaf zijn puberteit opviel door zijn fanatieke racisme en zijn ultraconservatieve instelling, die over het algemeen slecht vielen bij zijn studiegenoten en de leraren. In plaats dat hij daaronder gebukt ging, ging Martin prat op de afkeer die hij bij de meeste mensen opriep; hij kon altijd rekenen op een groepje trouwe volgers. Hij genoot ervan zijn tegenstanders te vernederen, het was een spel dat hij altijd won.

Mister Bogart probeerde de herinnering vast te houden aan de jongen die Martin was voordat hij radicaliseerde, intelligent en levendig, het jongetje met wie hij kinderfilms keek op de televisie en dat hij op zijn vijfde leerde schaken. Op zijn zevende versloeg Martin hem. Ze maakten samen legpuzzels en voor elk stuk dat hij neerlegde, legde zijn kleinzoon er tien. Tijdens de vakanties, als Camille hem voor de zomer een paar weken naar zijn grootouders in Californië stuurde, gingen ze met een boot op tarbot en steur vissen in de baai van San Francisco en fietsten ze samen door de heuvels. Hij probeerde met zijn kleinzoon een band op te bouwen die hij met zijn dochter nooit had gehad. De oude man sprak met Leticia over die tijd en vroeg zich af wat er in hemelsnaam gebeurd was waardoor die jongen zo was veranderd.

Zij dacht ook met weemoed terug aan het eerste jaar dat ze Martin kende, aan het begin van zijn puberteit. De eerste maanden was hij nog een normale jongen, die de pannenkoeken verslond die ze voor hem bakte. Maar hij zat nog maar net op de middelbare school of hij veranderde in de persoon die zijn grootvader niet kon uitstaan. Ze vergat nooit die eerste aanwijzing van wat voor man de jongen zou worden. Zijn grootmoeder Nadine zei hem dat hij zijn bord naar de keuken moest brengen en als antwoord gooide hij het op de grond en zei uit de hoogte dat dat de taak van Leticia was, zij was toch de werkster?

Leticia vond het jammer dat mister Bogart zo'n slechte verstandhouding had met zijn kleinzoon, aangezien de familie toch al klein was. Buiten zijn kwartet had mister Bogart weinig vrienden, want toen hij weduwnaar werd verwaarloosde hij de sociale contacten die hij daarvoor had. Toen zijn vrouw nog leefde, stond hun deur altijd open, ze kregen regelmatig bezoek en ze leerde pittige gerechten uit New Orleans koken, waarmee mevrouw kon pronken. Zonder Nadine leek dat grote huis verlaten, de vrienden bleven weg en mister Bogart deed geen enkele moeite om hen vast te houden, want hij kon prima zonder hen. Hij leefde in zijn eigen wereld. Misschien was hij zijn hele leven al zo geweest, dacht de goede vrouw.

De pandemie duurde al twee maanden en Leticia woonde nog steeds in het huis van haar werkgever. Ze had zich nooit kunnen voorstellen dat de lockdown zo lang zou aanhouden. De lente kondigde zich aan met een feest van bloemen en bijen, hoewel de tuinmannen al die tijd niet waren komen werken, en het zachte klimaat verlichtte enigszins de somberheid. Het leek er nog niet op dat het virus zou afzwakken, er waren al negentigduizend doden in het land en nog eens honderdduizenden in de rest van de wereld. Ondertussen streden verschillende laboratoria in een uitzinnige race met elkaar om een vaccin te ontwikkelen. De pandemie werd een politiek wapen, sommigen beschouwden die als een bedrog van de oppositie en weigerden mondkapjes te gebruiken, terwijl de meesten de aanwijzingen van de epidemiedeskundigen opvolgden. Toen het dodental begon op te lopen en de ziekenhuizen voller raakten, probeerde de regering het virus te bagatelliseren of onwaarschijnlijke behandelingen aan te bevelen, zoals injecties met bleekmiddel. Leticia had haar dochter en kleindochter niet meer persoonlijk gezien, alleen om de twee of drie dagen via FaceTime, en ze raakte haar klanten kwijt. Maar met wat ze bij mister Bogart verdiende, kon ze haar rekeningen betalen, haar onkosten dekken, die niet zo hoog waren, en haar dochter bijstaan. Als ze zichzelf met anderen vergeleek, besefte ze dat ze geluk had.

Tijdens die periode ontwikkelde ze met haar werkgever een routine die voor beiden aangenaam was. Mister Bogart eiste vanaf de eerste dag dat ze bij hem aan tafel kwam zitten, ze zou niet meer zoals vroeger in de keuken eten.

'Wanneer ga je me bij mijn naam noemen, Leticia? We kennen elkaar al een eeuw en je zegt nog steeds mister Bogart,' zei hij.

'Nooit, meneer. We moeten de hiërarchie respecteren; een ongedwongen omgang tussen werkgever en werknemer loopt vaak slecht af,' antwoordde ze.

Ze wist dat Bogart niet zijn naam was, het was de koosnaam die zijn vrouw hem gaf vanaf het eerste moment dat ze elkaar hadden leren kennen, omdat hij als jongeman op Humphrey Bogart leek – met dezelfde ontgoochelde gezichtsuitdrukking en de hoed schuin op zijn hoofd –, een acteur die zo oud was, dat Leticia nooit van hem had gehoord. Ze leerde hem snel kennen, nadat ze *Casablanca* op verzoek van haar werkgever een paar keer op de televisie had gezien. Aanvankelijk weigerde ze het, want het was een zwart-witfilm, maar ze raakte er al snel aan verslaafd en vroeg minstens één keer per week of ze hem mocht zien. Ze kende diverse dialogen uit haar hoofd en om de oude man te plezieren droeg ze die met overdreven drama voor. Ze probeerde zich voor te stellen hoe Humphrey Bogart eruit zou zien als hij in de tachtig was, maar de acteur was niet zo oud geworden, hij stierf op zijn zevenenvijftigste door het vele roken, lang voor zij werd geboren. Haar werkgever heette Samuel Adler, maar voor haar zou hij altijd mister Bogart blijven.

Nadine, mister Bogarts vrouw, geloofde niet dat ze dood zou gaan, al was de diagnose vernietigend, en daarom bereidde ze zich er niet op voor. Leticia had veel vrije tijd en besloot die te gebruiken om de chaos op te ruimen die Nadine had achtergelaten. De weduwnaar had haar dat eerder verboden. 'Als ik eraan toe ben, Leticia, zal ik het je zeggen en dan mag je doen wat je wilt met de spullen van mijn vrouw,' had hij gezegd. Hij wilde met alle geweld voorkomen dat zijn dochter aan de nagelaten spullen van zijn vrouw kwam, maar achter zijn rug had Camille al meegenomen wat ze wilde hebben.

'De verveling van deze lockdown dwingt me tot nadenken. Ik moet orde op zaken stellen in mijn leven en in dit huis voordat ik vertrek,' zei hij tegen Leticia.

'Waarom denkt u daaraan, meneer? Als u oppast, kunt u wel honderd worden.'

'Ga jij voor me zorgen?'

'Wie zou dat anders moeten doen? Om jong van geest te blijven, hebt u een beetje romantiek nodig, daar is het nooit te laat voor.'

'Wat zeg je nou voor onzin, kind!' riep hij uit, terwijl hij in lachen uitbarstte.

'Dat is geen onzin. U kunt online een vriendinnetje vinden. Als u wilt, kan ik u daarbij helpen. U moet wel de meest gewilde vrijgezelle tachtiger van Californië zijn, u hebt weinig kwaaltjes, ziet er goed uit, u hebt alles nog op een rijtje en u hebt geld.'

'Weet je dan hoeveel geld ik heb?' vroeg hij.

'Nee, maar ik weet dat u genoeg hebt. Er zijn zat oudere vrouwen op zoek naar een partner en er zijn maar weinig oude mannen beschikbaar die twee zinnen achter elkaar kunnen zeggen en geen luiers dragen. De paar die er zijn, willen vrouwen van dertig jaar jonger, maar dat is bij u niet het geval,' zei Leticia.

'Een jonge vrouw zou me wel wat lijken...'

'Geen sprake van, meneer. We zullen heel voorzichtig te werk gaan bij de selectie van de kandidaten, want vaak zijn ze op geld uit. Vlak bij mijn huis woonde een vijfenzeventigjarige dierenarts met verschillende huurpanden die in de klauwen viel van een snol van vijftig en binnen een jaar was hij dood. De weduwe erfde aardig wat. Er wordt beweerd dat ze hem vergiftigde.'

'We moeten wachten tot de pandemie voorbij is voor we dit project starten, Leticia. En voor we over die hypothetische moordenares gaan denken, gaan we dit huis opruimen.'

'Ofwel, u geeft me toestemming...'

'Ja, maar gooi niets weg voor je het mij hebt gevraagd.'

'Dat beloof ik u,' antwoordde ze zonder de minste intentie zich aan die belofte te houden.

Ze ging aan het werk, verbaasd over het enorme spoor dat iedereen tijdens zijn leven in de wereld achterlaat. In de kledingkasten van Nadine vond ze jurken uit de zeventiger jaren, schoenen met plateauzolen en Indiase rokken met spiegeltjes; in die tijd ging ze als hippie gekleed, ook al was ze al moeder van Camille en begon ze naam te maken met haar wandkleden. Van ieder tijdperk kon Leticia haar spoor volgen aan de hand van de kleding die ze, vaak al door de motten aangevreten, uit de kast haalde. In de tachtiger jaren was er niets meer over van de bohemienachtige stijl van Nadine, ze was toen een bekende kunstenares en kleedde zich als een man. Ze vond foto's van haar in pak, met stropdas, een bril met een zwart montuur en laarzen. Toen ze vijftig was, droeg ze een korte periode minirokken, strakke truien en hoge hakken, alsof ze er sexy wilde uitzien of de minnaar van dat moment wilde plezieren, maar op een bepaald moment was ze de mode beu en in de daaropvolgende jaren, tot aan haar dood, droeg ze gebleekte spijkerbroeken en sportshirtjes, die haar jongensachtige uiterlijk accentueerden, en het resultaat was veel aantrekkelijker dan de provocerende decolletés die ze tijdens de overgang droeg.

Uit de kasten en laden haalde Leticia verlopen geneesmiddelen, overjarige schoonheidsproducten en handgemaakte en etnische sieraden; de waardevolle had Camille al meteen meegenomen op de dag dat haar moeder werd begraven. Ze vond ook dagboeken en brieven, die ze wilde lezen. Ze dacht niet dat het indiscreet was, want de weduwnaar was verre van nieuwsgierig naar dit materiaal, misschien wilde hij niet het bewijs vinden van wat hij vermoedde.

De dagen werden lang, ze waren allemaal hetzelfde, vloeiden in elkaar over. 'Vandaag is hetzelfde als gisteren en morgen zal hetzelfde zijn als vandaag,' zuchtte Leticia. Haar werkgever had het koffieapparaat besteld om cappuccino's te maken en de dag begon als voorheen, ze dronken samen de eerste koffie en keken naar het nieuws op de televisie. Daarna kleedde hij zich aan en ging hij met mondkapje en rubber handschoenen Paco uitlaten, terwijl zij schoonmaakte. Ze deden samen de boodschappen; hij bleef in de stationcar zitten en zij ging de winkel in, ook met mondkapje en handschoenen. De mensen klaagden omdat er dingen op waren – meel, ontsmettingsmiddel, poedermelk, toiletpapier. 'Je kunt wel zien dat we nooit moeilijke tijden hebben gehad,' bromde Leticia. Bij de lunch aten ze iets lichts, meestal een salade, en 's middags hielden ze zich beiden met hun eigen zaken bezig, hij met de muziek, zijn boeken en de hometrainer, die hij uiteindelijk in een van de kamers had geïnstalleerd, en zij met haar Braziliaanse soap en het snuffelen in het verleden van die familie, vooral in dat van Nadine, voor wie ze een obsessie had, omdat ze aanvoelde dat er een verband was met haar eigen verleden.

Mister Bogart vond dat ze fatsoenlijk moesten dineren om te voorkomen dat ze zouden verwilderen. De Britse kolonisten hadden die gewoonte aangenomen in de meest afgelegen gebieden van het rijk. Ze trokken hun galakleding aan om linzen en tijgerstoofpot te eten onder een canvas luifel, bediend door inlanders met witte handschoenen. Dat weerhield hen er echter niet van om zich met regelmaat als wilden te gedragen. Hij verscheen in een colbert en zij deed haar schort af, oorbellen in en maakte haar ogen op. 'Je ziet er heel mooi uit, Leticia,' zei hij elke dag weer hoffelijk tegen haar. 'En u ook, mister Bogart.' Ze dekte de tafel met een groot tafelkleed, het mooie serviesgoed en de kristallen glazen, hij zette populaire muziek op, omdat hij veronderstelde dat ze niet van klassieke muziek hield. Voor het eten dronken ze wat, wodka met ijs voor hem en verschillende cocktails voor haar:

pina colada, cuba libre, bloody mariachi, mango margarita, coconut martini en andere die ze ter plekke bedacht. In de tijd dat de familie nog bezoek ontving, was er een goedgevulde bar en er stonden nog verschillende flessen sterkedrank. Ze besloot die langzaamaan leeg te drinken, zodat er niets verloren ging. Dat was ook het moment dat ze samen praatten en zo leerden ze elkaar beter kennen. Leticia wist voorzichtig informatie van hem los te krijgen, want als ze te nieuwsgierig zou worden, zou hij niets meer zeggen. Hij was een man van weinig woorden, maar na de tweede of derde wodka werd hij spraakzaam en begon hij over het verleden en zijn vrouw te vertellen. Hij miste haar.

'Bent u niet bang dat u een legende creëert als u zo veel aan mevrouw Nadine denkt?' vroeg Leticia.

'We hebben allemaal het recht om onze legende te creëren.'

'Ik hoef de mijne niet te creëren, meneer.'

Leticia werkte al heel wat jaren in dat huis, maar ze was nog nooit op de vliering geweest. Het was ingewikkeld om er te komen. Er zat een luik in het plafond op de tweede verdieping, dat je kon openen door aan een hendel te trekken met een ijzeren staaf met een haak aan het eind. Als het openging, viel er een uitschuifbare ladder uit. Omdat ze nog nooit iemand naar boven had zien gaan, trok ze de eerste keer zonder op te letten aan de hendel en de ladder kwam bij het vallen bijna op haar hoofd. Naar boven klimmen ging moeilijk, omdat de sporten dunne, wiebelige latjes waren. De zolder was donker, afgezien van het schaarse daglicht dat door een paar kleine dakraampjes schemerde, en het duurde even voor ze de schakelaar vond en de doorgebrande peertjes had vervangen. Het was een enorme, grotachtige ruimte, die als een extra verdieping over het hele huis liep. Er was nog nooit schoongemaakt, het stof hoopte zich op op alle oppervlakken en de spinnenwebben hingen als kant aan de balken. Ze zag geen muizen, maar ze wist dat ze er waren, omdat er uitwerpselen lagen. Het was een universum op zich, vol schatten en geheimen, waar je maanden bezig kon zijn met het openen van dozen, koffers die door de schimmel halfvergaan waren, oude ladekasten en kledingkasten. Er was speelgoed van Camille en de kleinzoon, een paar kunstkerstbomen, een stuk of zes fietsen in verschillende staten van verval, sportartikelen, weefgetouwen van Nadine en nou ja, alles wat je maar kunt bedenken. Ze zag verborgen ruimtes tussen de balken, die bestemd waren om waardevolle spullen te bewaren. Daar vond ze een collectie zilveren voorwerpen in de originele verpakking: een theeservies, diverse dienbladen, kandelabers, een compleet bestek, inclusief kreeftentangetjes en piepkleine slakkenvorkjes, asbakken die niemand meer gebruikte en lijsten in verschillende maten. Mister Bogart vertelde dat hij en zijn vrouw die collectie hadden gekocht op een reis door Mexico, maar ze kregen ruzie en gingen uit elkaar voordat alles werd verscheept. Hij woonde alleen in het huis toen het arriveerde; hij zette de dozen op de vliering en vergat ze.

'Wat gaan we daar allemaal mee doen? Ik ga niet de rest van mijn leven visvorkjes poetsen,' zei Leticia.

'Laat het waar het is. Camille neemt het wel mee als ik dood ben.'

Ze had meer interesse in de dagboeken, de brieven en foto's uit Nadines hutkoffers. Ze had de tijd en het geduld om zich daarin te verdiepen en meer te weten te komen over het leven van die vrouw die haar zo intrigeerde. Ze vond het jammer dat ze haar nooit vragen had durven stellen toen ze nog leefde, want Nadine hield van herinneringen en van vertellen, maar ze dacht dat haar rol zich beperkte tot het schoonmaken van het huis, de kleren wassen en koken. Ze mocht mevrouws tijd niet verspillen of haar respectloos lastigvallen met haar vragen. Maar nu ze er niet meer was, kon ze in haar geschiedenis snuffelen, want haar man had dat niet verboden. Ze had nog maar tien procent van de dozen en koffers geopend en ze was al veel te weten gekomen.

LeBlanc was de meisjesnaam van Nadine, die nooit een andere had gebruikt. Volgens Leticia was de liefde die haar man voor haar voelde dubbel verdienstelijk, want ze was een weinig conventionele vrouw. Echtgenote zijn was een zware klus, vond ze, maar als iemand de stommiteit begaat om te trouwen, moet je je aan bepaalde normen houden of ten minste de schijn ophouden. Nadine hield vaak de schijn op. Ze was van nature ontrouw en deed er weinig moeite voor om dat te verbergen; ze liet zo'n spoor van aanwijzingen na dat iedereen haar had kunnen betrappen. Bovendien had ze Leticia soms in vertrouwen genomen en had ze zich laten voorstaan op haar passie, wat in Leticia's ogen geen deugd was, maar een nadeel. Ze sprak erover toen het er al niet meer toe deed, want toen was ze al behoorlijk oud. Voor alles is een leeftijd, dacht Leticia, en de leeftijd om uit wellust stommiteiten te begaan is de jeugd. Als je dat op je oude dag doet, is het onfatsoenlijk, maar het was niet aan haar om te oordelen, ieder is baas over zijn eigen geweten.

Nadine had haar verteld dat ook haar man zijn amoureuze avontuurtjes had gehad, maar dat was heel lang geleden, voor Leticia bij hen in dienst kwam, en ze had geen bewijs dat het echt was gebeurd. Nadine had daarentegen verschillende minnaars gehad, daar twijfelde Leticia niet aan. Ze kende zeker de laatste, Bruno Brunelli, de Italiaanse eigenaar van de gelijknamige cafetaria en patisserie, met filialen in Berkeley, San Francisco en op de luchthaven. Vóór de pandemie kocht Leticia daar dagelijks de koffie en dat zou ze weer gaan doen als het leven weer normaal werd, omdat ze dat niet als een moreel conflict zag. Brunelli hoorde bij het verleden, hij had zijn laatste levensjaren in zijn Italiaanse geboortedorp gesleten en zijn bedrijf aan zijn zoon overgedragen.

In een van haar dagboeken schreef Nadine: 'Ik wachtte tot sluitingstijd. Hij ontving me in de keuken. Hij liet me uit zijn mond de amandelpasta en de vanillecrème proeven, we bedreven de liefde op een toonbank, ik kwam thuis met poedersuiker op mijn kleren.' 'Ach, Heilige Maagd!' riep Leticia uit toen ze die regels las, mevrouw had al grijze haren toen ze vrolijk tussen de gebakjes van Bruno Brunelli stoeide.

Via de dagboeken op de zolder kwam Leticia achter andere 'stoutmoedigheden', zoals de schrijfster ze noemde. De meeste uit de tijd vóór Bruno waren onbeduidend, want ze identificeerde de gelukkigen alleen met hun initialen en een paar regeltjes over de plaats en de omstandigheden van de ontmoeting, om ze niet helemaal te vergeten. Te oordelen naar de beknoptheid van de beschrijving waren maar weinig minnaars net zo interessant als de banketbakker. In een van die aantekeningen zag ze de letters CT en de datum kwam overeen met de periode dat Cruz Torres het huis verbouwde. Ze wilde zo graag iets over zichzelf of haar vader vinden in die dagboeken, dat ze bang was ongefundeerde conclusies te trekken, maar naast de initialen CT had Nadine een beknopte beschrijving genoteerd die van toepassing zou kunnen zijn op de man die ze kende: 'Sterk; intens; zwart, dik haar; een groot litteken op zijn schouder; eeltige werkhanden; hij fluistert in het Spaans tegen me; ik begrijp hem niet goed, maar we hebben dezelfde verlangens en liefde.' Die initialen kwamen een paar keer voor in Nadines dagboeken. Het zou heel goed Cruz Torres geweest kunnen zijn, die haar vader en haar zo had geholpen in hun moeilijke periodes en aan wie ze haar baan te danken had in het huis van de Adlers.

De reparaties aan het oude huis in Berkeley hadden maanden geduurd, want tijdens de werkzaamheden deden zich steeds nieuwe problemen voor. Ze sloegen hier een gat en daar sprong een leiding, ze vernieuwden de leidingen en de dakpannen lieten los, ze vervingen de raamkozijnen en de deuren schoten uit de scharnieren. Nadine had de leiding over de werkzaamheden, terwijl haar man zich bezighield met zijn lessen en zijn muziek, zonder ook maar de minste belangstelling voor het werk van Cruz Torres en zijn team; hij dacht, niet helemaal onterecht, dat er niets meer te doen was aan het grote huis, je moest het accepteren zoals het was of het met de grond gelijkmaken.

In die periode besefte Leticia dat de aannemer en Nadine LeBlanc, ondanks hun duidelijke verschillen, een merkwaardige vriendschap deelden. Cruz Torres was minstens tien jaar jonger dan zij, afkomstig uit een ander milieu en niet zo verfijnd als Nadine. Leticia had hen vaak in de keuken aangetroffen, waar ze koffiedronken en op fluistertoon met elkaar spraken; ze zwegen of veranderden van onderwerp als zij binnenkwam. In één geval, een paar jaar nadat de werkzaamheden aan het huis klaar waren, meende ze hen door een raam in een restaurant te zien, hun handen ineengestrengeld op tafel. Toen hij in 2008 het land werd uitgezet, begon Nadine met een zekere regelmaat naar Mexico te reizen.

Leticia berekende dat als Nadine LeBlanc en Cruz Torres geliefden waren, de affaire met Bruno Brunelli relatief kort geweest moest zijn. Ze was negenenzestig jaar toen ze afscheid nam van de Mexicaan en tweeënzeventig toen Brunelli in Italië ging wonen. Haar leeftijd zou haar er niet van weerhouden hebben een vervanger te zoeken als ze dat had gewild. Ze was elegant, onverschrokken, vlot, spontaan, met haar woelige grijze haar, lachrimpeltjes en een schaterende lach waarmee ze een dode nog tot leven kon wekken. Ze ging er prat op dat ze Frans, Spaans en Afrikaans bloed had. Ze zei dat ze een mulattin was en dat een vroegere tak van haar familie zwart en rijk was, maar omdat er zo vaak met arme, blanke mensen was getrouwd, gingen de kleur en de rijkdom verloren. Leticia dacht met weemoed aan haar terug, ze was genereus en grappig, het tegenovergestelde van haar man, die door het leven ging met een rugzak waarin hij alle nare herinneringen en het leed van het verleden met zich meedroeg. Met oneindig verdriet zag ze haar snel achteruitgaan en sterven aan een meedogenloze kanker. Sindsdien waren de jaren zo snel voorbijgevlogen, dat Leticia zich nog steeds verbaasde over haar afwezigheid.

Samen met mister Bogart verzorgde ze Nadine in haar doodsstrijd. Hij liet alles vallen om bij haar te zijn, vertrok bij de universiteit en het symfonieorkest, gaf zijn kajak en zijn fiets op; dag en nacht was hij bij zijn vrouw. Als hij de beklemming niet meer aankon, vluchtte hij een paar uur naar een van de jazzclubs. Voordat Nadine ziek werd, maakte Leticia een paar keer per week schoon, maar daarna begon ze dagelijks te komen. Ze lieten alles aan haar over. Nadine kon niets meer doen en haar man bemoeide zich niet met het huishouden. De enkele keer dat hij naar de keuken kwam om instructies te geven, stuurde Leticia hem weg. Ze betaalde de rekeningen, deed de bankzaken, haalde de medicijnen, sprak met de artsen en ze nam het zelfs op tegen Camille, die altijd klaarstond met haar oordeel, maar niet de tijd nam om haar ouders in deze trieste omstandigheden bij te staan. Mister Bogart besloot om het huishoudgeld maandelijks aan Leticia te geven zonder ooit te vragen waaraan ze het uitgaf, maar zij hield nauwgezet de boekhouding bij en bewaarde de bonnetjes, zodat niemand haar ervan kon beschuldigen dat ze ook maar een cent onterecht had uitgegeven.

Toen ze de geheimen op de zolder ontdekte, begon Leticia zich te interesseren voor de rest van het huis; die muren waren het decor geweest waartegen een groot deel van Nadine LeBlancs leven zich had afgespeeld. Ze dacht dat ze het beter kende dan wie dan ook, maar ze wist niets van de oorsprong.

'Dit huis heeft een geschiedenis,' vertelde mister Bogart haar. 'Het werd gebouwd door een bankdirecteur als zomerverblijf toen hij hier met de veerboot uit San Francisco aankwam. Daarna kwam het in handen van de eigenaar van een speelhol en het schijnt dat de kamers boven dienstdeden als bordeel voor de notabelen, die discretie eisten.'

Hij vertelde dat het ook korte tijd werd gebruikt als psychiatrische kliniek voor Hollywoodsterren die van hun alcohol- en drugsverslaving af wilden. Al snel nadat hij en zijn vrouw het hadden gekocht, veranderde het in een toevluchtsoord voor zwervers die Nadine uitnodigde, aangezien er toch genoeg ruimte was, tot hij het beu was om de commune van die langharige, werkschuwe lui te onderhouden en ze daarna gingen scheiden.

'Echt? Gingen jullie scheiden?' vroeg Leticia ongelovig.

'Ja.'

'En wat gebeurde er met Camille?'

'Toen het geld op was, vertrokken de hippies en Nadine ging met het meisje naar Bolivia.'

'Wat ging ze in Bolivia doen?'

'De weefsels bestuderen. Ze nam toen haar weefkunst al serieus. Ze bleef een paar maanden in Bolivia en daarna ging ze naar Guatemala. De geweven stoffen daar zijn spectaculair.'

Hij vertelde dat zijn vrouw verliefd werd op dat land en contact onderhield met de dorpjes waar ze was geweest. Verschillende daarvan werden niet lang daarna verwoest door de genocide van de regering en het leger, die tegen de Mayabevolking waren, er vielen tweehonderdduizend slachtoffers, anderhalf miljoen mensen raakten ontheemd en meer dan zeshonderd dorpen werden van de kaart geveegd. De meeste vrouwen van wie ze les had gehad, werden samen met hun families en dorpsgenoten vermoord. In de jaren negentig ging Nadine nog een keer naar Guatemala en vanaf toen wijdde ze zich aan de promotie van de weefsels en de stoffen van dat land. Ze hing ze in exclusieve winkels en kunstgaleries en stuurde de totale opbrengst naar de weefsters.

'Ik ging haar in Guatemala ophalen. Ik was ervan overtuigd dat we samen, zonder die niksnutten die op mijn kosten hadden geleefd, opnieuw konden beginnen. Dat pakte goed uit. We trouwden opnieuw. En dat zou niet de laatste keer zijn.'

'Wacht, mister, verklaar u nader,' vroeg Leticia.

'Met Nadine ben ik drie keer getrouwd. De eerste twee keer voor de burgerlijke stand en de laatste keer hebben we gewoon onze gelofte opnieuw uitgesproken. In alle gevallen werden we het eens over nieuwe regels binnen de relatie.'

'Werden jullie nooit op iemand anders verliefd?' vroeg Leticia.

'Ja, maar we hadden zo veel in onze relatie geïnvesteerd, dat het de moeite loonde om te proberen die te redden. Kijk, Leticia, mensen veranderen en koppels ook. Met Nadine leefden we in verschillende fases. De eerste was die waarin we een gezin stichtten, die fase eindigde met dat geval van die hippies, in de tweede fase gingen we allebei door een existentiële crisis en kozen we voor een open huwelijk. Dat was een ramp. In de derde fase wijdde zij zich helemaal aan haar kunst en ik aan mijn werk en verwaarloosden we de relatie. We waren al redelijk oud toen we eindelijk stabiliteit vonden.'

'En liefde, neem ik aan, toch?'

‘Van mijn kant veel liefde. Nadine was een fantastische vrouw. Herinner je je haar?’

‘Natuurlijk. Ik herinner me dat jullie een feest gaven in de tuin en daarna gingen jullie op reis naar Argentinië. Dat moet zo’n vijftien jaar geleden zijn, toch?’

‘Ja, dat was de laatste keer dat we de belofte hernieuwden om bij elkaar te blijven.’

‘Als mevrouw Nadine niet dood zou zijn, zouden jullie nog een keer trouwen.’

‘Zeker, Leticia. En jij? Ik heb je nooit gevraagd of jij een geliefde hebt...’

‘Ik heb drie huwelijken, twee scheidingen en een sterfgeval achter de rug. De eerste twee mannen tellen helemaal niet mee. De derde was de liefde van mijn leven, de vader van mijn dochter, maar het lot heeft hem te snel van me weggerukt. Hij overleed plotseling, in een museum.’

‘Ik wist niet dat je weduwe was,’ merkte hij op.

‘Ik houd nog steeds van die man en dat blijf ik doen tot mijn dood.’

In de daaropvolgende weken dook Leticia steeds dieper in Nadines dagboeken en raakte ze zo vertrouwd met de stijl dat ze de aantekeningen beter kon ontraadselen. Toen begon ze te vermoeden dat de initialen van de laatste vijftien jaar van Nadines leven niet overeenkwamen met een vluchtige minnaar, zoals ze dacht, maar dat het codes waren. Ze schrok toen ze ontdekte dat ook de werkbeschrijvingen codes waren; elke kleur die genoemd werd, hoorde bij iets wat niets met haar weefwerk te maken had. Vaak gingen de initialen CT gepaard met de kleur geel. In de mappen waarin Nadine honderden tekeningen en wollen staaltjes voor haar ontwerpen bewaarde en waaraan Leticia aanvankelijk geen aandacht had besteed, vond ze krantenknipsels en uit boeken gescheurde pagina's over illegale immigratie. Ze wist dat Nadine daarin was geïnteresseerd, ze doneerde geld en deed vrijwilligerswerk bij East Bay Sanctuary, een groep die zich in de kelder van een kerk had gevestigd en mensen zonder papieren hielp. Ze vermoedde dat de codes daarmee te maken hadden.

De nieuwsgierigheid won het en Leticia belde Cruz Torres in Mexico. Ze hadden elkaar een paar jaar niet gesproken, maar bij haar eerste woorden herkende hij meteen haar stem. Hij was zeventig en was al twaalf jaar terug in Mexico. Hij woonde in Puebla en met het spaargeld van al die jaren dat hij in Amerika had gewerkt, had hij een hotelletje geopend voor toeristen met een kleine beurs. Toen hij in zijn jonge jaren naar het noorden emigreerde, liet hij in Mexico een echtgenote achter, die hij op afstand altijd had onderhouden en bij wie hij drie kinderen had. Af en toe had hij haar bezocht, maar toen het moeilijker werd om illegaal de grens over te gaan, zat er steeds meer tijd tussen de bezoeken. Tegen de tijd dat hij werd uitgezet en definitief naar zijn eigen land terugkeerde, was zijn vrouw al gestorven. Cruz woonde bij een van zijn dochters, met wie hij het hotel beheerde.

Nadat ze elkaar over hun levens hadden bijgepraat, vertelde Leticia dat ze eindelijk, vijf jaar na de dood van Nadine LeBlanc, de spullen opruimde die ze had nagelaten.

'Neem me niet kwalijk, don Cruz, ik hoop dat ik u niet kwets, maar ik heb brieven en dagboeken gezien van mevrouw Nadine waarin u wordt genoemd...'

'Je weet dat we vrienden waren.'

'Meer dan vrienden, toch?'

'Zoiets vraag je niet. Wat wil je weten?'

'Ze hielp migranten. Ik sprak per telefoon met de zuster van het Sanctuarium in Berkeley en zij vertelde me wat dingen. Ik kon haar niet persoonlijk opzoeken, maar dat doe ik zodra dat gedoe met het virus over is.'

'Het doet me deugd dat zuster Maureen nog leeft. Die Ierse vrouw is onverwoestbaar. Wat heeft ze je verteld?'

'Dat mevrouw Nadine mensen bij haar bracht, dat ze migranten vanaf de grens vervoerde, dat ze hele families verstopte als er klopjachten waren. Ik denk dat ze in haar aantekenboekjes de initialen noteerde van die mensen en dat de kleuren de omstandigheden aangeven van elk geval. Wat weet u daarover?'

'Ik vermoed dat je gelijk hebt, maar ik heb haar aantekenboekjes nooit gezien,' antwoordde Cruz.

'Uw initialen zijn geel gemarkeerd.'

'Ik smokkelde mensen over de grens en leverde ze in de buurt van San Diego af. Misschien staat die kleur voor het vervoer.'

'Vindt u het niet vreemd dat ze codes gebruikte? Alsof mevrouw Nadine speelde dat ze een spion was.'

'Ze moest heel voorzichtig zijn, Leticia, want ze had de identiteit en het lot van die zeer kwetsbare mensen in handen.'

'Waar hebt u haar leren kennen, don Cruz?'

'In het Mexicaans Museum in San Francisco, bij een expositie over migranten. Er hingen plastic zakken aan het plafond met voorwerpen die ze uit de rivier hadden gehaald waarin zo veel mensen, onder wie kinderen, waren verdronken tijdens hun poging om de kust van de Verenigde Staten te bereiken. Nadine raakte erg geëmotioneerd door een babyschoentje dat in een zak in het vieze water dreef. We raakten aan de praat... Het moet nog minstens een jaar geduurd hebben voor ze me inhuurden om hun huis te verbouwen.'

'Dus u wijdde haar in die migrantenkwestie in, nietwaar?'

'Nee, ze werkte al samen met zuster Maureen en zij rekruteerde mij. Veel van die migranten kwamen uit Guatemala. Nadine had een emotionele en professionele band met dat land, vanwege haar weefwerk. Ze beschermde heel veel mensen. Daar gaf ze haar hele inkomen aan uit.'

'Dat deed ze jaren achter elkaar, ik begrijp niet hoe het kan dat haar man daar niets van wist,' zei Leticia.

'Ze wilde niet dat hij het wist om hem niet in gevaar te brengen, want wat we deden was illegaal. Maar ik geloof dat het hem niets interesseerde, hij was meer van de muziek. Sommige mensen zijn liever ziende blind, toch?' antwoordde Torres.

'Bent u daarom dan uitgezet, don Cruz?'

'Nee. Dat had er niets mee te maken. Ze hebben me samen met andere mensen bij een inval gearresteerd. Ik had wat problemen met de wet: een dagvaarding voor rijden onder invloed, een elektrische installatie zonder vergunning, belastingontduiking, kleine dingen, maar genoeg om me de grens over te zetten. Wat ik het ergst vind, is dat ik geen afscheid kon nemen van Nadine toen ze ziek werd.'

'Denkt u dat ik mijn werkgever moet vertellen wat mevrouw Nadine heeft gedaan?' vroeg Leticia.

'Waarom? Laat hem met rust. Het zou hem verdriet doen te weten dat zijn vrouw zo veel geheimen voor hem had en hem nooit deelgenoot maakte van haar activiteiten. Ik geloof dat ze vanaf het begin van hun huwelijk had geaccepteerd dat ze zo totaal verschillend waren en dat ze het idee had losgelaten om met hem al haar zorgen te moeten delen.'

'Maar desondanks was het een goed echtpaar,' zei ze.

'Zeker, ze zijn toch tot het eind bij elkaar gebleven.'

Het leven werd ingewikkeld voor Leticia en mister Bogart toen hij het in zijn hoofd haalde om naar de zolder te gaan, uitgleed op de tweede sport van de ladder, op de grond viel en zijn enkel verstuikte. Hij bleef buiten adem liggen, meer van de schrik dan van de klap. Uit angst dat hij meerdere botten had gebroken of een hartaanval had, sleepte Leticia hem met veel moeite naar de stationcar en reed hem naar de eerste hulp, waar het personeel, van top tot teen in groene overalls gestoken, met handschoenen, mondkapjes en doorzichtige gezichtsbeschermers hem opving. Haar werd de toegang ontzegd en ze moest afscheid van hem nemen toen verpleegkundigen hem, lijkbleek, op een brancard meenamen. In de volgende zes uur, terwijl ze röntgenfoto's maakten van de situatie en hem in observatie hielden, bleef ze vanaf de parkeerplaats van het ziekenhuis in contact met hem via haar mobieltje, tot haar batterij leeg was. Zijn enkel was opgezet, maar de botten waren niet gebroken. De enige behandeling was rust en pijnstillers, zoals de arts zei, maar zij gaf hem ook massages met een cannabiszalfje.

'Zo noemen ze tegenwoordig marihuana, wat een aanstellerij. Het neemt de pijn weg en hier is het legaal, ik hoef het niet van drugsdealers te kopen,' legde ze aan de patiënt uit. Ze vond het niet erg wat er was gebeurd, want nu kon ze zonder gedoe de zolder op zonder dat hij haar in de gaten hield.

Mister Bogart kon Paco niet meer uitlaten, en daardoor miste hij het enige wandelingetje dat hij maakte voordat hij viel. Ook kon hij niet meer op zijn hometrainer fietsen of in de stationcar rijden, dus Leticia werd de chauffeur en moest de hond uitlaten, naast haar bezigheden als huisvrouw en gezelschapsdame.

'We zijn nu zo veel tijd samen, dat het een wonder is dat we elkaar nog verdragen. Deze wittebroodsweken met jou zijn de langste uit mijn leven,' grapte hij. 'Gezien het tempo waarin deze pandemie zich ontwikkelt, blijven we voor altijd in een lockdown. Wat mij betreft is dat helemaal niet erg...'

Leticia onderbrak hem: 'Hoe gaat het met uw enkel?'

'Hetzelfde. Ik verbied je er iets over te zeggen tegen Camille, want ze loopt met het idee dat ik in een verzorgingshuis moet worden opgenomen. Als ze hoort dat ik ben gevallen, grijpt ze dat aan om me onder druk te zetten. Ze wil dit huis verkopen, de universiteit heeft een bod uitgebracht, ze willen het terrein hebben en ze betalen een fortuin. Maar ik vertrek hier in mijn kist, heb je dat gehoord? Jij gaat me tot het eind verzorgen, je bent jong en hebt een sterke rug,' zei hij.

'Ja, maar dat kan ik niet verdedigen tegenover uw dochter. Welk recht heb ik? Camille kan zeggen dat u handelingsonbekwaam bent.'

'Ik denk er niet aan dement te worden en te eindigen in een inrichting voor oude gekken, waar ik op de dood moet wachten en gelatine moet eten,' mummelde hij en ze lagen allebei dubbel van de lach toen ze zich dat voorstelden. 'Weet je, Leticia? Je bent de vrolijkste persoon die ik heb gekend, je vindt alles leuk, je zingt onder het koken en stofzuigt op het ritme van de rumba.'

'Zo zijn wij Salvadoranen. Vroeger zeiden ze dat El Salvador het land van de lach was, maar ik neem aan dat sinds de burgeroorlog het lachen veel mensen is vergaan.'

'Je moet een goed leven hebben.'

'Ik klaag niet, want ik heb een rustig leven, maar dat was niet altijd zo.'

'Hoelang kennen we elkaar nu al?' vroeg hij.

'Twintig jaar. Cruz Torres, de aannemer die het huis verbouwde, bracht me hier. Ik was jong toen ik bij u en mevrouw Nadine kwam werken.'

'Je bent nog steeds jong.'

'Ik zie er nog goed uit voor mijn zevenenveertig jaar, toch? Wij worden mooier oud dan blanke mensen,' antwoordde ze plagerig.

'Zeker, kind. Ik weet dat je in Nadines spullen snuffelt. Wat zoek je?' vroeg hij.

‘Niets, maakt u zich geen zorgen. Ik probeer op te ruimen. U weet niet eens meer wat er op de zolder ligt, het is een ongelofelijke rommel daarboven. Ik geloof dat de nachtdames zich daar geïnstalleerd hebben die u overal zag. Weet u dat nog?’

‘Zeg ze dat ze naar beneden moeten komen, niemand zal ze hier lastigvallen. En laat ze ook Nadine meebrengen.’

Anita

Tucson, april-juni 2020

De opvang was beter. Ik vind die adoptiegezinnen maar niets. Deze nieuwe is denk ik slechter dan die van mevrouw María, want hier zijn alleen maar jongens en die zijn heel brutaal. Ze vechten de hele tijd en ze zijn niet eens dankbaar. Ze zijn heel onbeschaafd, deze jongens. Tita Edu zou ze binnen een week op het rechte pad hebben, zeker weten. Bovendien moet je hier Engels spreken. Ik ben het Engels al beu, het lijkt wel of er een lap in je mond zit. Jij wilt zelfs geen Engels spreken, je wilt ook niet eten. Hoelang nog, Claudia! Je bent geen baby meer, je bent al groot. Mevrouw María heeft ons weggestuurd vanwege jouw woedeaanvallen. Wil je dat we als bedelaars op straat eindigen? De waarheid is dat mevrouw María heel weinig geduld had en ze mocht me niet. Ik geloof dat ze me haatte. Het is niet jouw schuld dat ze ons wegstuurde, Claudia, jij bent een heel rustig meisje. Het was goed om daar weg te gaan.

De psychologe sprak Spaans en ze wilde niet dat miss Selena met me mee naar binnen ging. Ze gaf me een paar poppetjes waar ik even mee mocht spelen, maar ik zei haar dat dat iets voor kleine kinderen is en ik word acht jaar. Ze zei me dat we dan gewoon zouden praten. Ze vroeg me naar Didi, naar jou, naar ons vroegere leven en dat van mama. Ze vroeg me ook naar het huis van mevrouw María en naar het bedplassen en naar dat geval van de kledingkast, maar ik was er niet over begonnen, ik weet niet hoe ze het wist. Ik moest haar vertellen over de Koelbox en dat ze mama meenamen en mij met geweld vastpakten en dat ze me, hoe ik ook schopte en schreeuwde en schreeuwde, in de bus zetten. Ik denk daar niet graag aan terug, want dan wil ik huilen. Het is niet goed om te huilen bij psychologen, dat heb ik eerder geleerd, toen ik naar de schoolpsycholoog ging. Dan worden ze zenuwachtig. Later zei miss Selena dat ik me geen zorgen hoef te maken, dat ze me naar een ander huis sturen.

Maar dit nieuwe huis vind ik ook niet leuk, hoewel de vrouw beter is dan mevrouw María. Ze zei dat we het goed met elkaar zouden kunnen vinden, dat ze altijd al dochters wilde hebben maar dat God ze haar niet had gegeven, dat ik als een dochter voor haar zou zijn. Ik vertelde dat dat niet kon, omdat ik een echte moeder heb. Ik kan niet mama tegen haar zeggen. Ik kan ook geen tante zeggen, want dat woord gebruiken ze hier niet. Ze vond het goed dat ik Susan zei, maar dat klinkt me een beetje te vertrouwelijk. En tegen haar man hoef ik niet papa of oom te zeggen, ik noem hem mister Rick. Alleen maar uit respect, zodat hij niet boos wordt. En tegen die jongens die mijn broers niet zijn zeg ik liever helemaal niets.

Op die roze pilletjes moet ik kauwen en ze dan doorslikken, want het zijn vitamines. Ze zijn niet vies. Je moet je ogen dichtdoen en denken dat ze naar aardbeilolly's smaken of naar snoepjes. Susan zegt dat ik meer moet eten en vitamines moet slikken, omdat ik te mager ben en anders niet zal groeien. Het is niet mijn schuld dat het eten raar smaakt. Susan zegt dat ze nog nooit iemand in huis heeft gehad die niet van sandwiches houdt en dat ze op internet een recept gaat zoeken voor gevulde maiskoekjes. Maar ik geloof niet dat ze dat gaat doen, want ze heeft geen tijd en ze kan niet koken, ze kan alleen sandwiches maken. Ze zegt dat vitamines noodzakelijk zijn, maar die vaccinatie was maar eenmalig, toen ik hier in het noorden aankwam; ik hoef niet nog een keer gevaccineerd te worden. Ze geeft me het pilletje en blijft kijken tot ik het heb doorgeslikt en dan moet ik mijn mond opendoen om te laten zien dat ik het niet onder mijn tong heb verstopt. Hoe kan ik dat nou verstoppen? Het is heel groot.

We moeten doen wat de onderwijzeressen zeggen op Zoom, want we mogen niet naar school. Dat komt door het virus. De scholen zijn gesloten en alle kinderen moeten thuis studeren, daarom zijn die jongens die mijn broers niet zijn de hele dag hier en zijn ze lastig. Susan heeft geen controle over hen, ze doen wat ze willen, ze studeren helemaal niet, ze spelen de hele tijd videogames en kijken naar de televisie. Ze gedragen zich alleen als mister Rick thuiskomt, want voor hem hebben ze wel respect. Mister Rick is de baas in dit huis. Hij probeert aardig tegen me te zijn, maar dat lukt niet.

Ik zie niet veel op Zoom, beter gezegd, ik zie bijna niets, maar ik kan horen wat de juffrouw zegt. De lessen zijn voor kleine kinderen. Ik heb Susan uitgelegd dat ik wel een beetje blind ben, maar niet dom, ik kan wel in een klas voor kinderen van mijn leeftijd. Ik begrijp het Engels redelijk. Miss Selena moet deze zaak oplossen, want nu leer ik helemaal niets, ik verdoe mijn tijd.

Mister Rick werkt op het postkantoor en daarom moet hij iedere dag naar buiten. Sommige mensen mogen naar hun werk, maar met een mondkapje voor. Het postkantoor is hetzelfde als de vuilniswagen en de ambulance, die moeten altijd aan het werk blijven. Mister Rick ruikt raar. Voor het ongeluk lette ik niet op de geur van mensen, behalve als ze heel erg stonken, maar nu kan ik iedereen aan zijn lucht herkennen. Als ik bijvoorbeeld de kleren in de wasmachine doe, weet ik van wie elk T-shirt is. Al deze jongens stinken, maar niet allemaal hetzelfde, iedereen ruikt anders. Tita Edu zei dat ik op een hond ging lijken en dat ik wel op de luchthaven kon gaan werken om drugsdealers op te sporen. Sommige mensen ruiken vrolijk of aardig, maar anderen hebben een slechte geur. Susan ruikt naar geduld en ook naar verdriet. Mister Rick ruikt naar een aangebrande pan. Misschien is dat de lucht van het postkantoor.

Mijn engeltje legde uit dat ze onzichtbaar is en dat het soms moeilijk is om zichtbaar te zijn, maar ik hoef me geen zorgen te maken, want ze is altijd in de buurt en weet dat ik bij mama wil zijn. Ze werkt eraan, net als Frank. Ze gaf me een heel goede tip voor mijn verdriet. Ze zei dat ik, in plaats van te huilen, mezelf onzichtbaar moest maken. Dat is ook behoorlijk moeilijk. Je moet je heel goed concentreren. Net als wat zij doet om zichtbaar te worden, maar dan andersom. Ik ga het jou ook leren, Claudia, en dan gaan we samen oefenen als we alleen zijn.

Die onzichtbaarheid is heel nuttig, want die komt heel vaak van pas. Bijvoorbeeld als die jongens die mijn broers niet zijn me komen lastigvallen. In plaats van te vechten, wat niets uithaalt omdat ze groter zijn, kunnen we ons concentreren en onzichtbaar worden, dan kunnen ze ons niets doen. Het werkt ook als we niet willen dat iemand met ons praat, of als we bang zijn.

Maar we moeten nooit, nooit de onzichtbaarheid gebruiken als mister Rick of een van de grotere jongens of welke man of jongen ook ons daarbeneden aanraakt, zoals die Carlos een keer deed. Niemand mag ons aanraken. Dat heeft Tita Edu me geleerd. Als ze me aanraken, moet ik zo hard mogelijk schreeuwen. En jij ook, Claudia, beloof je me dat?

Mister Rick heeft niets bij mij te zoeken als ik in bed lig. Ik blijf zo lang mogelijk wakker om op te letten, want misschien heeft mijn beschermengeltje hulp nodig. Als ik mister Rick of een van de grote jongens bij mijn bed zie, ga ik heel hard schreeuwen. Jij moet hetzelfde doen. Het is niet waar dat ze ons op straat zetten als we schreeuwen of het aan iemand vertellen. Als ze ons op straat zetten, gaan we miss Selena bellen. Ik heb haar nummer en ik kan aan een mobieltje komen. Ik heb ook Franks nummer, maar hij woont verder weg en dan duurt het heel lang voor hij hier is.

In dit adoptiegezin, of hoe het ook heet, is het een en al tumult en nog eens tumult. Ik houd niet zo van die herrie. Het ergste wat ons hier in het noorden is overkomen, was de Koelbox, toen ze mama meenamen. En het tweede erge is dat ze ons naar dit huis brachten. Susan zegt dat ze er niet meer tegen kan, dat ze dat geduvel van die jongens beu is, dat als ze alleen maar meisjes had gehad zoals ik, die geen troep maken en haar met het huishouden en de was helpen, haar leven veel gemakkelijker zou zijn. Ze is depressief en moe. Ik denk dat ze daarom de hele tijd op de bank televisie ligt te kijken en te eten. Ze heeft niet zo'n gigantische buik omdat er een baby in zit. Kijk eens wat een rommel het is, ik struikel steeds over de troep die op de grond is gegooid, en hoe vies het allemaal is, om maar te zwijgen van de badkamer. De stank is afschuwelijk, ik moet ervan kotsen. Als Tita Edu dit zag, kreeg ze een hartaanval. Susan heeft alleen nog energie om ruzie te maken met haar man. Ze wacht tot hij thuiskomt om tegen hem te gaan schreeuwen. Ze houdt van me, denk ik, maar ze kan me niet beschermen. Ik moet heel alert zijn voor de grote jongens dat ze Didi niet van me proberen af te pakken of willen vechten en om me onzichtbaar te maken voor als mister Rick komt.

Heb je het gezien, Claudia? Dat van het gat werkt! Dat kleine gaatje in de muur was precies wat we nodig hadden om een boodschap voor mijn engeltje in te stoppen. Ze heeft zich aan haar belofte gehouden om ons uit dit adoptiehuis weg te halen. We gaan eindelijk weg. Miss Selena had gezegd dat het maar voor even was, maar ik geloof dat we hier drie maanden of drie jaar zijn geweest. Ik herinner me het niet meer. We zijn al heel lang hier in het noorden, want kijk eens hoe het klimaat is veranderd, het is hier nu veel warmer dan daar in El Salvador, maar de lucht voelt droog aan. Het regent niet. Herinner je je het geluid van de regen? Dat was veel harder dan dat van de douche. Hier verdelen ze het jaar in lente, zomer, herfst en winter, maar het is lastig te weten wat wat is. Ik heb de seizoenen geteld aan de hand van de hitte: heet toen we aankwamen; een beetje fris in de opvang; heet, maar niet zo erg in het huis van mevrouw María; heel heet hier bij Susan. Ja, er is al veel tijd voorbijgegaan, dat is zeker. We moeten geduld hebben. Zo is het leven.

En we wachten nog steeds op mama. Ik vind het vreemd dat ze ons nog niet heeft opgehaald, ze heeft niet eens gebeld. Er is vast geen telefoon waar ze is. Als miss Selena mama kan spreken, vertelt ze waar we zijn. We zijn niet verloren, Claudia. We hoeven niet bang te zijn, we zijn niet bij elkaar, verder niets. We kunnen in ieder geval af en toe met Tita Edu praten. Ik moet haar niet vertellen over mister Rick, want ze is ver weg en ik wil haar geen mes in haar hart steken.

Wat er met mister Rick is gebeurd was heel goed, Claudia. Ik wist dat dit ging gebeuren, dat voelde ik hier, in mijn buik, als een weggestopte gedachte. Dat voelde ik toen hij naar me toe kwam en me snoepjes gaf en me streelde. Dat deed hij nooit met de andere kinderen. Hij is een slechte man, net als Carlos. En ik weet dat ik heel erg schrok, maar dat was ook goed, want nu gaan ze ons overplaatsen en dat wordt geen adoptiegezin zoals dit en het gezin van mevrouw María. Mijn engeltje heeft zich aan haar woord gehouden, maar alleen het meest dringende ontbreekt nog: mama vinden. Miss Selena zegt nooit vinden, maar ik ben niet gek, ik heb wel door dat ze niet weet waar ze is, want als ze dat wist, had ze haar wel gebeld.

Toen mister Rick heel stilletjes mijn kamer binnenkwam, werd ik wakker door de geur van het postkantoor, maar voor ik iets kon doen, drukte hij mijn mond dicht en wierp hij zich boven op me en met zijn andere hand begon hij mijn onderbroekje naar beneden te trekken en hij hijgde als een hond en zei dat als ik me rustig hield, hij me zou geven wat ik wilde en anders zou hij me wurgen. Ik kon me niet bewegen en ik kreeg ook geen adem meer, ik stikte en hij deed mijn benen uit elkaar en stopte er iets tussen. Maar toen kon ik in zijn hand bijten en begon ik uit alle macht te gillen, zoals Tita Edu me had geleerd. 'Susan! Susan! Help!' Mister Rick sprong op, maar hij zat verstrikt in zijn shorts, geloof ik. Ik bleef gillen en iedereen in huis werd wakker en ik weet niet hoe Susan er binnen een minuut kon zijn, toen haar man nog op de grond lag. Toen heb ik de waarheid verteld en Susan was nog nooit zo woedend geweest en mister Rick sloeg de deur achter zich dicht. Daarom kwam miss Selena 's ochtends heel vroeg; ik denk dat Susan haar had gebeld. Gelukkig heb jij daar niets van gemerkt, meisje, je was de enige die niet van het gegil wakker werd.

Mister Bogart

Berkeley, juni-september 2020

In zijn lange leven had Samuel Adler steden gezien die door de oorlog waren verwoest, maar nog nooit zoiets als de taferelen van de pandemie, straten en gebouwen in New York, Rome of Shanghai die nog intact waren, maar waar geen mens te zien was. Het leek een sciencefictionramp. In Californië hadden ze drastische maatregelen ingevoerd om het virus te bestrijden, maar in andere staten waren de richtlijnen verwarrend; iedere gouverneur en burgemeester nam beslissingen op basis van lokale politieke schommelingen, zonder rekening te houden met de wetenschap. Gedwongen thuis te blijven in een quarantaine die al een paar maanden duurde, zag hij op de televisie hoe het leven in de wereld tot stilstand was gekomen en rook hij de stank van de nabije branden, die die zomer miljoenen hectares bos in vlammen deden opgaan. Soms was de rook zo dicht als mist en was de zon een diffuus oranjeachtig licht aan een rode hemel. Hij zei Leticia dat ze zich gereed moesten houden om elk moment te kunnen evacueren, ze moest haar identiteitspapieren en contant geld bij de hand houden, de benzinetank van de stationcar gevuld hebben en flessen water in de auto zetten, eten voor de hond en de papegaai, dekens, kortom het hoognodige.

'Als het ons lot is om in deze brand om te komen, zie ik

niet wat al die voorbereidingen voor nut hebben,' antwoordde ze.

'Doe nu maar wat ik zeg, kind, wees niet zo fatalistisch.'

'We zullen zien waar we eerder aan doodgaan, aan het virus of aan de branden.'

'Ik ben niet bang dat het virus me zal doden, want we zijn voorzichtig, maar ik ben bang dat het de tijd opslokt die ik nog heb en dat ik een seniele oude man word. De uitdagingen die me nog scherp hielden, zoals de muziek en mijn lezingen, zijn stilgelegd. Mijn plannen om naar de Galapagos en het Paaseiland te gaan, kan ik wel vergeten.'

'Dat is wel het beste. Om schildpadden en standbeelden te zien kunt u beter hier blijven. U moet voorzichtig zijn.'

Samuel was zich ervan bewust dat zijn generatiegenoten doodgingen en dat hij nog maar weinig kennissen van zijn leeftijd overhad. Vroeger overkwam dat anderen, maar de laatste maanden voelde hij dat de dood hem op de hielen zat. Sinds hij zijn vrouw had verloren, werd hij sneller oud. Hij dacht vaak aan zijn eigen einde, dat het plotseling kon gebeuren, zonder dat hij zijn leven op orde had kunnen krijgen. Hij zou te veel zichtbare sporen van zijn verleden nalaten, net als Nadine, maar het ergst daarvan waren de sporen die alleen hij kende: sentimentele troep, spijt, schaamte, kleinzieligheid. Dagelijks oefende hij om zich te ontdoen van de wrok en dankbaar te zijn. Dat had hij van Nadine geleerd, maar pas de laatste jaren bracht hij dat in praktijk, nu zij er al niet meer was om hem aan de hand over dat pad te leiden. Af en toe zocht zijn vrouw hem op als een plotselinge windvlaag en dan verlamde hij en hield zijn adem in om haar niet te laten schrikken, dan smeekte hij haar zwijgend om wat langer bij hem te blijven.

Zijn enkel deed pijn en hij liep scheef en mank door de orthopedische laars, maar hij weigerde zijn kwaaltjes te benoemen en hij werd boos als Leticia te veel haar best deed om hem te helpen. Door de val van de ladder was hij onzeker geworden, hij bewoog zich behoedzaam, durfde niet meer in de stationcar te rijden en was bang dat hij nooit meer buiten zou kunnen fietsen. Was dit het begin van het einde? Hoelang kon hij nog weerstand bieden tegen het onvermijdelijke verval van zijn lichaam? En zijn geest? Plotseling wist hij een woord niet meer, een naam, een gedachte en dan werd hij overmand door de paniek van de vergetelheid, de afschrikwekkende mogelijkheid om te blijven leven zonder te kunnen denken of zich iets te herinneren. Hij had berekend dat hij, als zijn hart het volhield en hij geen ongeluk kreeg, wel over de negentig kon worden, dat betekende dat hij nog ongeveer vijftienhonderd dagen op de kalender had. Het was niet veel, de dagen vlogen voorbij; in wezen had hij er al meer dan honderd opgesloten in zijn huis doorgebracht.

'Als jij, het meisje en Paco er niet waren geweest, zou ik eenzamer en depressiever zijn dan een terdoodveroordeelde,' zei hij tegen Leticia.

'Vergeet Panchito niet,' antwoordde ze.

Samuel voelde weinig sympathie voor de alcoholische papegaai van Leticia, die als hij even niet oplette zijn snavel in zijn whiskyglas stak en daarna met opgestoken veren tegen de muren vloog.

'Het meisje heeft u nog zeker tien jaar nodig, mister Bogart, dus denk er niet aan om dood te gaan.'

Eerst was er het telefoontje voor Leticia van een zekere Frank Angileri, die zich voorstelde als advocaat en zei dat hij de verdediging voerde van de minderjarige Anita Díaz. Leticia antwoordde dat ze geen idee had wie die Anita was en hing op. Dertig seconden later belde de man weer en weer hing Leticia op. Hij belde een derde keer. Samuel nam de telefoon aan en vroeg een verklaring. De man zei dat hij Leticia Cordero wilde spreken over een familiekwestie; op dat moment nam zij de andere telefoon en luisterden ze samen naar de advocaat. Zij raakte steeds meer van streek en Samuel werd steeds nieuwsgieriger.

'Het gaat om een meisje dat net acht jaar is geworden. Ze kwam in oktober vorig jaar met haar moeder uit El Salvador bij de grens van Nogales. Ze werden uit elkaar gehaald en Anita werd naar een opvangcentrum gebracht. Aangezien ze haar niet met haar moeder of een ander familielid konden herenigen, werd ze tijdelijk in een adoptiegezin geplaatst. Dat was niet de ideale plek voor haar. Ze werd naar een ander gezin overgebracht en...'

'Ik ken haar niet,' onderbrak Leticia hem.

'Wacht even, Leticia. Laten we naar de rest van het verhaal luisteren,' zei Samuel.

'We hebben uitgezocht dat Leticia Cordero een nicht is van de vader van het meisje.'

'Waar is hij?' vroeg Samuel.

'Hij stierf in 2015. Zijn volledige naam was Rutilio Díaz Cordero. In El Salvador staat de vadersnaam, Díaz in dit geval, voor die van de moeder, die zelden wordt gebruikt.'

'O! Daarom is de achternaam van het meisje Díaz.'

'Precies. Weet u wie Rutilio Díaz was, mevrouw Cordero?' vroeg de advocaat aan Leticia.

'Ik woon hier van kind af aan, meneer. Ik heb geen enkel contact met familieleden in El Salvador,' verklaarde ze.

'Maar denkt u dat dit meisje familie van u zou kunnen zijn?'

'Ik weet het niet... Hoe hebben jullie me kunnen vinden?'

Frank Angileri legde uit dat hij iemand van de onderzoeksafdeling van het advocatenkantoor aan het werk had gezet, een expert in het vinden van aanwijzingen en bewijzen en het opsporen van getuigen en verdachten. De enige beschikbare informatie was dat Marisol Díaz, voor ze het contact met haar verloren, over een nicht had gesproken die Lety of Leticia heette en in Californië woonde. Ze konden niemand vinden met de achternamen van Marisol: Andrade of Díaz, maar de onderzoeker nam contact op met grootmoeder Eduvigis in El Salvador en kwam erachter dat Cordero haar achternaam was, dus dat was de moedersnaam van Marisols overleden echtgenoot. Hij zocht een Lety of Leticia Cordero in de hoop dat ze niet illegaal was, want dan had hij haar niet kunnen vinden.

'Het duurde even, maar we hadden geluk,' concludeerde de advocaat.

'Niemand noemt me tegenwoordig nog Lety. Dat zeiden ze toen ik klein was,' fluisterde Leticia.

'Wilt u uw nichtje ontmoeten?'

'Ik weet het niet...'

'Wat is er met haar moeder gebeurd?' vroeg Samuel.

'Ze is verdwenen. We denken dat ze is uitgezet.'

'Verdwenen?'

'Niemand heeft haar gezien in El Salvador. Het kan zijn dat ze haar naar een ander land hebben uitgezet, soms ontstaat er verwarring. De meesten sturen ze gewoon naar Mexico met de instructies dat ze daar moeten wachten tot ze opgeroepen worden, zodat een rechter hun verhaal kan aanhoren. Dat kan maanden en zelfs jaren duren. Aan de andere kant van de grens zijn vluchtelingenkampen, tienduizenden mensen leven in tenten onder erbarmelijke omstandigheden.'

'Dat weet ik. Ik lees de krant.'

'De mensen weten nog niet half wat daar gebeurt.'

'Kortom, meneer Angileri, op dit moment heeft Anita Díaz geen moeder en geen vader, zo is het toch?' vroeg Samuel.

'Dat klopt, meneer. Terwijl wij proberen haar moeder te vinden, wat heel moeilijk blijkt te zijn, zou het ons erg helpen als Anita onder de hoede van een familielid zou zijn. Ik behandel haar definitieve asielaanvraag en bekijk hoe ik haar met haar moeder kan herenigen, maar dat kan een hele tijd duren, helemaal nu met de pandemie. Anita is een slim meisje, beleefd en respectvol.'

Het gesprek viel bijna een minuut stil, terwijl Leticia haar tranen droogde en Samuel aan zijn eigen verleden dacht. De pijnlijke beelden die hij in een geheim hoekje van zijn hart bewaarde, overweldigden hem weer: het geschreeuw, de rook, de angst, zijn moeder, zo mooi en verdrietig, die afscheid van hem nam op het station. En ook de oude kolonel Volker in zijn uniform, die de magische medaille van moed op zijn jas speldde. Tachtig jaar later bewaarde hij die medaille nog steeds bij zijn viool. Hij had verschillende keren van instrument gewisseld tijdens zijn loopbaan, maar de medaille en de foto van zijn ouders had hij altijd weer in de vioolkist geplakt. Toch had hij geen enkele herinnering meer aan zijn vader, die afwezig was geweest in de laatste dagen voor ze hem naar Engeland stuurden. Hield zijn vader net zoveel van hem als zijn moeder dat zeker had gedaan? Hij was bijna alles vergeten wat er voor die verschrikkelijke Nacht van het gebroken glas was gebeurd. Was hij daarvoor een gelukkig kind? Hij vroeg zich af of hij expres zijn eerste vijf jaar uit zijn geheugen had gewist of dat hij gewoon te jong was om zich veel te herinneren. Anita was ouder dan hij was geweest toen hij van zijn familie werd gescheiden. Zij zou dit nooit vergeten.

'Ik zou graag de situatie persoonlijk aan jullie willen uitleggen en jullie de documenten laten zien en een paar foto's, maar door het virus is dat onmogelijk,' concludeerde Angileri.

'Geef ons even tijd. Kunt u ons alstublieft over tien minuten terugbellen?' vroeg Samuel.

In die tien minuten overtuigde hij Leticia dat het hun beider taak was dat meisje te helpen, dat al te veel had moeten lijden. Of ze nu familie waren of niet, dat maakte niet uit. Het lot gaf hun de gelegenheid om iets voor haar te doen en het zou een onvergeeflijke schande zijn om dat uit gemakzucht na te laten.

'We hebben hier ruimte genoeg. Kijk naar al die kamers in dit huis,' was zijn argument.

'Wie gaat voor dat meisje zorgen? U?' bracht Leticia daartegen in.

'We gaan samen voor haar zorgen.'

'U weet niet meer hoe het is om met kinderen om te gaan, mister Bogart. Bovendien is dit meisje getraumatiseerd, ze mist haar moeder, is losgerukt van alles wat ze kent, van haar familie, haar vrienden, haar school, haar buurt, haar taal. Kunt u zich voorstellen hoe dat is?'

'Heel goed.'

'Het is een probleem. Arm kind...'

'Precies, Leticia: arm kind. We zeggen ja tegen Angileri en daarna zien we wel hoe we het gaan regelen.'

'Beloof me dat u niet gaat klagen, wat er ook gebeurt. Als dat meisje eenmaal hier is, gaat ze nergens anders naartoe, behalve als ze met haar moeder kan worden herenigd, oké?'

'Ik beloof het je.'

En zo begon dat avontuur. Twee dagen later organiseerde Angileri een Zoom-meeting met Anita Díaz en Selena Durán, die hij voorstelde als de maatschappelijk werkster die het meisje beter kende dan wie ook. Samuel merkte dat zowel zij als de advocaat intens betrokken was bij het meisje en dat ze alles in het werk stelden om de moeder te vinden. Angileri had hun niet verteld dat Anita blind was en aanvankelijk hadden ze dat ook niet in de gaten omdat het beeld slecht was, maar het werd al snel duidelijk. Dat was de beslissende factor die het laatste verzet bij Leticia brak.

Bij Samuel veroorzaakte het meisje een tsunami aan pijnlijke herinneringen, hij voelde zijn hart opengaan. Hij had een onregelmatige hartslag, een ongemakkelijke toestand waaraan hij beter niet veel aandacht kon besteden, maar hij had zich aangewend om het hartritme in de halsslagader te voelen en naar zijn hartslagen te luisteren. De leegte in zijn borst werd een gapend gat in dat half uur dat hij Anita op het scherm zag, zo klein en kwetsbaar. Zo was hij op die leeftijd.

'Wanneer komt het meisje?' vroeg hij aan Selena Durán.

'Over twee weken. Ik breng haar naar uw huis. We hebben de COVID-19-test gedaan en die was negatief, maar uit voorzorg blijven we in quarantaine.'

'Hoe komen jullie?'

'Met de auto,' zei ze.

'Rijd je vanaf Nogales? Dat is heel ver!'

'Onderweg logeren we bij een paar vrienden. Die zullen ook een test doen. We zijn voorzichtig, maakt u zich geen zorgen.'

'Wat hebben we nodig voor de opvang van Anita?'

'Niets bijzonders. Ze is gewend aan het minimale. Ze heeft alleen stabiliteit en genegenheid nodig.'

'Ik maak me zorgen om haar blindheid, dit is een groot huis en het staat vol spullen.'

'Maakt u zich daar maar niet druk om, meneer Adler. Anita ziet wazige beelden, als door een beslagen raam of een raam dat is ingesmeerd met vaseline. Met goed licht en een vergrootglas kan ze lezen als het grote letters zijn. Ze heeft een scherp gevoel voor ruimte en richting, onthoudt gemakkelijk, struikelt niet, ze oriënteert zich overal heel snel.'

Na de Zoom-meeting werd Leticia enorm actief. Ze hadden nog twee weken, maar ze wilde geen minuut verliezen. Ze verhuisde haar spullen naar de tweede verdieping om in de kamer naast die van Anita te slapen. Het andere vertrek vrolijkte ze op met citroengeel behang met margrietjes en vlinders en ze bestelde een Disney-beddensprei, die Samuel afschuwelijk vond. 'Dat meisje heeft vrolijkheid nodig. Ze zal de tekeningen niet kunnen zien, maar ik denk wel dat ze iets van de kleuren ziet,' besloot ze. Gewapend met een trap, een kwast en een emmer lijm bracht ze het behang op de muur aan volgens de instructies die ze op internet had gevonden, terwijl de oude man en de hond vol bewondering toekeken. Ze vulde de voorraadkast en de koelkast met voldoende eten om een belegering te overleven. Ze besloten pas kleding te bestellen als het meisje er was, want ze wisten haar maten niet, maar ze kochten wel wat speelgoed en luisterboeken.

'Ik denk niet dat Anita braille kan lezen,' zei Samuel.

'Ze moet heel erg achterlopen op school.'

'Zo gauw het kan, schrijven we haar in op de blindenschool in Fremont; dat is zo'n veertig minuten hiervandaan.'

'Misschien is haar Engels daar niet goed genoeg voor,' zei Leticia.

'Ze is al een paar maanden in dit land, ze moet het toch een beetje spreken. Ik ga ervoor zorgen dat ze het fatsoenlijk leert. Ik ben eén paar jaar leraar geweest, Leticia. Als ik ongetalenteerde studenten muziek heb kunnen leren, kan ik dat meisje ook Engels leren en misschien nog wel meer.'

Op de afgesproken dag belde Selena een half uur voor hun komst om te zeggen dat ze eraan kwamen. Leticia had zich uitgesloofd om gerechten van El Salvador klaar te maken zodat Anita zich thuis zou voelen: bonen, gebakken banaan, maistortilla's en een cake, evenals horchata, een drankje van graan, zaden, rijst, melk en kruiden. Ze wachtten allebei zo vol spanning op het meisje, dat ze om tien uur 's ochtends elk een dubbele whisky namen om hun zenuwen in bedwang te houden.

'Wat doen we als we Anita lastig vinden, mister Bogart?' vroeg Leticia.

'Dat zou verschrikkelijk zijn, kind. Empathie is iets mysterieus, ze onderwerpt zich aan geen enkele bekende regel, ze is er spontaan of ze is er helemaal niet, dat kun je niet forceren.'

Maar er was geen reden om op die mogelijkheid vooruit te lopen, want zodra het meisje uit de stoffige auto van Selena Durán stapte, met haar rugzak op haar rug, had ze hen voor zich gewonnen. Ze was een hertje op haar magere benen en met haar angstige ogen die boven het verplichte mondkapje verschenen, met haar tweedehands jurk en gympies. Ze kwam aarzelend dichterbij, aan Selena's hand, met een lappenpop tegen zich aan gedrukt. Leticia bukte zich en omhelsde haar geëmotioneerd.

'Ik ben je tante Leticia. Dit is mister Bogart, de hond heet Paco en in de keuken is een papegaai die Panchito heet. Er zijn ook twee katten die hier komen eten en soms blijven ze hier slapen, maar ze zijn een beetje wild en hebben geen naam,' zei ze met trillende stem.

'Welkom,' was het enige wat Samuel wist te zeggen.

Hij deed er goed aan niet te dichtbij te komen; het zou nog een aardig tijdje duren voordat Anita zich bij hem op haar gemak voelde. Later hoorde Samuel dat ze mannen wantrouwde en hij stelde zich voor dat zijn blanke huid haar geruststelde.

Het begin was stressvol, maar de sfeer werd ontspannen toen Leticia de horchata en de tres leches-cake op tafel zette, die volgens haar het populairst waren in El Salvador. Ze gaf haar een van de cadeautjes die zij en Samuel voor haar hadden gekocht, een pop met batterijen in de buik waardoor ze kon lopen als een zombie. Anita was er even mee bezig om op de tast uit te zoeken hoe het werkte, maar ze liet haar eigen pop niet los. Samuel vroeg of ze een liedje kende en hij kreeg het voor elkaar dat ze een kinderwijsje neuriede, dat hij op de piano uitwerkte met wat pretentieuze barokke trillers. Dat vond Anita geweldig en ze gaf hem nog wat eenvoudige melodietjes, die hetzelfde lot ondergingen. Daarna maakte Leticia een bad voor haar klaar, want ze was moe van de reis, terwijl Samuel bij Selena ging zitten, die hem de nodige instructies gaf.

'Ik stel het op prijs dat u Anita bij ons hebt gebracht,' zei hij.

'Nee, meneer, ik moet u en Leticia bedanken dat jullie haar opvangen. Ze is zwaar gehavend door de wreedheid van het systeem.'

'Het is onmenselijk dat ze families uit elkaar halen, een schande voor dit land...' mompelde Samuel verontwaardigd.

Selena legde hem uit dat de blindheid van Anita min of meer vergelijkbaar was met de toestand van een patiënt met vergevorderde maculadegeneratie. 'Bij een treurig auto-ongeluk van een paar jaar geleden is haar hoornvlies beschadigd, maar in haar geval zal de schade niet erger worden. Ik denk dat er een behandeling bestaat die haar kan helpen,' voegde ze eraan toe.

'Dat moet een hoornvliestransplantatie zijn. Ik ga dat uitzoeken,' zei Samuel.

'Marisol, haar moeder, vertelde in het gesprek met de migratieambtenaar dat ze in haar land in doodsgevaar verkeerde en dat dat de reden was waarom ze was gevlucht, maar ze voegde ook daaraan toe dat ze in de Verenigde Staten hulp hoopte te krijgen voor Anita. Dat was niet in haar voordeel, want de ambtenaar interpreteerde dat als een poging om misbruik te maken van het gezondheidssysteem.'

'Er is een blindenschool hier redelijk in de buurt. Ik zal de kosten op me nemen. Het meisje zal het systeem niet misbruiken,' zei Samuel.

'Met hulp denk ik dat Anita wel naar een gewone school kan. Ze kan lezen en schrijven. Ze is een goede leerling en heeft een geweldig auditief geheugen, ze hoeft iets maar één keer te horen en ze kan het weken later nog herhalen.'

'Dat vind ik fijn, dat betekent dat ik haar muziek kan leren.'

'De rechter heeft toegestaan dat het meisje in het land mag blijven tot we haar moeder hebben gevonden,' zei Selena. 'Frank Angileri heeft aangetoond dat ze het slachtoffer is van betreurenswaardige administratieve rompslomp. Dit is niet het enige geval helaas, maar door Anita's conditie is de rechter gezwicht. Het laatste wat hij wilde was waarschijnlijk dat de pers bekend zou maken dat een blind meisje dat bij haar moeder was weggehaald, het land was uitgezet.'

'Hoelang zal ze bij ons blijven?'

'Dat kan ik u niet zeggen. Ze heeft een tijdelijke verblijfsvergunning. Begin februari ben ik met Frank Angileri naar El Salvador geweest om Marisol Díaz te zoeken. We hebben haar niet gevonden.'

Voor de komst van Anita hadden Leticia en Samuel maanden in isolatie geleefd en ze waren op een oud echtpaar gaan lijken; ze beperkten zich tot hun routines, respecteerden elkaars ruimte en genoten van de momenten dat ze samen waren. Het gedwongen samenwonen als gevolg van de pandemie had hun een bijzondere gelegenheid gegeven om elkaar te leren kennen en hoe beter ze elkaar kenden, hoe meer ze elkaar waardeerden. Het meisje veranderde het ritme in huis en de gewoonten van beiden, maar bracht hen ook dichter bij elkaar. Met haar vormden ze een gezin.

De eerste nacht dat ze in Samuels huis was, was moeilijk, want Anita leek bang en ze trok zich terug, ze lag op de grond met de vuile Didi tegen zich aan gedrukt. Het gele behang en de nieuwe sprei, waar ze bij aankomst zo verrukt over was geweest, al kon ze de kleuren nauwelijks onderscheiden, maakten haar 's nachts bang, want ze had nooit een kamer voor zich alleen gehad. Samuel begreep dat; dat behang bezorgde hem ook koude rillingen. Het duurde bijna een uur om haar in bed te krijgen en ze viel pas na middernacht in slaap. De volgende dag vond Leticia haar weer ineengedoken in een hoekje, zachtjes huilend, en ze constateerde dat ze in haar bed had geplast.

'Dat geeft niets, Anita, dat kan iedereen overkomen,' zei ze in een poging haar te troosten.

'Vroeger, toen ik bij Tita Edu woonde, plaste ik nooit in bed. Ik weet niet waarom dat nu wel zo is,' antwoordde het meisje snikkend.

'Sst, liefje, geen probleem, we verschonen de lakens en klaar is Kees.'

Leticia vertelde Samuel wat er was gebeurd en dat verbaasde hem niets.

'Daar heeft ze de leeftijd niet meer voor,' merkte Leticia op.

'Wat gaan we eraan doen?'

'In haar land sliep ze bij haar grootmoeder of bij haar moeder. Ze zal bij mij moeten slapen. Kan ik Camilles bed gebruiken? Dat is breed.'

'Je kunt gebruiken wat je wilt. We zullen het moeten verhuizen.'

Niemand kon hen bij dat klusje helpen. Samuel was niet

meer zo sterk als vroeger, maar hij was nog lang niet invalide. Ondanks zijn ontwrichte enkel konden ze het bed van Camille uit elkaar halen en dat op de plaats van Leticia's bed zetten. Vanaf het moment dat Anita bij haar tante ging slapen, stopte het bedplassen. Samuel vond de oplossing niet erg hygiënisch, maar hij accepteerde die zonder kritiek, want hij herinnerde zich hoe angstig hij als kind 's nachts was toen hij in Engeland aankwam en hoe hij zijn hoofd onder het kussen verstopte zodat niemand hem zou horen huilen.

Soms ontwaakte hij doodsbang uit dezelfde terugkerende nachtmerrie. Het was donker, pikdonker, hij hoorde de takken van een boom tegen het raam slaan en de kreet van een uil. Hij lag in een hard, smal bed, het was heel koud, ijskoud, maar hij voelde iets warms onder zijn lichaam en besefte met afgrijzen dat hij had geplast. Hoe vaak had hij dat in zijn kindertijd niet meegemaakt? De schaamte, de vernedering, het gesmoorde gehuil, de verwijten, de straf, de spot van de andere kinderen. De herinnering aan die tijd was levendiger dan die aan het heden, daarom kon hij zich zo goed inleven in Anita, die hetzelfde doormaakte. Hij wist precies waaronder ze gebukt ging, hij wist waarom ze in haar slaap om haar moeder riep, hij wist waarom ze uren bij de voordeur zat te luisteren naar de geluiden op straat in de hoop dat Marisol zou verschijnen.

De laatste keer dat Samuel zijn moeder zag, nam ze afscheid van hem op een station, midden in een mensenmassa. Hij was heel klein, droeg een te grote jas en een wollen das, zijn schoenen waren te groot. Hij vertrok met honderden andere kinderen in een trein. Jarenlang was dit een wazig beeld, onsamenhangend, onbegrijpelijk, maar op een gegeven moment in zijn jeugd kon hij de puzzelstukjes aan elkaar leggen en begreep hij precies waar het over ging. De kinderen in de trein waren Joden en zijn moeder had, net als de rest van de families op het perron, besloten hem in zijn eentje naar Engeland te sturen – onder de hoede van onbekenden en zonder de minste zekerheid voor de toekomst – om hem te redden van het nazigeweld. Ze hoopte dat het een tijdelijke oplossing zou zijn, dat ze snel weer samen waren.

Vele jaren eerder, in 1995, had Samuel Adler het Holocaustmuseum in Washington bezocht. Daarvoor was hij al naar Wenen geweest om de wijk te zien waar hij was geboren. Op de plek waar de praktijk en het appartement van zijn familie hadden gestaan, was nu een bank. Ook ging hij naar de ruïnes van Dachau, Ravensbrück en Auschwitz, een reis naar de bodem van de menselijke verdorvenheid. Er was niet veel meer van over, maar nog wel de resten van een paar barakken, de afrastering van prikkeldraad, de wachttorens en de schoorstenen van de verbrandingsovens, genoeg om een volledig beeld te krijgen van de misdaden die daar waren gepleegd. In een drukkende stilte liep hij over dat naargeestige terrein, er waren geen vogels in de buurt, er was geen plukje groen. Hij was er zeker van dat de lucht gevuld was met aanwezigen; mannen, vrouwen, bejaarden, kinderen, miljoenen en miljoenen zielen.

In het museum doorzocht hij de lijsten van de slachtoffers van de genocide en vond zijn moeders naam, Rachel Sara Adler, en die van zijn tante Leah en heel de familie van moederskant, maar niet die van zijn vader. De nazi's hadden dagelijks een register van hun acties bijgehouden, zelfs de ergste wreedheden werden naar behoren gedocumenteerd, maar sommige registers waren systematisch vernietigd tijdens de nederlaag.

Voor Samuel was deze pijnlijke pelgrimstocht onvermijdelijk. Toen hij op de trein van het Kindertransport stapte, werden zijn wortels doorgesneden, verloor hij zonder verklaring of afscheid zijn ouders en grootouders. Wachtend groeide hij op. Heimwee en angst waren de sterkste gevoelens in die jaren. Zijn kindertijd was verdeeld tussen de rauwe werkelijkheid waaruit hij wilde ontsnappen en de vertroebelde fantasie van een familie en een thuis, die hij voedde met steeds vager wordende herinneringen aan een denkbeeldig verleden.

Drie dagen achtereen ging hij naar het museum, van het moment dat het openging tot sluitingstijd. Als een spons nam hij de verhalen in zich op, sloeg de foto's op in zijn geheugen, leefde met de schrikbeelden, huilde ontroostbaar en vloekte met een jarenlange opgekropte woede. Hij zag onder ogen dat zijn lot niet uitzonderlijk was, hij was maar één van de miljoenen slachtoffers. Hij begreep dat zijn moeder geen andere keus had gehad dan hem te laten gaan om hem een kans van leven te geven. Hij stelde zich voor dat haar verdriet veel groter was geweest dan dat van hem en dat Rachel stierf met de naam van haar enige zoon op haar lippen. Dat was de afsluiting die Samuel nodig had om tot het begrip te komen dat hij nooit de demonen zou kunnen uitdrijven, hij zou ermee moeten leren leven.

In de maanden daarop namen Samuel en Leticia op een natuurlijke manier de rol aan van de grootvader en de tante van Anita Díaz totdat ze zich nog maar met moeite konden herinneren hoe hun leven eruit had gezien voor haar komst. Ze pasten de inrichting aan zodat het meisje zich gemakkelijk kon bewegen, ze verplaatsten de meubels, haalden tapijten weg waar ze over zou kunnen struikelen en brachten zo veel licht aan, dat het huis volgens Samuel van verre verblindde en dat het een gevaar was voor de luchtvaart. Leticia hield zich bezig met de alledaagse zaken – ze gaf Anita te eten, ze waste haar, kamde haar haren – en Samuel hield haar bezig en gaf haar les. Anita had helemaal geen eetlust, er moest strijd worden gevoerd om haar te laten eten, maar Samuel stond erop dat ze met de volwassenen aan tafel zat. Het meisje gebruikte het bestek en het servet op de juiste manier, ze had goede manieren en vroeg toestemming om van tafel op te staan. 'Heel erg bedankt, tante Leticia, heel erg bedankt, mister Bogart,' zei ze in het Engels, zodat hij het zou begrijpen. Eerst vermeed ze Samuel, maar ze voelde zich al snel veiliger, ze raakte haar angst kwijt en ging hem zelf opzoeken. De oude man bereidde haar erop voor dat ze naar school zou gaan zodra de scholen weer open mochten. Hij bestelde lesboeken afgestemd op haar leeftijd, allemaal in het Engels, en studeerde iedere dag drie uur met haar. Het meisje leerde snel. Omdat ze niet kon schrijven, leende hij haar een oude typemachine, die ze met moeite kon gebruiken, en hij bestelde een computer met een speciaal toetsenbord voor blinden.

Anita vond de piano het interessantst. 'Dat is veel makkelijker dan typen, want als ik me vergis, dan klinkt het lelijk,' zei ze. Ze was gedisciplineerd en begreep dat als ze haar vingers soepel wilde krijgen, ze elke dag de toonladders moest oefenen.

'Er is visueel geheugen, dat voor jou een probleem is; auditief geheugen, dat je geen moeite kost; en voor de muziek heb je emotioneel en spiergeheugen nodig. Je vingers moeten het onthouden en alleen spelen, aangedreven door gevoelens,' herhaalde Samuel.

'Ik kan op mijn gehoor spelen,' voerde ze aan.

'Ja, maar als je het serieus wilt aanpakken moet je muziek leren lezen en elke dag de oefeningen doen.'

Met een zwarte stift begon hij grote noten op papier te zetten, die ze met haar vergrootglas kon lezen. Op internet bestelde hij een paar partituren in brailleschrift en hij begon het systeem te bestuderen om het aan zijn leerlinge te kunnen onderwijzen. Anita zou de partituur op de tast moeten lezen en vervolgens moeten onthouden.

Door de vreemde situatie van het geïsoleerde bestaan met Leticia, Anita en de dieren kreeg Samuel weer zin in het leven. Sinds hij weduwnaar was geworden, had hij het gevoel dat de verliezen, de afwezigen, verdwijningen, sterfgevallen, afstand, scheiding en vergetelheid zich opstapelden. Ook de onverschilligheid: zijn gevoelens stompten af. Hij bekende aan Leticia dat hij zijn dochter niet miste, en ook zijn kleinzoon niet, op wie hij zo dol was geweest en die hij als kind had verwend. Nadine zei altijd dat je je familie niet uitkiest en dat je met plezier moest aanvaarden wie je krijgt, maar daar was Samuel het niet mee eens. Hij vond dat genegenheid geen geschenk was, maar dat je die moest verdienen en zijn kleinzoon verdiende alleen dat het leven hem een paar keer door elkaar zou schudden, zodat zijn arrogantie afnam en hij zou leren wat compassie is.

Zelfs zo'n eenzame man als hij kon niet anders dan van Anita houden. Hij bedacht dat als dit normale tijden waren, het meisje naar school zou gaan en hij haar veel minder zou zien, maar doordat ze er altijd was, veroverde ze al snel een plaatsje in zijn hart. Als ze niet bij hem was, hoorde hij haar ergens in het huis of zag hij haar door het raam in de tuin met Paco spelen of zich op hete dagen nat sproeien met de tuinslang. Ze kon zich uren in die verwilderde tuin vermaken met mysterieuze spelletjes. In de korte tijd dat ze bij hem woonde, had ze het hele huis gevuld. De eerste dagen zat ze tegen de muren gedrukt, zwijgend, zo dicht mogelijk bij Leticia en zo ver mogelijk bij hem vandaan. Maar die schroom raakte ze al snel kwijt. Ze liep heel oplettend door elke ruimte, onthield de afstanden, de ramen en deuren, tot ze zich er veilig kon bewegen, de trap op en af kon zonder de leuning vast te houden en door de gangen achter Paco aan kon rennen. De hond verruilde zijn baas voor Anita; hij volgde haar overal, hij lag naast haar en als Leticia het zou hebben goedgevonden, zou hij bij haar in bed hebben geslapen. Samuel berustte erin dat hij hem kwijtraakte; de hond was een geboren blindengeleidehond.

'Paco zal het moeilijk krijgen als het meisje weggaat,' merkte Leticia op.

'Gaat ze wel weg, Leticia? Als het aan mij ligt, blijft ze hier en groeit ze hier op. Dan wordt ze mijn kleindochter.'

'Dat kan alleen maar als haar moeder niet wordt gevonden.'

'Dat mag ik niet hopen, dat zou gemeen van me zijn,' besloot hij.

Nadat hij van de ladder was gevallen, begreep Samuel dat hij niet meer naar de vliering moest. Hij had geen idee wat daar was, het moest een vampiergrot zijn, volgepropt met familieprullen die zich daar in al die jaren hadden opgehoopt en vermenigvuldigd. Door haar speurwerk en door vragen te stellen had Leticia een paar geheimen ontrafeld en ze liet een paar keer de naam Bruno Brunelli vallen. Zo probeerde ze erachter te komen hoeveel hij wist, maar hij zou haar nieuwsgierigheid niet bevredigen. Het was een privékwestie, onbelangrijk, het was niet nodig die weer op te rakelen. Hij was op de hoogte van Brunelli; de relatie tussen de banketbakker en zijn vrouw had een paar jaar geduurd, hoe had hij dat niet kunnen weten. Het was zo'n onbetekenende afleiding, dat Nadine niet eens haar best deed om die relatie te verbergen. Dat was niet de enige keer dat Nadine ontrouw was, hij kende ook andere gevallen. Hij wist dat de langste en diepste relatie van allemaal, de enige waar echt liefde in het spel was, die met Cruz Torres was, de laatste persoon van wie hij het had verwacht. Nadine had het hem in tranen opgebiecht nadat Torres het land was uitgezet. Ze vertelde hem niet hoelang die liefde had geduurd, maar Samuel ging ervan uit dat die begon met de werkzaamheden aan het huis en acht jaar later eindigde, ze bestreek een belangrijke periode van Nadines volwassen leven. Hij was een tijdje met terugwerkende kracht jaloers geweest, tot hij begreep dat Torres vanuit Mexico zijn huwelijk niet in gevaar kon brengen en de genegenheid en kameraadschap die hij met Nadine deelde, niet kon aantasten. Hij vermoedde dat de Mexicaan een vurige minnaar was geweest, die Nadine iets gaf wat ze nodig had en dat hij haar niet kon of wist te geven. Na tientallen jaren samen wordt de liefde broederlijk en de seks incestueus, dacht hij. Je kon geen volledige monogamie eisen in een huwelijk van vijfenvijftig jaar.

Intussen werkten verschillende laboratoria tegelijkertijd aan de productie van een vaccin tegen covid en Samuel twijfelde er niet aan dat het ze zou lukken. In zijn lange leven had hij geleerd dat alles voorbijgaat, maar hij vond het moeilijk om aan de toekomst te denken. Hij voelde zich klem zitten in het onveranderlijke heden van de pandemie. Hoe zou het nieuwe normaal eruitzien? Deuren en ramen zouden opengaan en alle mensen zouden naar buiten komen, de eerste dagen nog aarzelend en daarna euforisch. Hij stelde zich al die mensen voor die elkaar op straat in de armen vielen, als bij het carnaval. Dat zou echter niet voor hem gelden. Hij dacht erover om deze lange epidemie aan te grijpen om zich te distantiëren van de mensen op wie hij niet gesteld was en de verplichtingen overboord te gooien die hem niet interesseerden. Hij tolereerde weinig mensen om zich heen, maar dat kon hij zo goed verbergen, dat hij de reputatie had een goed mens te zijn. Niemand kon hem van arrogantie of egoïsme beschuldigen, alleen van excentriciteit. Nadine zei altijd dat excentriciteit bewonderenswaardig wordt als ze gepaard gaat met een Engels accent. Voor de komst van Anita beet hij zich vast in zijn werk en de studie om zijn geest actief te houden, bang voor de reële mogelijkheid om op zijn leeftijd weg te zakken in de nevel van de seniele aftakeling. Met het meisje had hij genoeg uitdagingen en kon hij zich beter verdedigen tegen het schrikbeeld van de dementie.

In theorie had Leticia het zo druk met de verzorging van Anita en het huishouden, dat ze geen tijd en energie over zou houden voor haar vreemde bezigheden op de vliering. Maar in de praktijk was dat niet zo; ze maakte het meisje medeplichtig en samen waren ze hele middagen bezig, op zoek naar mogelijke schatten uit het verleden. Anita leerde zonder te wankelen de uitschuifladder op te gaan en zich tussen de balken en obstakels op zolder door te bewegen alsof ze een perfect zicht had. Samuel had het goed gevonden dat ze het speelgoed van Camille en zijn kleinzoon naar beneden haalden, dat daarboven al tientallen jaren lag te verstoffen. En de kerstbomen, kunstbomen met lichtjes erin, die ze in verschillende hoeken van het huis zetten. Het was onzin om tot december te wachten. Anita eigende zich een theeserviesje toe met porseleinen kopjes en nodigde hen uit op een misselijkmakend kopje thee dat ze met bladeren uit de tuin had klaargemaakt. Voordat Samuel het kon drinken, moest hij er eerst een paar schepjes honing in doen. Het meisje reed met haar vreselijke Didi en Paco in de Engelse kinderwagen die van Camille was geweest, terwijl de nieuwe pop – de zombie – vergeten werd. Ze vond het leuk om de halsband of het tuig van Paco vast te houden, niet uit noodzaak, maar voor de gezelligheid. Ze wilde absoluut niet dat ze haar hielpen. 'Dat kan ik alleen,' was haar mantra. Samuel was verbaasd over het meisje. Hij had nooit in een fantasiewereld geleefd, al heel jong was hij in de werkelijkheid beland, maar zij, die dezelfde beschadigingen had opgelopen als hij, kreeg het voor elkaar om naar een fantastische dimensie te vliegen. De vliering, de tuin, de lege kamers, dat waren de plekken waar ze ontsnapte.

Samuel lette op het gesmoes van het meisje en zo hoorde hij over Azabahar, een heel verre ster die ze vaak bezocht en waar ze Paco mee naartoe nam. Azabahar was de perfecte wereld van onoverwinnelijke gelukzaligheid, de plek waar ze samenkwam met de afwezigen. Aanvankelijk brabbelde Anita in twee talen, maar naarmate ze vooruitgang boekte bij de lessen en naar de televisie luisterde, begon het Engels de overhand te krijgen en kon Samuel haar een beetje volgen.

'Heb je gemerkt dat Anita in zichzelf praat? Ze heeft vast een denkbeeldige vriendin, dat is normaal bij eenzame kinderen,' zei hij tegen Leticia.

'Ze praat tegen haar zusje,' antwoordde deze.

'Wat? Welk zusje?' vroeg Samuel verbaasd.

'Claudia. Die stierf bij hetzelfde ongeluk waarbij zij blind werd. Claudia was drie jaar en Anita was net zes geworden. Ze waren heel close. De lappenpop was van Claudia, daarom houdt Anita er zo van.'

'Hoe weet je dat allemaal?'

'Omdat ik het haar dus gevraagd heb, mister Bogart.'

'Zei ze je dat Claudia dood was?'

'Ja. Ze ijlt niet, ze weet dat Claudia niet hier is. Arm kind... Eerst stierf haar vader, toen haar zusje, ze verloor haar zicht, haar moeder werd bijna vermoord, ze moest haar huis en haar grootmoeder verlaten en hier haalden ze haar bij haar moeder weg en bleef ze alleen. Ze heeft haar zusje nieuw leven ingeblazen om gezelschap te hebben.'

'Ik weet niet hoe ze van dat alles kan herstellen...' mompelde Samuel.

'Ze is sterk. Ik hoop dat ze er mettertijd bovenop komt,' antwoordde Leticia.

Samuel liep al een paar weken te denken aan de wijzigingen die hij in zijn testament wilde opnemen. Hij had via Zoom een afspraak gemaakt met zijn advocaat om hem instructies te geven en daar bracht hij Leticia van op de hoogte. Bij zijn dood zou het huis in een trust worden ondergebracht om Anita te beschermen en Leticia, als haar tante, zou het beheren.

'Praat niet zo, want zo lijkt het wel of u de dood aanroept. En wat zal Camille daarvan zeggen? Ze zal mij de schuld geven, ze zal zeggen dat uw werkneemster u heeft misleid om het testament te wijzigen toen u seniel was.'

'Zij erft de rest van mijn bezittingen. Ze zal pas iets over de trust horen als het te laat is. Ik heb twee medische verklaringen die getuigen dat ik nog volledig bij mijn verstand ben. Je ziet maar hoe je het met Camille regelt. Nadine heeft altijd gezegd dat dit huis een toevluchtsoord moet zijn voor ieder die het nodig heeft. Ik wil dat het wordt gebruikt om Anita's opleiding te financieren.'

'Wie zegt dat ze hier blijft?'

'Ze zal waar dan ook een opleiding moeten volgen. Als je het huis verkoopt, zal daar genoeg geld voor zijn. Als je het liever verhuurt, kun je er een goed maandbedrag uit halen.'

'Het verhuren? Het valt uit elkaar!'

'Overdrijf niet zo. Er moet wat aan gedaan worden als de pandemie voorbij is,' antwoordde hij.

'Er zijn veel kamers... U vertelde me dat het in het verleden een bordeel was.'

'Je denkt er toch niet aan om een bordeel te beginnen, Leticia, in godsnaam.'

'Dat is ingewikkeld, maar ik zou kamers kunnen verhuren

aan studenten van de universiteit. Een soort pension, wat denkt u daarvan?'

'Als je dat wat lijkt, ga je gang. Ik ben dan begraven. Geen crematorium voor mij, ik wil een graf naast Nadine.'

'Ik zie dat u veel vertrouwen in me hebt.'

'Ik heb alle vertrouwen in je capaciteiten, je eerlijkheid en de genegenheid die je voor Anita hebt. Waar is Frank Angileri op dit moment mee bezig?'

'Hij zegt dat als er na de presidentsverkiezingen in november een nieuwe regering is, ze zeker de families zullen proberen te herenigen.'

'Dat zijn illusies, Leticia. We hebben nog zes weken tot de verkiezingen en niemand kan de uitslag garanderen,' bracht Samuel haar in herinnering.

'U bent altijd zo pessimistisch!'

'Ik kan niet optimistisch zijn in deze waardeloze wereld, maar nu heb ik meer zin dan ooit om het te veranderen.'

Anita

Berkeley, september 2020

In deze tuin gaan we een geheim huisje maken, verborgen tussen de struiken, zodat niemand het ontdekt, en daar maken we thee van water en bladeren, dat is een speciale thee om de engeltjes en de magische tuinbewoners uit te nodigen. Ik weet welke bladeren je daarvoor nodig hebt. We nodigen Paco uit, maar die lust geen thee, hij heeft liever koekjes of een bot. Ik kan wel koekjes halen, tante Lety heeft ze altijd in de keuken, maar een bot wordt lastiger. Mister Bogart moeten we in ieder geval uitnodigen, Claudia, want hij is oud en heel goed voor ons. Hij is zo goed, dat we hem op een dag meenemen naar Azabahar. Hij zegt dat ik naar school ga als het virus weg is, maar ik heb liever les van hem, want hij wordt nooit kwaad, ook al maak ik fouten op de piano of in de les. Hij wordt ook niet boos nu Paco meer van mij houdt dan van hem.

We maken ook een val in de tuin om pestkoppen en slechte mannen te vangen. Ik heb het goed bedacht. Eerst moeten we een groot gat maken en een net te pakken krijgen zoals er op het strand El Tunco zijn. Het gat bedekken we met takken en een beetje afval, zodat de aanvaller het niet ziet en erin valt; dan trekken we het net aan en hebben we hem levend gevangen. Daarna zien we wel wat we met hem doen. Dat hangt ervan af. Als het Carlos is of mister Rick, laten we hem zitten tot hij van honger en dorst doodgaat. Als het Poepworm is gaan we stenen naar hem gooien en laten we hem de hele nacht zitten, maar de volgende dag kunnen we hem vrijlaten.

Waar heb je dat nou vandaan dat er slangen in de tuin zijn, Claudia? Hier zijn geen slangen, dat was in El Salvador. Hier zijn elfjes, die heel klein zijn en lange, puntige oren hebben en allerlei nimfen en feeën en zelfs een eenhoorn of misschien twee, dat is niet zeker, maar ze zijn verlegen en verstoppen zich, daarom hebben we ze nog niet gezien. En er is ook een schat die piraten hebben begraven. Als we die vinden, sturen we gouden munten naar Tita Edu, zodat ze nooit meer hoeft te werken. Dat van de piraten was vroeger, heel lang geleden, nu zijn er geen piraten meer, die zijn het land uitgezet.

Mister Bogart heeft me via Zoom met een oogarts laten praten en ik moest hem wel drie keer alle details vertellen over het ongeluk en wat ik zie en wat ik niet zie, maar hij wil me toch ook persoonlijk zien. Dat kan nog niet, want hij behandelt alleen heel urgente gevallen, vanwege het virus, en mijn geval is niet zo urgent. Dat denkt hij. Voor mij is het redelijk urgent, want ik ben het beu om blind te zijn. Mister Bogart zei dat ik een transplantatie krijg en tante Lety legde me uit dat ze de ogen van een dode nemen en die bij mij erin zetten en als ik geluk heb, geven ze me blauwe ogen. Dat maakt me bang, ik wil niet dat ze mijn ogen eruit halen en ik wil ook niet dat ze me iets van een dode geven. Mister Bogart zei dat ik niet op tante Lety moest letten, dat een transplantatie een kleinigheid is en dat niemand mijn ogen eruit gaat halen. Hoe dan ook, Tita Edu heeft een belofte gedaan aan de heilige Lucía, de beschermvrouwe van de ogen, voor het geval dat.

Ik houd van dit huis, het is echt te gek, toch? Tante Lety vertelde me dat het het betoverde huis heet omdat er geesten zijn, maar daar ben ik niet bang voor en ik hoop jij ook niet, Claudia, want het zijn elegante vrouwen die daar rondlopen en je merkt er niets van. Mister Bogart zegt dat spoken niet bestaan, maar dat zegt hij zomaar. Tante Lety vertelde me dat een van die geesten de vrouw van mister Bogart is, een heel mooie, vrolijke vrouw die Nadine heette. Ik kan haar nog niet zien, ik moet wachten tot ik aan mijn ogen ben geopereerd, maar als ik goed oplet, kan ik haar parfum ruiken. Die herken ik omdat tante Lety me een flesje heeft gegeven waarin nog een restje zat. Dat had die mevrouw op haar toilettafel laten staan. Ik kan het niet opdoen, want mister Bogart kreeg een hartaanval toen ik het een keer op had. Hij sloot zich op in zijn werkkamer en liet me niet binnenkomen, ook al klopte ik duizend keer op de deur.

Tita Edu klonk een beetje raar toen we haar belden, wat vond jij, Claudia? Ze bleef maar zeggen dat het hier in het noorden beter voor me is, dat ik me moet aanpassen en hier blijven, want dat wilde mama, daarom zijn we hier gekomen. Ze zei dat ik, als ik naar school ga, goede cijfers moet halen en goed Engels moet leren en mijn eerste communie moet doen, maar ik denk er niet aan dat te doen als zij en mama er niet bij zijn. Ze zei me ook dat ze me altijd zal bellen en dat ze altijd met heel haar hart van me blijft houden, maar dat ik haar moet vergeten, omdat herinneringen pijn doen.

Hoe kan ik Tita Edu vergeten? Ik moest huilen om wat ze zei en toen begon ze ook te huilen en huilden we samen even en toen we geen tranen meer hadden, spraken we af dat ik haar nooit zou vergeten en dat ze ons hier in Californië komt opzoeken zodra ze iemand heeft gevonden die bij grootvadertje kan blijven.

Ik heb mister Bogart gevraagd of mama ook hier mag wonen als ze terugkomt. Mama kan tante Lety helpen met schoonmaken, want dit huis is heel groot, er zijn vijf badkamers en ik weet niet hoeveel kamers. Hij zei ja en omhelsde me, maar ik merkte dat zijn stem een beetje verdrietig klonk. Dat heb je met oude mensen, Claudia, ze worden ineens verdrietig en je weet niet waarom. Als mama komt, wonen we allemaal samen en gaan we nooit meer uit elkaar. Kun je je voorstellen hoe dat zal zijn, Claudia? Dat wordt super, superschitterend!

Selena en Samuel

Berkeley, San Salvador, september 2020

Wekelijks sprak Selena via Zoom met Samuel om op de hoogte te blijven van Anita's situatie. Vaak dwaalden ze aan het eind van het gesprek af en was het uurtje niet genoeg, zodat ze soms voor de volgende dag weer afspraken. Ze hadden veel te bespreken over Anita, over haar vooruitgang in het kleine gezin waar ze terecht was gekomen, over haar schoolwerk, de oogspecialist in Stanford die haar na de pandemie zou behandelen en hoe ze een beetje zwaarder was geworden, ook al had ze nog steeds geen eetlust. Samuel gedroeg zich als een dolgelukkige grootvader, hij vertelde onbeduidende anekdotes over de omgang van het meisje met Leticia, Paco of Panchito en hij liet haar luisteren terwijl ze pianospeelde. Hij zei dat zijn leerlinge zo'n goed gehoor had en dat ze zo graag studeerde, dat ze wel concertpianiste kon worden; er waren verschillende beroemde blinde pianisten, zelfs een Japanse jongen naar wie Anita onvermoeibaar luisterde op YouTube. Ze kon de klank van ieder instrument in een orkest herkennen en ze leerde ook jazz al waarderen.

Soms kwam Frank Angileri ook op Zoom om hen bij te praten over de juridische aspecten. Hij moest snel en zonder hulp werken. De verdedigers van de minderjarigen stonden vaak tegenover rechters die niet in staat waren hen als kinderen te zien, die van mening waren dat ze, als ze alleen kwamen of van hun familie werden gescheiden, het verdienden om als criminelen te worden behandeld: ze hadden de wet overtreden. Frank was altijd optimistisch; hij liet zich niet intimideren, hij werd juist enthousiast van de obstakels in de wet. Het was zijn plan om Anita permanent in de Verenigde Staten te laten blijven. Als haar moeder niet werd gevonden, zou hij proberen een verblijfsvergunning te krijgen, de zogeheten Green Card, aangezien Anita kon worden bestempeld als achtergelaten minderjarige. Dat zou twee of drie jaar duren. Wanneer ze konden aantonen dat de moeder was overleden, zou ze zeker asiel krijgen en dan kon Leticia haar na verloop van tijd adopteren. Geduld, raadde Angileri aan, de bureaucratie was lastig en traag.

De oude man wachtte gespannen als een vriendje op de afspraak met Selena. Dat wekelijkse gesprek was onmogelijk geweest in normale tijden, omdat ze in Arizona woonde. Maar door de pandemie konden ze via een scherm met elkaar praten alsof ze in dezelfde ruimte zaten, ze dronken zelfs samen thee, zij op haar kantoor en hij in zijn werkkamer. Samuel nam aan dat hij de jonge vrouw niet te veel verveelde, aangezien ze regelmatig van het onderwerp Anita afdwaalde en hem over haar leven vertelde, over haar vreemde vrouwenfamilie, die hij graag zou willen leren kennen, over haar problemen op het werk en haar liefdesrelatie. Zo duidelijk als ze was over haar professionele doelen, zo gekweld door onzekerheid was ze als het ging om haar gevoelens.

'U bent de vader die ik had willen hebben,' zei ze hem op een keer.

'Laten we zeggen dat ik eerder je grootvader had kunnen zijn. In werkelijkheid ben ik geen goede vader voor mijn dochter en geen goede grootvader voor mijn kleinzoon. Dat drukt op mijn gemoed.'

Selena vertelde Samuel over Milosz Dudek, hoe hij in de oorlogen in Irak en Afghanistan de rang van sergeant kreeg, maar er gedesillusioneerd uit terugkeerde, overtuigd van de nutteloosheid van de Amerikaanse bezetting in die landen. Zijn ervaring in het leger veranderde zijn persoonlijkheid en vervreemdde hem van zijn vader, wiens opvliegende karakter hem in zijn jeugd angst had ingeboezemd en in zijn puberteit had overweldigd. Hij ging niet meer in de buurt van zijn familie in Chicago wonen en bezocht hen alleen nog bij speciale gelegenheden; hij miste ook de Poolse gemeenschap niet waarin hij was opgegroeid. Hij had het uiterlijk van een gladiator, was gedreven in zijn werk en enigszins ouderwets rechtschapen op het punt van zijn geloof in God, vaderland en familie, maar de karaktertrek die Selena het meest aantrok, was zijn romantische ziel. Ze hadden elkaar leren kennen toen hij uit dienst kwam en zij net de middelbare school had afgemaakt. Hij was een man die gehard door de militaire dienst als vrachtwagenchauffeur aan zijn burgerlijke leven begon en zij was een door de Durán-vrouwen verwend meisje dat nauwelijks nog haar neus buiten haar huis en haar school had gestoken.

Toen hij haar leerde kennen dacht Milosz, en dat bleef hij een paar jaar denken, dat hij haar kon vormen, haar kon helpen volwassen te worden en haar in het leven kon sturen; hij had meteen willen trouwen, maar zij wilde eerst studeren. Hij had geen hogere opleiding gevolgd en de paar werkende vrouwen die hij kende, stelden hem niet op zijn gemak, hij voelde zich minderwaardig. Hij vond het niet nodig dat Selena een baan had, aangezien ze in de toekomst echtgenote en moeder zou zijn, maar ze schreef zich in voor de studie maatschappelijk werk zonder zijn mening te vragen en toen hij haar die wilde geven, lachte ze hem uit. 'Je bent een holbewoner, Milosz. Daarom houd ik van je, omdat je een project bent,' zei ze vrolijk. Het project van Selena bestond erin dat ze hem zou veranderen en na verloop van tijd slaagde ze daar grotendeels in. Het project van Milosz verflauwde echter gaandeweg omdat ze weinig aanleg bleek te hebben voor huiselijkheid.

'Ik weet niet waarom hij van me houdt,' biechtte Selena op aan Samuel. 'Hij is secuur, ordelijk, punctueel, doodsbang voor ziektekiemen, wast de sla met zeep, kan niet tegen verspilling, onduidelijkheid en overdaad. Hij laat zich leiden door roosters, afstanden en routines. Terwijl ik bij de dag leef, alles achter me laat slingeren en de deuren openlaat, ik heb geen idee hoeveel geld er in mijn portemonnee zit, ik raak mijn sleutels kwijt... Nou ja, ik ben een ramp.'

Selena had niets tegen Samuel gezegd over haar liefdesverhouding met Frank. Ze voelde zich verward en beschaamd omdat ze Milosz bedroog. Frank wist dat ze met Milosz was verloofd, hij had de ring aan haar vinger gezien, maar hij zei dat ze vrij was zolang ze nog niet was getrouwd en hij verleende zichzelf het recht om haar te veroveren. Dat ze het huwelijk al zo veel jaar had uitgesteld, kwam doordat ze niet verliefd was, dacht hij. Net als het overige personeel op het advocatenkantoor zat hij vanaf maart thuis door de pandemie en werkte hij vanuit zijn appartement. De lopende zaken werden opgeschort, omdat de rechtbanken gesloten waren. Hij kon ook niet verder met het proces van Anita Díaz. Door die maanden van opsluiting, die langer duurden dan iedereen had verwacht, moest hij zijn leven omgooien. Frank miste de restaurants en cafés, de reisjes, de sportschool en de tenniswedstrijden, maar hij miste vooral dat hij niet bij Selena kon zijn. Hij had gehoopt met haar te gaan samenwonen, maar die plannen kon hij vergeten. Hij moest wachten. Met Selena had hij Zoom-afspraakjes en hij stuurde haar verschillende cadeautjes, van boeken en bloemen tot een abonnement op een ketogene-maaltijdservice, die dagelijks een maaltijd bij haar appartement in Nogales afleverde.

Vliegreizen waren beperkt en gevaarlijk, maar in juni had Frank de scheiding niet langer kunnen verdragen en was hij haar gaan opzoeken. Hij huurde een auto en een kampeeruitrusting, haalde haar op en ging met haar een weekend naar het park bij Patagonia Lake. Hoewel het zomer was, was er geen enkele toerist en alles bleef dicht, wat hij zag als een voordeeltje voor die korte huwelijksreis die hij had bedacht. Hij had zich voorgenomen die paar dagen te gebruiken om Selena te bewijzen dat ze niet zonder hem kon. Hij had praktisch geen kampeerervaring, maar gedreven door de liefde wist hij tijdens dat uitstapje al improviserend bijna zijn doel te bereiken. Hij dacht dat als hij drie dagen langer had gehad, hij Selena had kunnen overhalen om alles achter zich te laten, haar baan op te zeggen en tijdens de pandemie bij hem in San Francisco te komen. Hij had toekomstplannen; hij zou de universiteit betalen zodat ze zonder studieschuld haar rechtenstudie kon afmaken en als ze afstudeerde, zou hij zich als zelfstandig advocaat vestigen. Hij zag de vergulde letters op de deur al voor zich: ANGILERI EN DURÁN, ADVOCATEN.

Ondertussen was Milosz gewoon blijven rijden, zonder een flauw vermoeden van Frank Angileri's bestaan of van diens rol in het leven van zijn verloofde. Bij veel van zijn collega's en in de conservatievere steden waar hij moest stoppen, leefde de overtuiging dat het virus een complot was van de oppositie. Het mondkapje kreeg een politieke lading. Milosz gebruikte dat van hem altijd, zelfs met het risico voor gek te worden uitgemaakt. Zijn angst voor ziektekiemen en ziektes werd erger, hij desinfecteerde zijn handen en alles wat bij hem in de buurt kwam. Omdat hij niet kon garanderen dat hijzelf niemand zou besmetten, stopte hij met zijn bezoeken aan het huis van de Duráns en aan Selena, maar hij belde haar doorlopend op om te zeggen dat hij haar aanbad en de minuten telde dat hij haar weer kon zien. Hij vroeg haar ook waar ze was en wat ze deed. Als die aandacht van Frank was gekomen, had Selena het kunnen waarderen als bewijs van zijn liefde, maar nu die van Milosz kwam, irriteerde het haar als een bewijs van wantrouwen. Hij had alle reden om haar te wantrouwen, dacht ze, beschaamd vanwege haar bedrog.

'Ik houd veel van Milosz, hij is hondstrouw,' bekende ze aan Samuel. 'Hij heeft al heel lang op me gewacht. Milosz heeft geen twijfels, voor hem is het leven simpel, houd je gewoon aan de basisregels van het fatsoen.'

'Wat vindt hij van uw werk met de kinderen?' vroeg Samuel.

'Hij zegt dat het een probleem is van de regering en dat we geen miljoenen migranten kunnen toelaten, we moeten ons land en onze waarden beschermen. Maar hij begrijpt dat het afschuwelijk is om kinderen bij hun ouders weg te halen, hij kan zich niet voorstellen wat hij zou doen als ze een kind bij hem weg zouden halen. Hij zegt dat dat absoluut on-Amerikaans is.'

'Hij vergist zich, het is Amerikaanser dan hij denkt, Selena. Van de slaven werden de kinderen afgepakt en verkocht. Bij de Amerikaanse stammen namen ze de kinderen af om ze te 'civiliseren' in afschrikwekkende staatsweeshuizen. Duizenden van die kinderen stierven aan besmettelijke ziektes en ondervoeding, er zijn niet eens graven met hun namen.'

'Dat is waar, Samuel. Hier tellen kinderen alleen mee als ze blank zijn.'

Samuel wist dat er iets was gebeurd tussen Selena en Frank Angileri tijdens de reis die ze in februari hadden gemaakt, maanden voordat ze Anita bij hem hadden gebracht. Ze had hem er weinig over verteld, maar hij hoefde twee plus twee maar bij elkaar op te tellen om te raden wat ze nog verzweeg. Al had hij ze nooit persoonlijk samen gezien, alleen via Zoom bij zeldzame gelegenheden, toch vond hij het normaal dat Frank verliefd op haar was; Selena's aantrekkingskracht was net zo sterk als de zwaartekracht.

'Het moet heerlijk zijn om één enkele liefde te hebben, zoals u had, Samuel,' zei ze hem op een keer.

'Hoeveel liefdes hebt u gehad?' vroeg hij haar.

'Milosz is mijn enige vriendje geweest, zoals ik u al vertelde. We zouden in april trouwen, maar toen kwam COVID-19 en is de bruiloft uitgesteld. Hij heeft me een ultimatum gesteld: of we trouwen als er een vaccin is en de pandemie voorbij is, of we zien elkaar nooit meer. Hij zegt dat hij niet kan blijven wachten, hij wil een gezin, hij wil kinderen.'

'En u, wat hebt u besloten?'

'Ik weet niet of ik wil trouwen, Samuel. Ik ben nog niet aan kinderen toe, ik wil studeren en blijven werken. Het huwelijk is een verbintenis voor altijd, dat is heel lang, vindt u niet?'

'Dat is het, maar als u verliefd zou zijn, zou u zo niet denken.'

'Dan ben ik misschien niet verliefd.'

'Niet genoeg. Hoe zou u zich voelen zonder Milosz?' vroeg Samuel.

'Heel verdrietig, hij is de beste man ter wereld...'

'Maar u zou zich niet alleen voelen, toch?'

'Nee.'

'Dat begrijp ik. Er is een andere man, daarom bent u in de war.'

'Ja...'

'Wat biedt die andere man u, Selena?'

'Gemeenschappelijke interesses, een andere wereld dan ik altijd had, een ander milieu, ideeën, projecten, plannen, reizen, vrijheid, voorlopig geen huiselijk leven.'

'Biedt hij u het soort liefde dat uw verloofde u gaf?'

'Ik geloof dat ik nooit het middelpunt van zijn leven zal zijn, zoals ik dat bij Milosz ben. Maar hij heeft me voorgesteld om te gaan samenwonen en ik neem aan dat als dat goed uitpakt, de liefde mettertijd groeit en sterker wordt.'

'Niet altijd, Selena.'

'Wat raadt u me aan, Samuel?'

'Dat u wacht. U hoeft niet tussen de een of de ander te kiezen.'

'Milosz accepteert het niet als het huwelijk nog eens wordt uitgesteld. Hij verdraagt mijn grillen al jaren. Ik heb niet het recht om met zijn gevoelens te blijven spelen.'

'Dat is geen goede reden om te trouwen. In dit geval raad ik u aan om alleen aan uzelf te denken, zwicht niet voor de druk van een van die twee minnaars, want daar zou u spijt van kunnen krijgen.'

Op zijn beurt vertelde Samuel Selena over zijn verleden, Nadine LeBlanc, zijn muziek, het onvermijdelijke verouderingsproces, en ze vond alles interessant. Zijn herinnering bestond uit de beste en slechtste momenten, de rest was gaandeweg verloren gegaan, maar Selena wilde de details weten. Ze vroeg veel over Nadine, gefascineerd door haar persoonlijkheid, haar kunst, haar activisme en haar edelmoedigheid. Ze had bij toeval ontdekt dat Nadine een van de oprichters was van het Magnolia Project, de non-profitorganisatie waarvoor zij werkte. Het project had feitelijk de naam aan haar te danken. De magnolia is de bloem van New Orleans, Nadines geboorteplaats. De weduwnaar was helemaal niet verbaasd toen Selena hem vertelde over Nadines betrokkenheid bij die organisatie. Hij vertelde haar dat Nadine een verre van perfecte vrouw en moeder was, omdat ze te veel bezig was met haar weefwerk, haar vriendschappen en haar mysterieuze activiteiten die ze maar zelden met hem deelde. Maar daarom hield hij niet minder van haar, integendeel, hij aanbad haar. Zo voelde Camille het ook, ze maakte vaak ruzie met haar moeder, maar ze vond het ook prettig dat die altijd met haar eigen zaken bezig was en niet zo op haar lette, dat gaf haar een enorme vrijheid.

'Aan mij schonk ze ook niet veel aandacht. Aanvankelijk voelde ik me gekwetst, ik dacht dat ze niet genoeg van me hield, maar in de loop der jaren wende ik eraan en vroeg ik haar niets wat ze niet kon geven. Ze ging op in haar eigen leven, ze had mij of wie dan ook niet nodig,' zei hij.

Om op Selena's vragen te kunnen antwoorden, zag hij zich gedwongen om zijn herinneringen en reflecties te ordenen. 'Ik ga eerst, Samuel. Verdoe de tijd niet die je nog rest,' had Nadine gezegd, een paar dagen voor ze in haar doodsstrijd bewusteloos raakte. Als hij zijn verleden overdacht en de rekening opmaakte, bedacht hij bedroefd dat hij echt zijn tijd had verspild en dat er bij het verlaten van deze wereld niet meer dan een stofwolkje van hem zou achterblijven dat in het eerste ochtendlicht zou verdwijnen. Hij had voor niemand iets gedaan. Voordat Anita aan zijn deur kwam kloppen, was hij gedurende zijn meer dan tachtigjarige bestaan alleen maar getuige geweest van de wereld, gevrijwaard van de twijfel door zijn berekenende bedachtzaamheid. Door het verdriet over zijn kindertijd als wees en als immigrant had hij zich teruggetrokken, zijn toevlucht genomen tot zijn muzikale roeping. Nadine zei dat onverschilligheid een van de hoofdzondes is en dat hij daar vroeg of laat voor moest boeten. Ze had gelijk. Op zijn oude dag was die zonde een hardnekkige duivel geworden die hem overviel in zijn nachtmerries en op sommige momenten waarop de eenzaamheid en de stilte hem omhulden. Hoe graag zou hij opnieuw beginnen, dacht hij, terwijl hij zich een ander leven voorstelde, een leven als dat van Nadine, die genoot en het met volle teugen onderging, met de risico's, uitdagingen en fiasco's, een leven zonder angst.

'Nadine en ik waren tientallen jaren samen, maar ieder leefde in zijn eigen wereld. Desondanks mis ik haar,' vertelde hij Selena.

'Ze was een heel bijzondere vrouw. Hoe zou u haar niet kunnen missen...'

'Ze had niet eerder dood moeten gaan dan ik. In de eerste maanden van mijn weduwnaarschap verscheen ze aan me. Ik ben niet iemand die zich dingen inbeeldt en ik geloof niet in geesten, maar ik zeg u dat ik haar de kamers in en uit zag gaan, de trap op zag lopen, aan tafel zag zitten. Ik zie haar niet meer zo duidelijk, maar soms voel ik haar naast me. Weet u dat Anita dat heeft met haar zusje Claudia?'

'Ja. Ik heb een psychologische beoordeling van haar die ze in Tucson hebben opgesteld, omdat ze niet wilde eten, in zichzelf praatte, niet met andere kinderen speelde en in bed plaste.'

'Dat bedplassen gebeurt bijna nooit meer,' onderbrak Samuel haar.

'Daar ben ik blij om, want daar ging ze erg onder gebukt.'

Selena vertelde hem dat ze met Eduvigis had gesproken, de grootmoeder, die haar uitlegde dat Anita na het ongeluk met haar zusje begon te praten. In El Salvador was ze een paar maanden onder behandeling van een schoolpsychologe en zette ze de eerste stappen om de dood van haar zusje te accepteren en het verdriet te boven te komen, maar toen moest ze naar de Verenigde Staten vertrekken. Volgens de beoordeling uit Tucson had ze een terugval gehad in haar emotionele ontwikkeling. Ze had therapie nodig, zoals alle kinderen die bij hun familie waren weggehaald, maar daar was geen budget voor.

'Ik zal ervoor zorgen dat ze die krijgt zodra het mogelijk is,' beloofde Samuel. 'Ik denk dat Anita troost put uit Claudia's aanwezigheid, net als ik uit die van Nadine. Laten we zeggen dat het een mix is van liefde en de wens om te herinneren. Anita is niet gek en ik heb geen alzheimer, dat verzeker ik u.'

'Natuurlijk niet!' riep Selena uit. 'Het verbaast me niets dat de geliefde geesten ons bezoeken, vergeet u niet dat ik bij een helderziende grootmoeder ben opgegroeid. Het is doorgaans erg moeilijk iemand te verliezen. Voelt u zich af en toe eenzaam?'

'Vroeger wel, de hele tijd. Nu niet. Dankzij u ben ik gelukkiger dan ik in jaren ben geweest. U hebt me een doel gegeven in deze laatste fase van mijn leven. Ik heb nu een fundamentele verantwoordelijkheid en ik kan boeten voor mijn zonde van onverschilligheid.'

'Bedoelt u Anita?'

'Ja. Wat hebt u me een schitterend cadeau gegeven, Selena!'

De derde dinsdag in september belde Selena onverwacht naar Samuel. Hij veronderstelde dat het iets belangrijks moest zijn, omdat ze in de regel op zaterdag met elkaar contact hadden. Haar verontruste stemgeluid bevestigde zijn vermoeden.

'Bent u alleen, Samuel?' vroeg ze.

'Ja, in mijn werkkamer.'

'Doet u de deur dicht, alstublieft. Dit is vertrouwelijk.'

'Een ogenblikje... Anita luistert door de muren heen en wat ze niet kan horen, raadt ze. Er zijn geen geheimen voor haar.'

'Ze kan niet horen wat ik door de telefoon tegen u zeg,

wees voorzichtig met wat u zegt. Weet u nog dat ik het over Lola had, de bestuurster van de roze taxi in El Salvador?'

'Zeker. Wat is er met haar?'

'Ze heeft me zojuist gebeld. Er is een schandaal in haar land. Het gaat over een reeks misdaden. Er zijn verschillende lijken gevonden op de patio van een pand in de stad Chalchuapa, sommige van enkele jaren terug, maar de meeste zijn recent.'

Ze vertelde hem dat de buren een vrouw hoorden gillen en de politie belden, die pas een uur later kwam. Maar toen was het te laat. Ze vonden een jonge vrouw die met een ijzeren pijp was doodgeslagen. Ze arresteerden de huiseigenaar, maar op aandringen van de buren, die al lange tijd vermoedden dat daar iets verschrikkelijks aan de hand was, groeven ze de patio uit en ontdekten ze menselijke resten in een paar massagraven.

'Tot nu toe zijn de slachtoffers vrouwen en meisjes. Ze vermoeden dat er dieper nog meer lichamen liggen,' zei Selena.

'Weer een geval van gendergerelateerd geweld...' mompelde Samuel.

'Het pand was van Carlos Gómez, een ex-politieagent die een paar jaar geleden was ontslagen omdat hij een minderjarig meisje had mishandeld. Dat is de man die Marisol Díaz neerschoot.'

'Wat zegt u me nou!' riep Samuel uit.

'Hij is opgepakt. Hij is de hoofdverdachte en er zijn ook andere mannen gearresteerd van die bende die vrouwen en meisjes ontvoerde, martelde en vermoordde. Lola vreest dat Marisol een van de slachtoffers is.'

'U en Angileri hebben geen spoor van haar gevonden toen jullie haar gingen zoeken.'

'Het is wel heel toevallig, vindt u niet?' zei Selena. 'Die

man wilde Marisol vermoorden, het is heel goed mogelijk dat het hem is gelukt.'

'Hoe dan?'

'Ik denk niet dat ze haar naar haar land hebben uitgezet. Ik veronderstel dat ze haar naar Mexico hebben gestuurd om daar te wachten tot ze haar asielaanvraag mocht indienen. U weet dat criminelen de kampen in de gaten houden. Het kan dat ze Marisol hebben ontvoerd en haar naar El Salvador hebben gebracht.'

'Wie en waarom?' vroeg Samuel.

'Bij de grens is veel mensenhandel, waarvan vooral vrouwen en kinderen het slachtoffer zijn. Carlos Gómez was bij die handel betrokken, hij had connecties. Zoals hij me zelf zei, kent hij iedereen.'

'Ik neem aan dat die ontvoeringen geld kosten, Selena, en je had me verteld dat Carlos Gómez slechts een portier van een gebouw is.'

'Beveiliger. Ik denk niet dat hij hoefde te betalen. Criminelen regelen dat onderling, ze ruilen de ene gunst voor de andere. Gómez moest Marisol het zwijgen opleggen en wilde ook vast wraak nemen voor haar afwijzing. Het was gemakkelijk voor hem om haar in Mexico te laten ontvoeren, ze brachten haar eerst naar Guatemala en vandaar over land naar El Salvador, vandaar dat haar aankomst in het land niet is geregistreerd,' zei ze.

'Dat is niet te bewijzen, Selena.'

'Ik herinner me net dat toen ik Carlos Gómez sprak tijdens mijn reis naar El Salvador, hij me zei dat Marisol heel mooi haar had en dat ze het kort had geknipt. Hoe wist hij dat? Ze knipte het af toen ze in Mexico aankwam, voor ze op de trein klom. Gómez kan haar niet met kort haar hebben gezien, tenzij Marisol naar haar land was teruggekomen. Als ze dat uit vrije wil had gedaan, zou ze naar het huis van haar schoonmoeder of haar broer zijn gegaan, maar daar heeft niemand haar gezien. Ach, Samuel, ik ben bang dat Marisol in een van die graven ligt. Wat zal er van Anita worden?'

'Ik zorg voor haar zolang ik kan,' antwoordde Samuel. 'Maar laten we niet op de zaken vooruitlopen, we moeten wachten tot de lichamen zijn geïdentificeerd.'

'Er is nog iets wat ik u niet heb verteld omdat het echt absurd is.'

En toen vertelde Selena hem over het visioen van haar grootmoeder, Dora Durán. Samuel had nog nooit van haar gehoord voordat Selena haar noemde in haar familiebeschrijving, maar toen hij erachter kwam dat ze helderziend was, had hij respect voor haar. Hij wist dat Selena haar had meegenomen om Anita te ontmoeten in Nogales en dat de vrouw de spirituele kracht van het meisje had gevoeld. Hij had nooit in paranormale verschijnselen geloofd, tot hij de vreemde ervaring had de geest van zijn vrouw te zien. Daar was een logische verklaring voor volgens de psychiater die hij daarna raadpleegde: het waren hallucinaties als gevolg van de leeftijd en een diepe depressie. Het bewijs dat die diagnose klopte, was dat Nadines bezoeken uit het hiernamaals stopten door een combinatie van therapie en medicamenten, maar hij was er niet helemaal van overtuigd dat hij een geestelijke stoornis had gehad. Hij was van mening dat het feit dat iets niet was te verklaren, niet betekende dat het er niet was, maar hij zag ervan af om dat punt met de psychiater te bespreken. Hij besloot Dora Durán het voordeel van de twijfel te geven.

'Marisol Díaz verscheen in een droom aan mijn grootmoeder. Ze was onder de grond en ze was niet alleen.'

'Neem me niet kwalijk, Selena, maar dit is het klassieke geval van voorspelling na de feiten,' wierp Samuel tegen.

'Dat was in juni, Samuel, ver voordat ze die vrouwen naar boven haalden op de patio van Carlos Gómez.'

Zoals Frank tegen Selena en Samuel zei toen ze elkaar diezelfde dag via Zoom spraken, kon hij niets met de droom van een helderziende in Los Angeles; hij zag het gezicht van de rechter al voor zich als hij dat als argument zou aanvoeren in Anita's asielaanvraag. De misdaden in Chalchuapa veranderden niets aan de situatie van het meisje, tenzij ze konden bewijzen dat haar moeder een van de slachtoffers was. Hij nam onmiddellijk contact op met zijn vriend Phil Doherty, die hem alle beschikbare informatie gaf over de moorden. De straat waar de misdaden waren gepleegd, was afgesloten, zelfs de pers kon er niet bij komen, maar Doherty had contacten en wist gebruik te maken van zijn diplomatenstatus, die werd ondersteund door de Amerikaanse ambassade.

De wreedheid van het gebeurde bracht het land in beroering, ook al kwam geweld zo vaak voor dat de kranten dagelijks het aantal nieuwe slachtoffers publiceerden. Ze moesten Carlos Gómez en zijn volgelingen in de gevangenis isoleren om te voorkomen dat de andere gevangenen hen zouden afslachten. De president beloofde gerechtigheid en kondigde aan een speciale eenheid van het Openbaar Ministerie in het leven te roepen om misdaden tegen vrouwen en meisjes te behandelen. Eduvigis Cordero ging diverse keren naar het politiebureau om aangifte te doen van de verdwijning van haar schoondochter en de pesterijen van de vermoedelijke seriemoordenaar waar ze onder gebukt ging. Sinds de lugubere vondst was de grootmoeder een van de mensen die vanaf de vroege ochtend stond te wachten in de buurt van het horrorhuis, zoals de pers het noemde. Net als zij, was iedereen op zoek naar een verdwenen familielid. De forensische teams, als astronauten van top tot teen ingepakt, verrichtten de opgraving met de zorgvuldigheid van archeologen, want de lichamen lagen boven op elkaar en in veel gevallen waren de botten door elkaar geraakt. Bij de eerste opgravingen vonden ze twintig lijken en daarna vonden ze er nog meer.

Selena overtuigde Frank ervan dat ze niet werkeloos konden wachten tot de slachtoffers waren geïdentificeerd. Het proces verliep langzaam en de pers begon te speculeren over de mogelijkheid dat machthebbers die bij de moorden waren betrokken, de zaak probeerden op te houden. In die tijd ging eindelijk het vliegveld van El Salvador weer open, dat door de pandemie maanden gesloten was geweest voor buitenlanders, en Frank kocht onmiddellijk twee tickets.

Die keer confronteerde Selena Milosz met de waarheid: ze vertelde hem dat ze voor de tweede maal op reis ging met Frank Angileri, met wie ze sinds een paar maanden een liefdesrelatie had. Ze vertelde het hem eerst in een mailtje en daarna bevestigde ze het via de telefoon, blij dat de pandemie een goede smoes was om het hem niet persoonlijk te hoeven vertellen. Ze was bang voor de reactie van haar volhardende geliefde, maar ze merkte dat hij al vermoedde dat er zoiets aan de hand was en dat hij er min of meer op was voorbereid. Zijn tolerantiegrens was bereikt en hij concludeerde dat als zij net zo veel van hem gehouden zou hebben als hij van haar, geen enkele belemmering, zelfs niet dat verdomde virus, hen zou hebben verhinderd samen te zijn. Hij kon veel dingen begrijpen, zei hij, maar hij zou haar nooit kunnen vergeven dat ze hem zo had verraden door hem maandenlang te bedriegen. Het gesprek was kort en hevig. Bij het afscheid kondigde Milosz aan dat hij nooit meer iets van haar wilde horen, dit was het moment om de bladzijde om te slaan en haar te vergeten. Hij was diep gekwetst: deze keer serieus, zei hij, hij zou zich niet meer met haar verzoenen zoals andere keren.

Voor Selena betekende dit het einde van een turbulente verlovingstijd die haar had uitgeput en haar een schuldgevoel had gegeven. Nadat ze voor de laatste keer afscheid van elkaar hadden genomen, begon ze van opluchting te huilen. Ze had de pressie van Milosz acht jaar lang verdragen en pas nu, nu ze vrij was, begreep ze hoe zwaar die obsessieve liefde, waar ze al jong in verstrikt was geraakt, op haar had gedrukt. Ze mocht niet in zo'n zelfde situatie verzeild raken met Frank. Ze hield van hem, echt, maar ze kende hem nog niet goed en ze zou het niet toelaten dat hij haar opjoeg of dat ze in zijn plannen betrokken raakte; ze had tijd en ruimte nodig, zoals Samuel haar had aangeraden. Voor het eerst voelde ze dat haar toekomst alleen van haar was. Ze wilde met Frank van de liefde genieten, lichtzinnig, zonder vastigheid.

Bij aankomst in El Salvador moesten de passagiers onmiddellijk in quarantaine, maar Frank en Selena konden daar onderuit komen doordat Phil Doherty bij de vliegtuigdeur op hen wachtte en hen naar een viproom van de luchthaven bracht. Ze werden persoonlijk geholpen door een migratieambtenaar, met mondkapje en rubber handschoenen, die hun paspoorten stempelde en hen welkom heette. Daarna nam Phil hen mee naar zijn huis, waar zijn vrouw een kamer voor hen in orde had gemaakt omdat ze daar beter beschermd zouden zijn dan in een hotel. Het kwam niet bij de gastvrouw op om te vragen of ze liever aparte kamers hadden, ze ging ervan uit dat ze getrouwd waren.

Die nacht bedreven Selena en Frank zo discreet mogelijk de liefde, fluisterend en gesmoord lachend, maar het kraken van het bed verraadde hen. Sinds juni, toen ze naar het

Patagonia Lake waren ontsnapt, waren ze niet meer een hele nacht samen geweest en ze konden tot het ochtendgloren keer op keer genieten van het verschil tussen een zacht matras en een slaapzak in een tent.

De volgende dag bracht Phil hen naar het Forensisch Instituut, waar de stoffelijke resten uit de graven naartoe werden gebracht zodra ze waren opgegraven. Ook daar stonden mensen geduldig te wachten. Een van hen was Genaro Andrade, die hen herkende en vanuit de verte wenkte. Selena ging naar hem toe.

'Weet je al iets over je zus?' vroeg ze.

'Niets. Ik zit hier al twee dagen aan één stuk. Sommige mensen komen van ver.'

'Houden ze jullie op de hoogte?'

'Ja, als er nieuws is. Drie slachtoffers zijn al geïdentificeerd, ze hebben hun namen vrijgegeven en de families mochten de stoffelijke resten meenemen om ze te begraven. Laten ze jullie binnen?'

'Dat hopen we. Als we nieuws hebben over Marisol, laat ik het je meteen weten op je mobiel.'

De directeur forensische antropologie ontving hen in zijn kantoor en legde de gebruikelijke procedure uit, waarbij hij duidelijk maakte dat ze pathologen uit andere steden hadden gevraagd te helpen, omdat er zoveel lichamen waren. Carlos Gómez had bekend en de namen gegeven van negen medeplichtigen, maar naar verwachting waren er nog meer leden van die lugubere club perverselingen. In zijn verklaring zei hij dat er, als hij het zich goed herinnerde, tussen de dertig en veertig lichamen in zijn patio lagen. Hij wist het niet precies, omdat sommige daar al jaren lagen en hij de tel kwijt was. Hij toonde zich niet erg berouwvol, hij leek eerder te genieten van de bekendheid.

De directeur bracht hen naar de autopsiekamers, waar alle

tafels bezet waren; andere lichamen wachtten op hun beurt in de koelcellen. De eerste schok kwam van de stank van de dood en het ontsmettingsmiddel die de mondkapjes niet konden maskeren. Het was er schoon en ordelijk. De forensisch onderzoekers werkten efficiënt en respectvol, bijna in stilte; ze leken net zo geschokt als Selena en Frank.

'Dit is ons werk,' legde de directeur uit. 'We zijn gewend aan de dood in al zijn verschijningsvormen, maar soms breken we. Het ergste is als het om kinderen gaat...'

Ze liepen naar een van de tafels waar vier mensen rond een klein lijfje aan het werk waren. Een van de artsen zei dat het een tweejarig meisje betrof. Zijn stem brak en achter zijn dubbele mondkapje schraapte hij zijn keel in een poging de woede en afschuw te bedwingen.

'We schatten dat het lichaampje ongeveer een jaar begraven heeft gelegen. We zullen een DNA-test doen om haar identiteit vast te stellen; drie of vier families zoeken verdwenen meisjes, maar die zijn wat ouder. Ik ga ervan uit dat jullie niet willen weten hoe ze is gestorven,' zei hij vorsend.

'We zijn hier niet uit ziekelijke nieuwsgierigheid, dokter. We zoeken een jonge vrouw,' antwoordde Selena.

'Dat spijt me erg... Is het een familielid?'

'Het is de moeder van een meisje voor wie we asiel proberen te krijgen in de Verenigde Staten,' zei ze en vertelde hem in het kort Anita's verhaal.

'Bijna alle lichamen die we tot nu hebben gevonden, zijn van jonge vrouwen. Hebt u iets om haar te identificeren?'

Selena liet hem kopieën zien van de foto's die Eduvigis Cordero haar had gegeven en van foto's uit het immigratiedossier uit Nogales.

'Ze heet Marisol Andrade de Díaz. Zoals u ziet, dokter, kwam ze in de Verenigde Staten aan met een kortgeknipt mannenkapsel. U kunt ook zien dat ze een spleetje tussen haar voortanden heeft. Als ze een van de slachtoffers is, is haar lijk recent, niet ouder dan negen maanden, want ik heb haar in december vorig jaar nog aan de telefoon gehad.'

'Ze werd in haar borst geschoten. De kogel kwam twee centimeter van haar hart en ging door een paar ribben. Zou daar nog iets van te zien zijn?' vroeg Frank.

'Misschien. Ik zal u de lichamen laten zien die zijn binnengebracht.'

Hij nam hen mee naar de koelcellen, drie rijen metalen lades boven elkaar, en opende ze een voor een. Op sommige bakken lagen skeletten en vergane kleding, maar op de meeste lagen complete lichamen, in verschillende staten van ontbinding. Niet één leek op Marisol of had zulk kort haar als zij had gehad. Selena moest de frisse lucht in, ondersteund door Frank en Phil, omdat haar knieën begonnen te knikken. Ze kon net de patio bereiken voor ze moest overgeven.

'Er worden nog steeds overblijfselen opgegraven die hier de komende dagen worden binnengebracht. Als er iemand tussen zit met de kenmerken van Marisol, zal ik u waarschuwen,' beloofde de directeur bij het afscheid.

Phil Doherty regelde een auto met chauffeur voor zijn gasten en een beveiliger van de ambassade zodat ze aan de slag konden. Hij vond een roze taxi wel schilderachtig, maar die was niet geschikt gezien de ernstige omstandigheden waarin ze zich bevonden. Hij nodigde Lola hoe dan ook uit om die avond iets bij hem thuis te komen drinken en tussen de Manhattans door vertelden ze haar over hun ervaringen bij het Forensisch Instituut.

De volgende dag gingen Frank en Selena naar Chalchuapa om Eduvigis Cordero te bezoeken. Ze vonden haar verouderd en erg mager; ze was echter niet depressief, maar woedend en bereid tot actie over te gaan. Een actiegroep organiseerde op de sociale media een grootschalig landelijk protest. Het plan was dat alle vrouwen een hele dag gingen staken, niemand zou gaan werken of het huishouden doen, ze zouden de straat op gaan om te demonstreren tegen de vrouwenmoorden. Eduvigis had haar vriendinnen en collega's van het indigo-atelier al gemobiliseerd.

'Dit is een oorlog tegen vrouwen. Ze verkrachten, martelen en vermoorden ons straffeloos. Het is genoeg!' riep de grootmoeder uit.

Ze gingen met haar naar het horrorhuis. In de auto met een diplomatiek kenteken konden ze langs het veiligheidskordon dichterbij komen. Het was een fraai gebouw op een groot terrein aan de rand van de stad. Eduvigis zei hun dat het niet waar was dat het alleen om oude misdaden ging, zoals de regering suggereerde, de meesten waren slachtoffers van recent geweld.

'Zij verdienen gerechtigheid, net als de vele duizenden andere vrouwen en meisjes die vermoord zijn zonder dat er ook maar iemand voor heeft moeten boeten.'

'Laten we hopen dat het niet het geval is met Marisol,' zei Selena.

'Niemand krijgt het uit mijn hoofd gepraat dat mijn schoondochter door Carlos Gómez is vermoord. Hij had het al eerder geprobeerd. Misschien vinden ze haar niet in zijn patio, maar ik weet zeker dat ze niet meer op deze wereld is,' antwoordde Eduvigis vol overtuiging.

'Als ze niet wordt gevonden, is Anita's situatie onzeker,' kwam Frank tussenbeide.

'Ik bid veel dat mijn kleindochter haar moeder terugziet, maar nu bid ik ook dat ze bij haar tante in het noorden kan blijven in het geval dat Marisol is overleden. Wat heb ik haar hier te bieden? Mijn genegenheid, meer niet. Ik kan haar niet beschermen en evenmin een goede opleiding geven, ik kan haar niet aan haar ogen laten opereren. Wat zal er dan van haar worden?'

'We doen al het mogelijke om haar te helpen, Eduvigis, dat beloof ik u.' Selena omhelsde haar.

'En ik beloof u, mevrouw, dat als Anita in de Verenigde Staten blijft, ik u hoogstpersoonlijk kom ophalen om bij haar op bezoek te gaan. Het meisje mist u heel erg,' voegde Frank eraan toe.

Net op dat moment kwam een witte auto het terrein afrijden en een van de bewakers vertelde hun dat het een mobiel mortuarium was waarin de gekoelde lichamen bewaard werden tot er weer plaats was in het instituut.

'Hebt u het lichaam kunnen zien?' vroeg Selena.

'Nee. Het zijn twee slachtoffers. Het enige wat ik weet is dat het ook vrouwen zijn,' antwoordde de bewaker.

Selena en Frank namen afscheid van Eduvigis en verzekerden haar dat als ze nieuws zouden krijgen, zij het als eerste zou horen. Ze gingen terug naar het Forensisch Instituut en wachtten daar samen met de andere mensen die om hun verdwenen familieleden treurden.

Een paar dagen later kwamen Selena en Frank aan op het vliegveld van San Francisco en gingen vandaar rechtstreeks naar Berkeley. Samuel Adlers huis, met zijn onmiskenbare charme van een oud landhuis, lag half verscholen in de verwilderde tuin, waar de herfst al zichtbaar zijn intrede had gedaan. Het was vroeg in de middag en het zonlicht werd door de wolken gefilterd, wat het huis met zijn sierlijke torentjes en pilasters een theatrale aanblik gaf. Het tuinhek zat niet op slot en een blaffende Paco kondigde hun komst aan. De bel deed het al sinds 1978 niet meer.

Toen ze hen hoorde, ging Anita naar de deur, terwijl ze

Paco aan zijn halsband vasthield. Selena rende de vijf treden naar de voordeur op en hield haar lang in haar armen.

'Is mama bij jullie?' vroeg het meisje haar.

'Nee, Anita,' fluisterde Selena, terwijl ze haar emotie verborg.

Alsof ze iets aanvoelde, drong het meisje niet aan. Ze nam hen aan de hand mee naar binnen en gaf hun nauwelijks de tijd om de rest van de familie te begroeten, omdat ze de computer met het speciale toetsenbord voor blinden wilde laten zien, de zes verlichte kerstbomen waar Leticia een dennenspray op had gespoten zodat ze door de geur wist waar ze stonden, en andere dingen die ze nog niet via Zoom aan Selena had kunnen laten zien. Ze was nog steeds erg mager, maar ze had een goed kleurtje. Ze liet hun zien hoe ze bladmuziek kon lezen met haar vergrootglas, doordat Samuel de noten zo groot mogelijk had opgeschreven. Ze stond niet te trappelen om braille te leren, omdat ze niet naar een blindenschool wilde.

'Ze gaan mijn ogen beter maken en dan ga ik naar een gewone school, net als vroeger,' deelde ze mee.

Uiteindelijk wist Leticia haar in de keuken af te leiden zodat Selena en Frank achter gesloten deuren met Samuel konden praten in zijn werkkamer.

'We moeten u iets vertellen, Samuel,' zei Selena.

'Ik neem aan dat het iets belangrijks is. Eindelijk ontmoet ik u persoonlijk, Frank.'

'Dit hadden we niet op een andere manier kunnen vertellen. Ik weet niet waar ik moet beginnen...' stamelde Selena.

'U hoeft er bij mij niet omheen te draaien, daar ben ik veel te oud voor.'

'Het... het gaat over Marisol... We zijn net in El Salvador geweest, vanwege de misdaden in Chalchuapa. Ze hebben Marisol gevonden.'

'O, mijn god!' riep Samuel uit en hief zijn handen naar zijn borst, want het kwam hard bij hem aan.

'Weten ze zeker dat zij het is?'

'Ja. Ze lag niet in het massagraf, maar in een pas gegraven kuil aan de andere kant van het terrein, daarom was ze de laatste die werd opgegraven. Er bestaat geen enkele twijfel dat het haar stoffelijke resten zijn. Haar broer Genaro herkende haar lichaam en ik ook, van de foto's.'

'Op de röntgenfoto zag je de inslag van de kogel in haar borst,' voegde Frank eraan toe. 'Ze is nog maar een paar maanden geleden overleden, het lichaam kan worden geïdentificeerd, ook al ontbindt het snel door het klimaat en de vochtigheid.'

'We gingen met Eduvigis en Genaro mee om Marisol te begraven. Samuel... Samuel... voelt u zich wel goed?' vroeg Selena gealarmeerd.

'Ja... ja. Het zijn hartkloppingen, waardoor ik het moeilijk heb. Niets ernstigs...' antwoordde hij, terwijl hij een pilletje in zijn mond stak.

'U ziet erg bleek. Ik roep Leticia.'

'Nee, alstublieft. Over een paar minuten voel ik me weer goed. Vertel me alles wat jullie weten.'

'Waarom zouden we u de details vertellen? Die zijn afschuwelijk. Ik hoop dat Anita nooit te horen krijgt hoe haar moeder is gestorven. Maar ze moet wel weten dat ze haar nooit meer zal zien,' zei Frank en wreef geëmotioneerd over zijn voorhoofd.

'Wie gaat het haar vertellen? Ik ben daar niet toe in staat,' mompelde Samuel bevend. 'Maar het meisje mag niet blijven hopen, zoals ik deed op min of meer dezelfde leeftijd. De klap zal hard zijn voor haar, maar het is onvermijdelijk.'

'Waarom wachten we niet nog even?' stelde Selena voor. 'Anita is nog heel kwetsbaar, ze heeft tijd nodig. Zodra ze hier in huis gewend is, zal ze het trauma kunnen verwerken van alles wat haar is overkomen. Met liefde en psychologische hulp...'

'U vergist zich, Selena. Een trauma verwerk je nooit volledig, je leert er alleen mee leven,' onderbrak de oude man haar.

'Ik kan haar ook dat nieuws nu niet vertellen, Samuel. Ze is nog maar net aan een normaal leven begonnen. U en Leticia hebben haar een familie gegeven, ze krijgt veel liefde, ze gaat bijna naar school, ze gaat vriendjes krijgen... Hoe kan ik dat van haar moeder vertellen?'

'Als u het goed vindt, kijken we eerst hoe het met de asielaanvraag gaat. Alles is anders nu we het bewijs hebben dat Anita wees is,' stelde Frank voor.

'Ondertussen kunnen Leticia en ik haar een beetje geestelijk voorbereiden. Ik zou werkelijk niet weten hoe ik dat moet doen, maar we gaan het proberen,' zei Samuel, die weer een beetje kleur begon te krijgen. 'Jullie doen het juridische gedeelte. De rest is de verantwoordelijkheid van Leticia en mij. Bij ons is Anita veilig.'

Epiloog

Berkeley, januari 2022,
een jaar en vier maanden later

Op een zaterdag speelden Samuel en Anita een sonatine op de piano toen Selena en Frank bij het betoverde huis aankwamen. De pandemie was nog niet voorbij, maar omdat de meeste mensen waren gevaccineerd, was het leven enigszins normaal geworden en mochten de mensen weer bij elkaar op bezoek. Selena woonde in San Francisco en studeerde aan Hastings College of the Law. Ze had Samuel, Leticia en Anita als haar familieleden geadopteerd. Samuel, op zijn beurt, vond in haar de toegenegen dochter die Camille nooit voor hem was geweest. Ze kon niet bij hen wonen in Berkeley, zoals ze haar meer dan eens hadden aangeboden, want dat was te ver van de universiteit.

De relatie tussen Selena en Frank was dieper dan een van de twee had durven hopen, maar Selena stond erop haar onafhankelijkheid te behouden. Ze woonde niet in het ruime appartement van Frank, maar huurde een kamer in een studentenwijk. Ze wist dat hij even dominant en jaloers kon zijn als Milosz, alleen op een meer verholen manier. 'Ik ga je temmen en dat gaat lang duren, want je moet nog veel leren,' zei ze regelmatig en hij lachte daarom, maar diep vanbinnen besefte hij dat het geen grap was. Met dezelfde openhartigheid had Selena zijn voorstel afgewezen om in de toekomst samen een advocatenkantoor te beginnen. 'Dat lijkt me geen goed idee, Frank, ik zal uiteindelijk al het werk moeten doen en jij zou alle eer krijgen.' Op die zaterdag was de wekelijkse high tea in Samuels huis en ze hadden veel te vieren: Anita's asiel, dat Frank eindelijk had weten te regelen, en haar operatie. Leticia maakte in de keuken de thee klaar zoals haar werkgever het wilde. Hij had zo zijn vaste ideeën over die ceremonie om vijf uur 's middags. Die verslaving was in Engeland begonnen en na zo'n vijftig jaar in de Verenigde Staten was hij er nog niet van genezen. Op een etagère met drie bladen legde ze in een voorgeschreven volgorde een selectie hartige sandwiches en diverse taartjes; op een ander blad serveerde ze scones met crème fraîche en jam. Niets geen theezakjes, die Samuel condoomthee noemde, ze gebruikten de kopjes van Limogesporselein die Nadine van haar familie had geërfd en de zilveren theepotten die Leticia van zolder had gered. Het was een straf om ze te poetsen, maar Anita hielp haar daarbij, het was een klusje waarbij je niet goed hoefde te kunnen zien. Ze gebruikten die tijd om naar de Spaanstalige soap te kijken, want Leticia stond erop dat het meisje haar moedertaal niet zou vergeten. Hoe zou ze anders met haar Tita Edu kunnen praten?

Die zaterdag zagen Selena en Frank Anita voor het eerst sinds haar hoornvliestransplantatie. Het verband, dat drie dagen voor haar ogen had gezeten, was eraf gehaald. Volgens de arts was de operatie succesvol verlopen en hij verwachtte geen terugval. Anita droeg altijd alleen maar shorts en lange broeken, maar deze keer ontving ze hen in een feestjurk die Leticia voor haar had gemaakt.

'Ik moet een bril dragen en ik mag niet in mijn ogen wrijven. In september ga ik naar school. En die is niet voor blinden,' vertelde Anita hun.

'Ze komt in groep vier, dat komt overeen met haar leeftijd, maar ze heeft de competentie om naar groep vijf te gaan,' voegde Samuel eraan toe.

'Nu zie ik wazig, maar later kan ik goed zien,' zei het meisje en met de hond op haar hielen ging ze naar de keuken om Leticia te helpen.

Samuel noch Leticia had Anita kunnen inlichten over het lot van haar moeder, want telkens als ze het probeerden, konden ze de woorden niet vinden. Met het oog daarop hadden ze een psychologe benaderd, die twee keer per week aan huis kwam. Ze was gespecialiseerd in kinderen met een trauma, ze sprak Spaans omdat ze op heel jonge leeftijd uit Mexico was geëmigreerd en ze begreep dat in dit geval geen Zoom gebruikt kon worden. Aanvankelijk weigerde Anita te praten, alsof ze vermoedde dat ze een onheilsboodschap kwam brengen, maar na drie of vier sessies begon ze zichzelf te ontspannen. De psychologe vatte het plan op om de grootmoeder uit El Salvador te laten overkomen zodat ze hen kon helpen om haar kleindochter de waarheid te vertellen.

Binnen vierentwintig uur regelde Frank een visum voor haar, dankzij zijn vriend Phil Doherty. De grootmoeder ging voor het eerst in haar leven op reis. Ze arriveerde met drie enorme koffers vol cadeautjes: koffie, tamarindesnoepjes, kazen, zelfs een doos met gebakken kipstukjes, die ze op het vliegveld had gekocht voor ze aan boord ging. Lola stuurde hun een fles Chaparro, de traditionele likeur van mais en suiker die typerend is voor het land en die Eduvigis de grens over had gesmokkeld. Tita Edu nam haar intrek in een van de kamers van de vroegere dames van lichte zeden, die Leticia met zorg voor haar in orde had gemaakt, en vervolgens verwende ze haar kleindochter een week lang voor ze haar langzamerhand het verschrikkelijke nieuws over haar moeder vertelde.

Anita leek de tragedie goed op te nemen, tot haar Tita Edu naar El Salvador terugging. Ze hield haar verdriet met een bovenmenselijke inspanning in zodat haar grootmoeder rustig weg kon gaan en daarna liet ze alles gaan. Ze maakte een heel zware periode door waarin huilbuien werden afgewisseld met woedeaanvallen, ze smeet borden en glazen op de grond, verstopte zich urenlang met de hond en begon weer in haar bed te plassen. Maar dankzij therapie, het constante gezelschap van Paco en de geduldige aandacht van Samuel en Leticia doorliep ze de natuurlijke stadia van de rouw. Ze raakte gehecht aan Leticia, ze liep haar door het hele huis achterna en hield haar hand vast als ze sliep, met haar pop Didi op haar kussen. De vrouw moest het verdragen dat ook Paco het bed met hen deelde, want ze was het beu om hem weg te sturen; de hond wachtte even en als hij dacht dat het veilig was, sprong hij ongemerkt aan Anita's kant op het bed en rolde zich naast haar op. De daaropvolgende maanden werd de tijd tussen de driftbuien van het meisje steeds langer, tot ze helemaal verdwenen.

Tijdens die verdrietige periode kondigde Samuel op een middag aan dat hij Anita en Leticia iets belangrijks te zeggen had. Hij riep hen bijeen in zijn heiligdom, de muziekkamer, waar ze in een kleine kring zaten met Paco aan hun voeten, in het zachte licht van de Tiffany lampen en omringd door de prachtige muziekinstrumenten die hij had verzameld. Samuel was het niet gewend om over zichzelf te praten, hij was erg gesloten, alleen met zijn aanbeden Nadine had hij zijn meest intieme gedachten en herinneringen gedeeld, maar hij was nu al een paar maanden getuige van Anita's lijden en hij was het als zijn eigen lijden gaan voelen. De tranen van het meisje maakten een eind aan zijn befaamde terughoudendheid. Die gedenkwaardige middag begon hij aarzelend te praten, maar spoedig brak de dijk door die de pijn uit zijn jongste jeugd had tegengehouden en stroomde alles eruit wat hij zo lang had verzwegen. Hij vertelde de vrouw en het meisje over zijn traumatische kindertijd, het verlies van zijn familie, de verbanning naar een vreemde, vijandige plaats, over het wees-zijn, altijd eenzaam, altijd bang, tot Luke en Lidia Evans in zijn leven verschenen om hem troost en liefde te bieden. Hij eindigde snikkend en ook Anita en Leticia zaten te huilen. Ten slotte opende hij zijn vioolkist, haalde de medaille eruit en legde die in Anita's hand.

'Wat is dit?' vroeg het meisje, terwijl ze het ding met haar gevoelige vingers betastte.

'Het is een magische medaille. Hij was van een oorlogsheld, kolonel Theobald Volker. Hij gaf hem mij te leen, maar hij is al lang geleden gestorven en ik heb nooit de kans gehad hem terug te geven. Ik heb hem vanaf mijn vijfde jaar.'

'Waarom is hij magisch?'

'Als je erover wrijft, geeft hij je moed. Bij mij heeft het altijd goed gewerkt. Nu is hij van jou, Anita. Telkens als het nodig is, kun je erover wrijven, zijn kracht wordt nooit minder,' zei Samuel en hij speldde de medaille op haar T-shirt.

De psychologe waarschuwde Samuel en Leticia dat, hoewel Anita het gebeurde begon te accepteren en zich had overgegeven aan de liefde die ze haar gaven, het toch heel moeilijk zou zijn om de verlatingsangst te boven te komen, omdat ze te veel verliezen had geleden op een zeer kwetsbare leeftijd. Toch bleef Samuel optimistisch, want het meisje kon aan de piano urenlang opgaan in de noten en hij kende als geen ander de kracht van muziek. Die had de angst en onzekerheid in zijn jeugd verzacht en betekenis gegeven aan zijn leven. Hij wenste hetzelfde voor Anita.

Op een dag nodigde het meisje Samuel in het diepste geheim uit om met haar naar Azabahar te gaan. De oude man had die naam gehoord toen Anita fluisterend in zichzelf praatte, maar ze had nooit met iemand openlijk over die plaats gesproken, zelfs niet met Leticia. Hij begreep dat dit een teken was van eindeloos vertrouwen; hand in hand zou hij met haar een mythische drempel overgaan. Zo kwam het dat Samuel de enige was die Azabahar kende, de ster van de geesten, en aangezien hij het geheim kon bewaren, mocht hij er vaak naartoe. In het ziekenhuis, voor ze haar de verdoving gaven voor de oogoperatie, had het meisje Samuel toestemming gegeven om het geheim te verklappen aan Leticia, Frank en Selena. Ze beloofde hem dat ze hen er binnenkort ook mee naartoe zou nemen.

'Leticia vertelde me door de telefoon dat Anita niet meer met Claudia praat,' zei Selena tegen Samuel toen ze op de thee zaten te wachten.

'Claudia is niet verdwenen, ze is nu met haar moeder in Azabahar, Anita heeft ook Nadine uitgenodigd en als we ernaartoe gaan, ontmoeten we hen alle drie,' antwoordde Samuel nonchalant.

'Wat zegt u nu, Samuel?' vroeg Frank met een mengeling van ongerustheid en spot.

'Ik ben nog niet seniel, maken jullie je geen zorgen,' antwoordde Samuel lachend. 'Ik dacht dat Azabahar Anita's schuilplaats was, de plek waar ze naartoe ging als ze uit deze wereld wilde ontsnappen, maar ik weet nu dat het meer is dan dat. Het is het geheimzinnige rijk van de verbeelding dat je alleen goed kunt zien met het hart.'

Dankwoord

Johanna Castillo, voor haar vriendschap en steun.
Agentschap Balcells, voor de toewijding en trouw.
Jennifer Hershey, mijn wijze redactrice bij Ballantine.
Francis Ridley, mijn Engelse vertaalster die aan de uiteindelijke versie heeft bijgedragen.
Jorge Manzanilla, als altijd.
Juan Allende, voor het nakijken van eindeloze proefversies.
Roger Cukras, die het met me uithoudt en van me houdt.
Nicolás Frías, die zorgde voor mijn geestelijke gezondheid (en voor die van hen die me omringden als ik niet aan het schrijven was).
Lori Barra en Sarah Hillesheim, voor hun werk met vluchtelingen en migranten in mijn stichting.
Annie Toxqui López, voor de waardevolle informatie over El Salvador.
Elizabeth Subercaseaux en John Hasset, die het manuscript heel aandachtig hebben gelezen.
Cathy Cukras, voor haar hulp met betrekking tot de blindheid van Anita.
Cristóbal Basso, voor zijn kennis van muziek voor slechtzienden.
Sonia Nazario, voor haar reportages over vluchtelingen en migranten aan de zuidgrens van de Verenigde Staten.

María Woltjen en Olivia Peña van het Young Center for Immigrant Children's Rights.

Lauren Dasse, Gabriela Corrales en Lillian Aponte Miranda van het Florence Immigrant and Refugee Rights Project.

Wendy Young van Kids in Need of Defense (KIND).

Susanne Cipolla en Kely Reynolds van Olmos & Reynolds Law Group LLP.

Michael Smith en zuster Maureen van East Bay Sanctuary Covenant.

Sasha Chanoff van Refuge Point.

Women's Refugee Commission.

Jacob Soboroff, voor zijn boek *Separated*.